SERENATA

A marca FSC é a garantia de que a madeira utilizada na fabricação do papel deste livro provém de florestas de origem controlada e que foram gerenciadas de maneira ambientalmente correta, socialmente justa e economicamente viável.

JAMES M. CAIN

SERENATA

Tradução:

RUBENS FIGUEIREDO

COMPANHIA DAS LETRAS

Grafia atualizada segundo o Acordo Ortográfico da Língua Portuguesa de 1990, que entrou em vigor no Brasil em 2009.

Título original:
Serenade

Projeto gráfico da capa:
João Baptista da Costa Aguiar

Foto da capa:
Anna Otoni

Preparação:
Veridiana Maenaka

Revisão:
Valquíria Della Pozza
Isabel Jorge Cury

Dados Internacionais de Catalogação na Publicação (CIP)
(Câmara Brasileira do Livro, SP, Brasil)

Cain, James M., 1892-1977
Serenata / James M. Cain ; tradução de Rubens Figueiredo. — São Paulo : Companhia das Letras, 2009.

Título original: Serenade.
ISBN 978-85-359-1489-4

1. Ficção policial e de mistério (Literatura norte-americana)
I. Título.

09-02663 CDD-813.0872

Índice para catálogo sistemático:
1. Ficção policial e de mistério : Literatura norte-americana 813.0872

2009

EDITORA SCHWARCZ LTDA.
Rua Bandeira Paulista 702 cj. 32
04532-002 — São Paulo — SP
Telefone: (11) 3707-3500
Fax: (11) 3707-3501
www.companhiadasletras.com.br

SERENATA

1

Eu estava no Tupinamba, comendo um *biscocho* com café, quando a garota entrou. Tudo nela dizia que era índia, desde o *rebozo* marrom e o vestido preto estampado com flores roxas até o jeito rebolado de andar, que mulher nenhuma adquire sem carregar na cabeça jarras, trouxas e cestos desde a idade em que para de engatinhar. Mas ela não tinha a cor de pele que uma índia tem. Era quase branca, só com um toque bem de leve de café com leite. Tinha as formas de índia, mas não era feia. A maioria das índias tem cordas de músculos nos quadris, o que lhes dá um aspecto malfeito, de cintura alta, pernas finas, massudas, e peitos grandes demais. No caso dela, tinha mesmo um bocado de peito, mas os quadris eram redondos e as pernas tinham um desenho suave. Era magra, mas havia nela algo de voluptuoso, como se dali a uns três ou quatro anos fosse engordar. Tudo isso, porém, eu só vi por alto. Reparei mesmo em seu rosto. Era achatado, como o de uma índia, mas o nariz era mais pronunciado, e isso meio que combinava com o modo como erguia a cabeça, e os olhos não eram bobos, tinham um aspecto brilhante, como os olhinhos de botão num urso de pelúcia. Eram bem grandes e pretos, mas miravam firmes, sem desviar, e tinham um ar meio sonolento e insolente. Os lábios eram grossos, mas bonitos, e é claro que usava muito batom.

Eram mais ou menos nove horas, e o lugar estava bastante cheio, com empresários de touradas, agentes, jornalistas, cafetões, policiais e quase todo tipo de gente que se possa imaginar, exceto alguém a quem você pudesse confiar seu relógio de pulso. Ela rumou até o balcão e pediu um drinque, depois foi para uma mesa e se sentou, e eu tive uma sensação de sufoco, que já tinha experimentado, por causa do ar rarefeito daquelas altitudes, mas dessa vez não era nada disso. Já fazia um bom tempo que não aparecia uma mulher em minha vida, e eu sabia o que isso significava. Trouxeram o drinque para ela, Coca-Cola com uísque, e eu fiquei pensando nisso. Podia significar que ela estava só começando a noitada, podia significar que ela queria abrir o apetite e, se fosse mesmo isso, eu estava ferrado. O Tupinamba é mais um café do que um restaurante, mas muita gente vai lá para comer e, se era isso o que ela pretendia, os meus últimos três pesos não iriam me levar muito longe.

Decidi arriscar a sorte e ir até lá, mas ela se levantou. Deslizou para uma mesa a duas mesas de onde estava, depois mudou de lugar outra vez, e aí percebi qual era a dela. Estava de olho num toureiro chamado Triesca, um garoto que eu tinha visto algumas vezes na arena: quando ele se apresentou no mesmo dia que Solorzano, que parecia ser o grande astro deles na época, e depois da temporada principal, quando Triesca matou dois touros numa *novillada* realizada num domingo, debaixo de chuva. Triesca era ótimo com a capa e estava começando a ganhar muita grana. Vestia um terno preto do tipo que os mexicanos acham que é chique e bonito, e um chapéu cor de creme. Estava sozinho, mas os empresários, os agentes e os jornalistas toda hora davam um pulinho em sua mesa. A moça não tinha lá grande chance de se aproximar, mas toda vez que três, quatro ou cinco deles caíam fora, ela se esgueirava para mais perto. Dali a pouco, lá estava ela ao lado de Triesca. Ele não tirou o chapéu. Isso devia me dizer alguma coisa, mas eu não me toquei. Eu só via um galinho de briga tão cheio de si que nem sabia como agir. A moça falou, Triesca fez que sim com a cabeça, e assim os dois conversaram por um tempo, e parecia que ela nunca tinha visto Triesca antes. Ela terminou de beber e deixou o copo vazio na mesa por um tempo, até que ele pediu mais um.

Quando saquei por que a moça estava ali, tentei perder o interesse por ela, mas meus olhos toda hora a procuravam. Depois de alguns minutos, eu sabia que a moça havia percebido minha presença e que algumas das pessoas das outras mesas já estavam por dentro do que estava acontecendo. Ela não parava de puxar seu *rebozo* em volta de si, como se estivesse frio, e de levantar um ombro, e assim metade de suas costas estava voltada para mim. Isso só servia para empinar ainda mais sua cabeça, e eu não conseguia de jeito nenhum desviar dela meus olhos. E, é claro, como um toureiro é um canastrão como outro qualquer, ficava olhando para todas as mesas, menos para a própria, e não tinha nenhuma ideia de nada, a não ser ficar observando os olhares em volta. Vocês entendem, era um lugar muito sem graça, um grande café com uma porção de palermas sentados, com o chapéu jogado para trás da cabeça, comendo, bebendo, fumando, lendo e papagueando em espanhol, e ninguém cutucava com o cotovelo, apontava com o dedo, chamava atenção. Rigorosamente, eles cuidavam da própria vida. Mesmo assim, havia um par de olhos atrás de um jornal que não estava olhando para o jornal, ou talvez uma garçonete, parada ao lado de alguém, falasse alguma coisa e desse uma risada um pouco mais alta de algo que em geral merece uma simples gracinha de garçonete. Ele só ficava lá sentado, com um olhar meio bobo na cara, batendo a unha no copo, e então senti um calafrio subir pela espinha. Ele se levantou e veio em minha direção.

Um cara com três pesos no bolso não quer saber de encrenca e, quando o salão congelou feito uma imagem parada no meio de um filme, tentei dizer a mim mesmo que era melhor levar na esportiva, cair fora sem começar algo que eu não ia conseguir parar. Quando ele ficou plantado na minha frente, ainda estava de chapéu.

— A minha mesa, você está interessado, hein?

— A sua... o quê?

— A minha mesa. Você está olhando, parece interessado, *señor*.

— Ah, agora entendi.

Eu não estava levando na esportiva, estava levando a sério. Levantei com o melhor sorriso que consegui estampar na cara e acenei para uma cadeira.

— Claro, vou explicar. Terei prazer em explicar. — Baixar a bola facilita as coisas, e uma acolhida agressiva também não ia me levar a nada. — Por favor, sente-se.

Olhou para mim e olhou para a cadeira, mas parecia que ele já me considerava uma carta fora do baralho. Mesmo assim, sentou. Eu também sentei. Então fiz uma coisa que estava com vontade de fazer havia quinze minutos. Tirei de sua cabeça aquele chapéu creme, como se fosse a coisa mais gentil que eu pudesse fazer por ele, coloquei o chapéu em cima de um cardápio e pus os dois em cima de uma cadeira. Se ele se mexesse, eu ia meter um murro na cara dele, mesmo que me dessem um tiro por causa disso. Triesca não fez nada. Eu o peguei de surpresa. Um rumor de comentários em voz baixa correu pelo salão. O primeiro assalto, eu ganhei.

— Posso pedir uma coisa, *señor*?

Triesca piscou os olhos e acho que nem chegou a me escutar. Começou a olhar em volta, em busca de ajuda. Estava habituado a ouvir a galeria gritar *olé* toda vez que assoava o nariz, mas dessa vez a plateia deixou Triesca na mão. Ele só via indiferença e, para aquela gente, era como se nós dois nem estivéssemos ali. Triesca não podia fazer mais nada a não ser me encarar e tentar lembrar o que tinha ido fazer em minha mesa.

— A explicação. Por favor, comece.

Eu tinha pegado o Triesca de um jeito que ele não esperava e resolvi acertar mais uma nele, e dessa vez bem entre os olhos.

— Sem dúvida. Eu estava olhando, é verdade. Mas não era para você. Acredite, *señor*, não era para você. E não era para a mesa. Era para a dama.

— Você... me diz isso? Está me dizendo isso?

— Claro. Por que não?

Bem, o que é que ele ia fazer? Podia me desafiar para um duelo, mas no México ninguém sabe o que é um duelo. Podia me dar um murro, mas eu era maior do que ele, tinha uns vinte quilos a mais. Podia me dar um tiro, mas não estava armado. Eu havia quebrado todas as regras. Não se deve falar desse jeito no México e, quando a gente mostra a um mexicano uma coisa que ele nunca viu, leva um ano para ele imaginar uma resposta. Triesca ficou parado, piscando os olhos na minha frente, e suas bochechas e orelhas ficavam vermelhas de vez em quando. Eu lhe dei todo o tempo do mundo para pensar em alguma coisa, se pudesse, antes de eu continuar a falar.

— Vou lhe dizer uma coisa, *señor*. Examinei aquela dama com cuidado e achei que ela é muito formosa. Admiro seu gosto. Invejo sua sorte. Então vamos fazer uma loteria, e quem tiver mais sorte ganha. Cada um de nós vai comprar um bilhete para ela e quem tirar o número mais alto paga a próxima bebida para ela. Que tal?

Outro rumor de vozes correu pelo salão, dessa vez mais demorado. Nem metade deles sabia falar inglês e tinham de traduzir uns para os outros até entenderem. Triesca levou uns quatro compassos para pensar no assunto e começou a se sentir melhor.

— Mas por que fazer isso, por favor? A dama, ela está comigo, não é? Eu ponho a dama na *lotería*, e o *señor*, o que vai pôr? Pode dizer?

— Espero que o *señor* não esteja com medo, ou está?

Triesca não gostou muito disso. Seu rosto voltou a ficar vermelho, mas aí senti uma coisa atrás de mim e também não gostei nada disso. Nos Estados Unidos, quando a gente sente uma coisa atrás da gente, na certa é um garçom com um prato de sopa, mas no México podia ser qualquer coisa, e a última coisa que a gente deseja é exatamente o mais provável. Metade da população do país anda com armas automáticas de cabo de madrepérola na cintura, e o ruim dessas armas é que elas atiram mesmo, e depois que atiram ninguém faz nada a respeito. Aquele cara tinha um monte de amigos. Era um ídolo, e eu não sabia de ninguém que fosse dar pela minha falta. Fiquei parado, olhando para ele, com medo até de me virar.

Ele também sentiu isso, e surgiu em sua cara um olhar engraçado. Inclinei-me para a frente para tirar umas cinzas de cigarro de meu paletó e, com o rabo do olho, dei uma espiada. Havia ali uns dois ou três vendedores de bilhetes de loteria e, quando Triesca veio para minha mesa, eles devem ter parado onde estavam, como todo mundo. Agora, estavam ali atrás, fazendo sinal para ele responder que sim, que a aposta ia ser manipulada. Eu não entreguei os pontos. Banquei o impaciente e forcei um pouco a voz ao provocar Triesca:

— E então, *señor*? Sim ou não?

— *Sí, sí.* Vamos fazer *lotería*!

Isso quebrou o gelo, e as pessoas se amontoaram a nossa volta, umas quarenta ou cinquenta. Enquanto falávamos de negócios, elas tinham de ficar a distância, mas agora que a coisa tinha virado uma espécie de jogo, todo mundo podia tomar parte, e a maioria veio participar. Mas, antes mesmo da multidão, os dois vendedores de bilhetes de loteria se aproximaram; um deles brandia bilhetes cor-de-rosa para mim, o outro brandia bilhetes verdes para Triesca. Vejam bem: existem centenas de loterias no México, umas cor-de-rosa, outras verdes, umas amarelas, outras azuis, e a maioria paga muito pouco. Os dois vendedores tentavam passar um conto do vigário enfiando guardanapos entre os maços de bilhetes para a gente não ver os números, mas meu vendedor não parava de falar comigo, aos sussurros, e piscava os olhos, querendo dizer que os números dele eram altos para burro. Era um índio, de cabelo cinzento e uma cara de santinho de chocolate, e a gente podia muito bem pensar que era incapaz de contar uma mentira na vida. Pensei em Cortés e como foi fácil para ele sacar os truques daquela gente e como aqueles truques deviam ser bobos.

Mas eu era diferente de Cortés, porque eu queria ser enganado. No meio da multidão, eu podia ver a garota, lá sentada, no mesmo lugar, como se não tivesse a menor ideia do que estava acontecendo, e afinal ainda era ela meu alvo, não levar a melhor sobre um toureiro babaca. Algo me dizia que a última coisa que eu devia fazer era ganhar a garota numa loteria. Então resolvi que eu tinha mesmo de perder, para depois ver o que ia acontecer.

Acenei para ele, querendo dizer que podia pegar qualquer bilhete, e ele não podia fazer outra coisa senão acenar em resposta. Peguei o bilhete cor-de-rosa, de um peso, e o pus sobre a mesa. Quando rasgaram o bilhete, fizeram mais algumas mutretas na hora de colocá-lo sobre a mesa, cobrindo com meu chapéu. Ele pegou um bilhete verde, de meio peso. Ressoou uma grande gargalhada, e eu não sabia o motivo. Colocaram o chapéu dele em cima e depois tiraram os dois chapéus. Eu tinha o número 7 e ele tinha o número 100 mil e alguma coisa. Aquilo foi um *olé*. Eu ainda não entendo a química dos mexicanos. Na arena, quando o touro avança, sabem que exatamente dali a quinze minutos o touro estará morto. Mesmo assim, quando a espada penetra, gritam feito loucos. E, vejam só, não tem coisa no mundo mais igual a um touro morto do que um outro touro morto. Naquele café, naquela noite, não havia homem nenhum que não soubesse que eu estava sendo tapeado, e mesmo assim, quando levantaram os chapéus, eles aplaudiram Triesca, apertaram sua mão, deram tapinhas em seus ombros, riram como se a Fortuna o tivesse presenteado com uma grande vitória.

— Muito bem. E agora? Você ainda vai olhar, hein?

— Absolutamente. Não. Você ganhou, e eu lhe dou os parabéns, *de todo corazón.* Por favor, dê à dama o bilhete dela, com meus cumprimentos, e lhe diga que espero que ela ganhe o Banco do México.

— *Sí, sí, sí.* Bem, *señor, adiós.*

Voltou para sua mesa com os bilhetes, e eu pus um pouco mais de leite quente em minha xícara de café, e esperei. Não olhei mais. No entanto havia um espelho nos fundos do bar pelo qual eu poderia ver se quisesse, e, depois que Triesca entregou a ela os bilhetes e os dois já tinham tagarelado bastante, ela olhou.

Foi um pouco antes de os dois se levantarem para sair. Minha mesa estava no caminho deles para a porta, mas eu nem virei a cabeça. Então senti que os dois tinham parado, ela cochichou para ele, ele cochichou em resposta, e riu. Que diabo! Triesca já tinha me vencido, não é? Bem que podia se mostrar generoso. Uma baforada do cheiro dela bateu em minha cara, e eu percebi que a garota estava parada bem do meu lado, mas não me mexi nem falei.

— *Señor.*

Levantei-me e me curvei em saudação. Eu estava olhando para ela de cima, bem de perto, quase a tocava. Era mais baixa do que eu tinha imaginado. As linhas voluptuosas, ou talvez o modo como ela portava a cabeça, alguma coisa enganava a gente.

— *Señorita.*

— *Gracias,* obrigada pelo *billete.*

— Não foi nada, *señorita.* Espero que ganhe tanto quanto eu perdi. Vai ficar rica... *muy rica.*

Ela gostou disso. Riu um pouco, olhou para baixo e depois levantou os olhos.

— Então *muchas gracias.*

— De nada.

Mas ela riu de novo, antes de dar as costas, e quando

sentei minha cabeça estava latejando, porque aquela risada soou como se ela fosse começar a falar alguma coisa, mas depois mudou de ideia, e fiquei com a sensação de que havia mais alguma coisa ali. Quando consegui me sentir seguro para olhar para trás, Triesca ainda estava parado perto da porta, com um ar meio chateado. Pelo jeito como continuava a olhar para o banheiro das *damas*, entendi que ela devia ter entrado lá e que ele não tinha ficado muito contente com isso.

Um minuto depois, a garçonete veio trazer minha conta. Era de sessenta centavos. Ela já tinha me servido antes e era uma *mestiza* pequena e bonita, de uns quarenta anos, com uma aliança de casamento que ela exibia toda vez que tinha uma oportunidade. Uma aliança de casamento é sempre uma boa notícia no México, mas nem sempre quer dizer que houve algum casamento. Ela pressionou a barriga na beira da mesa e então ouvi sua voz, embora os lábios não tenham se mexido e embora ela olhasse para o outro lado:

— A dama, você quer sua *dirección*, não é? Seu endereço?

— Tem certeza de que sabe a *dirección*?

— Um *paraquito* me contou... agorinha mesmo.

— Nesse caso, quero sim.

Pus um peso em cima da conta. Os olhinhos pretos da garçonete se contraíram num sorriso bonito e amistoso, mas ela nem se mexeu. Pus mais um peso em cima do outro. Ela pegou o lápis, empurrou o cardápio para o lado e começou a escrever. Mal escreveu três letras quando o lápis foi arrancado de sua mão, e lá estava ele parado na minha frente, roxo de raiva. Ele se enrolou, e todas as coisas que queria me dizer, mas não teve oportunidade, cuspiu em cima da garçonete, e ela cuspiu de volta em cima dele. Eu não consegui entender tudo, mas era impossível não adivinhar os pontos principais. Triesca disse que ela estava entregando um recado para mim, ela disse que só estava escrevendo o endereço de um hotel que eu tinha pedido, um hotel para *americanos*. Acho que no México gostam de ver um sujeito ser enganado. Uns seis caras logo se aproximaram e juraram que tinham me ouvido perguntar a ela o endereço de um hotel e que era mesmo isso o que ela estava me dando. Mas eles não enganaram Triesca nem por um segundo. Agora ele estava em seu território e falando a própria língua. Disse que todos eles tinham de cair fora e não se meter no assunto, e no meio da discussão ela apareceu, saiu do *damas*. Triesca contou tudo a ela, aí amassou o papel do cardápio, levantou e jogou na cara dela, e depois foi embora. A moça nem se deu o trabalho de olhar para ele. Sorriu para mim, como se aquilo não passasse de uma boa piada, eu me levantei.

— *Señorita*, permita que a leve até sua casa.

Isso levantou um rumor, um riso e um *olé*.

Acho que nunca existiu um homem tão desligado a ponto de não sentir um pequeno calafrio na hora em que uma mulher lhe diz que sim, e uma porção de coisas ficou rodando dentro da minha cabeça na hora em que ela pegou meu braço e me guiou para a porta do café. Uma coisa em que pensei foi que meu último peso tinha ido embora, que eu estava completamente duro na Cidade do México, sem a menor ideia do que ia fazer nem de como ia me virar. Outra coisa em que pensei foi que não agradeci a eles pelo *olé*, e que eu odiava os mexicanos e seus truques, e odiava todos eles mais ainda porque os truques eram tão ruins que qualquer um logo adivinhava o que estava acontecendo na verdade. Os truques de um francês custam três francos ao nosso bolso, mas um mexicano não passa de um bobo. Mas a coisa principal que veio à minha cabeça foi um eco estranho daquele *olé*, em que parecia que eles estavam rindo de mim o tempo todo, e de repente eu me vi sem saber para que lado me virar, na hora em que atravessamos a porta do café. Uma garota que dá em cima de um toureiro num café não é exatamente o tipo de garota que a gente imagina que tenha saído de um convento. Mesmo assim, até aquele instante, não tinha passado pela minha cabeça a ideia de que ela fosse uma simples mercadoria. Quando chegamos à rua principal, eu esperava que fôssemos virar à direita. Daquele lado ficava a parte principal da cidade e, se fôssemos naquela direção, ela poderia me levar para quase qualquer lugar, e estaria tudo bem. Mas à nossa esquerda ficava Guauhtemolzin, e para lá era tudo comércio.

Viramos para a esquerda.

Viramos para a esquerda, mas ela andava de um jeito bonito e falava de um modo tão doce que voltei a ter esperanças. Num índio nada faz sentido mesmo. Pode morar numa cabana feita de galhos e de barro batido, e galhos e barro são galhos e barro, não é? Não dá para fazer nada de diferente com isso. Mas o índio leva a gente lá dentro com as melhores maneiras do mundo, com mais dignidade do que a gente recebe de uma dúzia de dentistas juntos nos Estados Unidos, em seus casarões de alvenaria que custam dez mil dólares, com filhos em escolas particulares, ações na bolsa e empréstimos no banco. A garota continuava a andar, a mão no meu braço, e se fosse uma duquesa não poderia andar com mais elegância. Fez alguma piada sobre pisar fora da linha, levantou os olhos para mim uma ou duas vezes e sorriu, depois me perguntou se eu estava no México havia muito tempo.

— Só três ou quatro meses.

— Ah. Está gostando?

— Muito. — Não estava, mas eu queria ser tão educado quanto ela. — É muito bonito.

— Sim. — A garota tinha um jeito engraçado de dizer sim, como os demais mexicanos. Esticava muito a palavra, de modo que ficava "si-i-im". — Há muitas flores.

— E pássaros.

— E *señoritas.*

— Eu não sei nada sobre elas.

— Não? Nem um pouquinho?

— Não.

Uma garota americana teria insistido naquele assunto até encher a paciência, mas, quando ela viu que eu não queria continuar, sorriu e passou a falar de Xochimilco, onde crescem as flores mais bonitas. Ela me perguntou se eu tinha ido lá. Respondi que não, mas quem sabe um dia ela me levaria. Desviou o rosto quando falei isso, e fiquei tentando imaginar o motivo. Pensei se eu não teria me precipitado um pouco. Aquela noite era só aquela noite, e depois haveria tempo para falar sobre Xochimilco. Chegamos a Guauhtemolzin. Eu torcia para ela atravessar a rua. Em vez disso, a moça virou, e mal tínhamos andado vinte metros quando ela parou diante de um bordel.

Não sei se vocês sabem como são as coisas no México. Lá não há bordéis propriamente, com uma madame, um salão, uma pianola, pelo menos não naquela parte da cidade. É só uma fileira de barracos de barro, de um andar, pintados bem de leve de azul, cor-de-rosa, verde ou seja lá como. Cada barraco tem um cômodo e, como são todos amontoados, parecem um acampamento. Em cada barraco há uma porta, com a metade de uma janela no meio, como uma chapelaria de teatro. Pela lei, elas têm de manter a porta fechada; fazem suas transações debruçadas para fora na janela, mas, se elas conhecem bem o guarda, podem ficar com a porta aberta e sair. Aquela porta estava escancarada, com três garotas lá dentro, duas delas por volta dos catorze anos, e com jeito de criança, a outra era grande e gorda, talvez aí pelos vinte e cinco. A moça me levou logo para dentro, mas fiquei sozinho, porque ela e as outras três saíram para a rua a fim de parlamentar; em parte, consegui entender o que falaram. As quatro juntas alugavam o quarto e, assim, três tinham de esperar do lado de fora quando uma delas tinha um cliente, mas eu parecia ser um caso especial e, se eu ia passar a noite, as amigas dela teriam de se arranjar em outro canto. A maior parte da rua não demorou a se meter na história, o guarda, a mulher do café na esquina e um bando de garotas dos outros barracos. Ninguém parecia aborrecido, nem surpreso, nem dava risadas sacanas. Uma rua feito aquela costuma ser um lugar rude, mas, pelo modo como elas falavam, a gente podia até pensar que era a seção juvenil da Liga Beneficente das Senhoras resolvendo onde era melhor acomodar o cunhado do ministro, que tinha chegado à cidade inesperadamente. Elas agiam como se aquilo fosse a coisa mais natural do mundo.

Depois de um tempo, acertaram tudo da maneira que lhes agradava, onde ficaria cada uma delas, e aí a garota entrou de volta, fechou a porta e a janela. Tinha uma cama lá dentro, e um gaveteiro, no antigo estilo da região das Grandes Corredeiras, um lavatório com um espelho em cima de umas esteiras de palha, enroladas num canto, para dormir. Além disso, havia duas cadeiras. Eu estava reclinado para trás numa delas; assim que a moça me deu um cigarro, pegou a outra cadeira. Ali estávamos. Não fazia mais nenhum sentido eu tentar me enganar sobre o motivo de Triesca não ter tirado o chapéu para a garota. Minha dama do amor era uma piranha de três pesos.

Ela acendeu um cigarro para mim e depois o cigarro dela, tragou e soprou a fumaça para apagar o fósforo. Fumamos, e foi uma coisa tão elétrica quanto um carro com o motor afogado. Do outro lado da rua, diante do café, um *mariachi* estava tocando; ela balançou a cabeça uma ou duas vezes no ritmo da música.

— Flores e pássaros... e *mariachis* — disse ela.

— É, uma porção.

— Gosta do *mariachi*? A gente tem. A gente tem um aqui.

— *Señorita.*

— Sim?

— Eu não tenho nem cinquenta centavos. Para pagar o *mariachi.* Eu estou...

Puxei os bolsos para fora para mostrar. Achei que era melhor abrir logo o jogo. Não adiantava nada deixar a garota achando que tinha fisgado um pintoso americano endinheirado, para depois ficar decepcionada.

— Ah, que gracinha.

— Estou tentando dizer a você que estou duro. *Todo* liso. Não tenho nem um centavo. Acho melhor ir embora.

— Sem dinheiro, mas comprou para mim um *billete* de loteria.

— E foi o último dinheiro que eu tinha.

— *Eu* tenho dinheiro. Um pouco. Cinquenta centavos para o *mariachi.* Agora... olhe para o outro lado.

Ela se virou, levantou a parte de trás da saia e meteu os dedos na meia. Sabem, eu não queria saber de nenhum *mariachi* na janela, fazendo serenata para nós. Entre todas as coisas que eu detestava no México, acho que o que mais detestava eram os *mariachis,* e eles acabaram representando para mim uma espécie de retrato do país inteiro e do que havia de errado no país. Um *mariachi* não passa de um bando de vadios, em geral uns cinco, que fariam muito melhor se fossem trabalhar, mas em vez disso não fazem nada na vida, do tempo em que eram criancinhas até ficar velhos, a não ser andar por todo lado sapecando suas músicas para qualquer um disposto a pagar. O cachê era cinquenta centavos por espetáculo, o que dava dez centavos de peso, ou mais ou menos três centavos de dólar, para cada homem. Três tocam violino, um, o violão, e o outro, uma espécie de violão baixo que eles usam para aqueles lados. Como se isso já não fosse ruim o suficiente, ainda por cima os caras cantam. Bem, não tem importância nenhuma como eles cantam. Cacarejam um falsete grave que, sozinho, já faz os dentes da gente trincarem, mas a música no conjunto é cantada do jeito que merece, e era o que eles cantavam que me deixava deprimido. A gente ouve falar que o México é musical. Não é. Não fazem outra coisa senão ganir, da manhã até a noite, mas a música deles é a coisa mais chata e mais sem graça que jamais foi escrita numa pauta musical, e o pior é que por lá nunca ninguém escreve nem um compasso numa pauta musical. Está bem, eu já sei tudo sobre Chavez. A música deles é a música espanhola depois que atravessou a cabeça de um índio e saiu pelo outro lado, e, se vocês acham que soa do mesmo jeito, estão muito enganados. Um índio está uns oito mil anos atrasado em relação a nós na evolução da raça rumo a seja lá qual for o futuro a que estamos destinados, e aí é que se vê que o homem primitivo não tem nada do tal selvagem nobre e simpático. Não passa de um pobre coitado. O homem moderno, apesar de todo esse papo de que ele é frouxo, consegue correr mais depressa, atirar melhor, comer mais, viver mais tempo e gozar melhor a vida do que qualquer homem primitivo que já existiu na face da Terra. E essa diferença fica muito clara na música. Um índio, mesmo quando toca uma música comum, mais parece uma foca tocando "Parabéns para você" no picadeiro de um circo, mas, quando resolve tocar uma música dele mesmo, a gente chega a ter enjoo.

Está bem, talvez vocês achem que estou fazendo tempestade num copo de água, mas já estou cheio do México e só estou tentando dizer que, se fosse obrigado a ouvir aqueles cinco cretinos de cara humilde tocando na janela, ia haver confusão. Mas eu queria ser gentil com a garota. Não sei se foi o jeito como ela recebeu a notícia de eu estar duro, ou o jeito como os olhos dela brilharam quando veio a ideia de ouvir um pouco de música, ou a visão rápida que tive de suas pernas bonitas na hora em que eu devia estar olhando para o outro lado, ou sei lá o que mais. Fosse lá o que fosse, parecia que a ocupação da garota já não tinha importância. Eu sentia por ela o mesmo que havia sentido no café e queria que ela sorrisse para mim e se inclinasse para mim quando eu falava.

— *Señorita.*

— Sim?

— Não gosto do *mariachi.* Eles tocam muito mal.

— Ah, é. Mas são só uns garotos pobres. Sem estudo, sem aula. Mas tocam... bem bonito.

— Bem... vamos deixar para lá. Você quer um pouco de música, e isso é o que interessa. Deixe que eu seja o seu *mariachi.*

— Ah... você canta?

— Um pouco.

— Sim, sim. Eu gosto... muito.

Saí, atravessei a rua e peguei o violão do número 4. Ele berrou, mas a garota veio atrás de mim e ele parou de berrar. Depois voltamos. Há poucos instrumentos que eu não sei tocar, bem ou mal, mas com as cordas de um violão eu faço miséria. A afinação das cordas estava meio torta, mas afinei em mi, lá, ré, sol, si e mi, sem arrebentar nenhuma corda, e aí comecei a mandar ver no violão. A primeira coisa que toquei para ela foi o prelúdio do último ato da ópera *Carmen.* Na minha opinião, é uma das melhores músicas jamais compostas e, tempos antes, eu tinha criado um arranjo especial para ela. Vocês podem achar que é impossível, mas, se a gente toca aquele trecho dos instrumentos de sopro com os dedos perto da ponte do violão e o resto com a mão em cima da boca da caixa de ressonância, o violão vai exprimir quase tão bem quanto uma orquestra inteira aquilo que a música quer nos dizer.

Ela ficou igual a uma criança enquanto eu afinava o violão, inclinando-se para a frente e observando tudo o que eu fazia, mas quando comecei a tocar ela endireitou as costas, ainda sentada, e começou a me examinar com atenção. Logo viu que nunca tinha ouvido nada como aquilo, e achei ter visto nela uma pontinha de desconfiança a meu respeito, desconfiança de quem eu era e do que diabo eu estava fazendo lá. Assim, quando cheguei à corda mi grave, na frase que o fagote toca na orquestra, olhei para ela e sorri.

— A voz do touro.

— Sim, sim!

— Sou um bom *mariachi*?

— Ah, bom *mariachi*. Que música é essa?

— *Carmen*.

— Ah. Ah, sim, claro. A voz do touro.

Ela riu e bateu palmas, e isso pareceu o bastante. Passei para a música da arena de touros do último ato e mantive o andamento sempre acelerado, no pique, para poder dar uma espécie de espetáculo e não diminuir o ritmo no trecho em que entra o vocal. Bateram na porta. Ela abriu e o *mariachi* estava lá, assim como a maioria das mulheres da rua.

— Pedem que a porta fique aberta. Para ouvir também.

— Está certo, assim eles não vão cantar.

Então deixamos a porta aberta e passei para um trecho que vem depois da cena da arena de tourada, e ainda toquei o intermezzo, depois o prelúdio da ópera. Meus dedos estavam um pouco doloridos, pois eu não tinha calos, mas passei para a introdução da *Habanera* e comecei a cantar. Não sei até que ponto cheguei. O que me deteve foi o olhar no rosto dela. Tudo o que eu tinha visto ali tinha desaparecido, era o rosto na janela que se vê em todos os prostíbulos do mundo, e olhava direto para mim.

— Qual é o problema?

Tentei dar um tom cômico, mas ela não riu. Continuou olhando para mim, se aproximou, tirou o violão de minhas mãos, foi até a porta e entregou-o para o músico do *mariachi*. A multidão começou a tagarelar e se dispersou. Ela voltou e as outras três garotas estavam com ela.

— Bem, *señorita*, parece que não gostou do meu jeito de cantar.

— *Muchas gracias, señor*, obrigada.

— Bem, me desculpe. Boa noite, *señorita*.

— *Buenas noches, señor*.

Quando dei por mim, estava andando meio trôpego pela rua Bolivar, tentando tirar a garota de minha cabeça, tentando tirar tudo de minha cabeça. Um quarteirão depois, uma pessoa veio em minha direção. Vi que era Triesca. Na certa, a garota tinha telefonado para ele assim que saí. Virei na esquina para não ter de passar por ele. Fui em frente, atravessei uma praça e me vi diante do Palacio de Bellas Artes, o teatro de ópera da cidade. Eu não passava por ali havia três meses, quando me apresentei lá, e foi um fracasso. Fiquei parado, olhando para o teatro, e relembrei como fui longe demais. Apresentar o *Rigoletto* no que talvez fosse a pior companhia de ópera do mundo, diante de uma plateia que não sabia distinguir o *Rigoletto* de uma cançoneta de soldados, com um coro de índios às minhas costas fazendo força para parecer cavalheiros e damas, e do meu lado um tenor mexicano que não dava nem para a saída em *Questa o quella*, e do outro lado uma cabecinha de bagre que matava moscas com a mão enquanto cantava *Caro nome*... Aquilo parecia ser o mais baixo a que eu podia chegar. Mas consegui ir além. Eu tinha tentado cantar uma serenata para uma dama que se satisfazia com qualquer serenatazinha à toa, mas nem isso consegui fazer.

Voltei para meu hotel de um peso, onde eu tinha um quarto pago até o fim da semana, fui para meu quarto, tirei a roupa sem acender a luz para não ter de ver o chão de concreto, a bacia com manchas e o lagarto que ia sair de trás da cômoda. Fui para a cama, puxei a esfarrapada colcha de algodão para cima de mim e fiquei ali deitado, olhando o nevoeiro que subia. Quando fechava os olhos, eu via a garota olhando para mim, vendo em mim alguma coisa que eu não sabia o que era, e depois eu abria os olhos e olhava para o nevoeiro. Passado um tempo, me dei conta de que estava com medo do que a garota tinha visto em mim. Devia haver alguma coisa horrorosa mesclada em mim, e eu não queria saber o que era.

2

Até onde consigo lembrar, era junho, e não a vi mais durante uns meses. Não interessa o que andei fazendo durante esse tempo para poder comer. Às vezes eu nem comia. Por um tempo, arranjei um emprego numa banda de jazz, tocando violão. Era uma boate na periferia de Reforma, e estavam precisando muito de mim. Vejam só, era um bar para americanos e a música era para ser a autêntica, mas não era. Pus mãos à obra e consegui dar um jeito de os caras tocarem as músicas alegres com alegria e as tristes com tristeza, pelo menos até certo ponto, e ainda treinei um ou dois deles para que fossem capazes de fazer um solo de vez em quando, só para variar. Entendam bem, não dava para fazer grande coisa. O mexicano tem uma noção deficiente de ritmo. Ele até que soa ritmado na *cucaracha*, mas, quando a gente quer segurar o andamento no ritmo do foxtrote, ele não pega o embalo de jeito nenhum. Toca mecanicamente e aí, quando as pessoas se levantam, não conseguem dançar. Mesmo assim, fiz o que pude e inventei algumas formações que faziam os músicos soarem melhor do que de fato tocavam, e o negócio vingou. Mas aí pintou um cara com uma pistola na cintura, certa noite, e quis ver meus documentos, e eu acabei despedido. Agora, por aqui, eles adotaram o socialismo, e uma das regras é que o México pertence aos mexicanos. Mas, façam o que fizerem, eles não têm mesmo sorte. Sob Diaz, entregaram o país aos estrangeiros, e tinham prosperidade, mas a rapaziada local não tirou muito proveito. Depois tiveram a Revolução e corrigiram as coisas de tal modo que tudo o que acontecia, fosse o que fosse, tinha de ficar na mão da rapaziada local. O único problema é que a rapaziada local parece não ser muito boa para governar. Me mandaram embora e depois tiveram o socialismo, mas não arranjaram nenhuma banda de jazz para tocar. Os negócios foram minguando e mais tarde eu soube que o bar fechou as portas.

Depois disso, tive de suplicar para poder ficar no hotel até receber uma grana de Nova York, que na verdade nem estava para vir, o que eles, aliás, sabiam tão bem quanto eu. Deixaram-me usar o quarto, mas não me davam roupas de cama nem nada. Eu tinha de dormir no colchão mesmo, debaixo de minhas próprias roupas, e tinha de trazer minha própria água. Até então, estava conseguindo manter as calças mais ou menos passadas e assim ainda podia cavar uma refeição com algum americano no café Butch, de vez em quando, mas agora nem isso eu podia fazer e comecei a ficar com o aspecto do que eu era de verdade, um catador de lixo no fundo do poço. Eu até acabaria sem comer nada, não fosse o fato de ter de trazer eu mesmo minha água lá de baixo. Eu começava a pegar água já de manhã e, como o jarro de latão não cabia embaixo da bica do lavatório, que ficava no final do corredor, eu descia à cozinha. Ninguém prestava a menor atenção em mim, e aí me veio uma ideia, e da vez seguinte desci à noite. Não havia ninguém por lá, então fui direto para a geladeira. Há geladeiras elétricas pelo México inteiro, e algumas têm combinações, como se fossem cofres, mas aquela não. Abri a geladeira, uma luz acendeu, e é claro que tinha um monte de coisa gelada lá dentro. Mandei umas colheradas de feijão mexicano para dentro de um cinzeiro de vidro que eu tinha trazido comigo e coloquei o cinzeiro embaixo do jarro quando subi de volta para o quarto. Assim que entrei, tratei logo de comer os feijões com minha faca. Depois disso, durante duas semanas, foi desse jeito que sobrevivi. Um dia, achei dez centavos na rua e comprei uma colher de latão, uma saboneteira de barro, uma barra de sabão. A saboneteira e o sabão, coloquei no lavatório, como se fossem um melhoramento que eu promovia por conta própria, já que o hotel não ia me dar nada mesmo. A colher, eu mantinha dentro do bolso. Toda noite, quando eu descia, pegava colheradas de feijão, arroz, ou o que houvesse, e às vezes um pouco de carne, e punha dentro do cinzeiro, mas só quando na geladeira havia uma quantidade bastante para ninguém dar pela falta de nada. Eu nunca tocava em nada que fosse chamar atenção e só pegava da parte de cima dos pratos, e só nos pratos em que havia bastante comida, e depois alisava bem o lugar com a colher, para não deixar rastro. Uma vez, havia metade de um pernil mexicano na geladeira. Cortei uma fatiazinha para mim, embaixo da ponta mais grossa.

E aí, certa manhã, recebi esta carta, muito bem datilografada, até a assinatura, numa folha de papel comercial branco.

Calle Guauhtemolzin 44b
Mexico, D. F.
A 14 de agosto.

Sr. John Howard Sharp
Hotel Dominguez,
Calle Violeta,
Ciudad.
Mi querido Jonny:

En vista de que no fue posible verte ayer en el mercado al ir a las compras que ordinariamente hago para la casa en donde trabajo, me veo precidada para dirigirte la presente y manifestarte que dormí inquieta con motivo de tus palabras me son vida y no pudiendo permanecer sin contacto contigo te digo que hoy por la noche te espero a las ocho de la noche para que platiquemos, por lo que así espero estaras presente y formal.

Se despide quien te ama de todo corazón y no te olvida,
JUANA MONTES

Como ela conseguiu meu nome e meu endereço, isso não me preocupava. A garçonete do Tupinamba podia muito bem dar conta do recado. Mas o resto, o encontro que eu deveria ter tido com ela no dia anterior, e o fato de ela não conseguir dormir por ficar pensando em mim, não fazia o menor sentido. De um jeito ou de outro, ela queria me ver, isso me parecia o mais importante, e ainda faltava muito para o pôr do sol. Fazia muito tempo que eu tinha deixado para trás minha preocupação com o olhar que ela havia me dirigido, o que aquilo poderia significar e tudo o mais sobre esse assunto. Ela podia muito bem olhar para mim como se eu fosse uma cascavel, dane-se, contanto que tivesse dois nacos de pão embaixo da cama. Subi para meu quarto de novo, fiz a barba e, ali mesmo, comecei a torcer para que, de algum jeito, aquilo pudesse me proporcionar um prato de comida.

Quando bati de leve na porta, a janela abriu e a gorda meteu a cabeça para fora. As quatro estavam acabando de acordar. A janela fechou, e Juana gritou alguma coisa para mim. Esperei e logo ela apareceu. Usava um vestido branco, dessa vez, uma roupa que devia ter custado os dois pesos que ela havia ganhado, além de meias brancas e sapatos. Parecia uma aluna do ensino médio de uma cidade da fronteira. Eu disse alô e perguntei como estava, ela respondeu que ia muito bem, *gracias*, e indagou como eu ia. Respondi que não podia me queixar e ergui o nariz na direção da porta para ver se captava o cheiro de café. Não parecia haver café nenhum. Então peguei a carta e perguntei o que aquilo queria dizer.

— Sim. Pedi para você vir. Sim.

— Até aí eu entendi. Mas o que quer dizer toda essa história? Eu não tinha encontro nenhum com você, que eu saiba.

A garota continuava a me observar, e a observar a carta, e apesar de eu estar ali com a maior fome, e apesar de naquela noite ela ter me deixado na mão, e de agora eu estar lá fazendo papel de palhaço, apesar de tudo isso não pude deixar de sentir por ela o mesmo que senti antes, basicamente o mesmo que qualquer homem sente por uma mulher, só que com uma pitada do que sente por uma criança. Alguma coisa no seu jeito de falar, no seu jeito de inclinar a cabeça, no seu jeito de fazer tudo, entalava minha garganta e não me deixava respirar direito. Não era uma criança, é claro. Era uma índia. Mesmo assim me deixava perturbado, e talvez até pior justamente por ser uma índia, porque isso queria dizer que ela ia ser sempre daquele jeito. O problema, vejam bem, era que ela não sabia o que a carta dizia. Não sabia ler.

Chamou a gorda e pediu que lesse para ela, depois estourou a mais revoltada troca de palavras que jamais se ouviu neste mundo. As outras duas acudiram e se meteram no bolo, e aí ela segurou meu braço.

— O automóvel. Você dirige, não é?

— Bem, já dirigi, em outra época.

— Então, vamos. Depressa.

Descemos pela rua e ela entrou num barracão que parecia uma espécie de garagem. Estava cheia de carros ferrados, com etiquetas coladas no para-brisa, que pareciam reservados para o xerife ou sei lá o quê. Mas um pouco adiante estava um carro mais novo, o Ford mais vermelho do mundo. Brilhava feito um furúnculo no pescoço de um marinheiro. Ela avançou na direção do carro e começou a brandir a carta numa das mãos e a chave na outra.

— Então. Vamos lá. Calle Venezuela.

Entrei no carro, ela entrou também. Estava meio difícil, mas o motor pegou, e fiz o carro rolar pela escuridão até a rua. Eu não tinha a menor ideia de onde ficava a tal Calle Venezuela e ela tentava me mostrar, mas não sabia que algumas ruas tinham mão única e então a gente se enrolou de tal modo no trajeto que demorou meia hora para chegarmos. Assim que dei marcha a ré para estacionar, ela pulou para fora do carro e correu na direção de umas colunas onde uns cinquenta caras estavam meio que acampados na calçada, sentados diante de máquinas de escrever, colocadas em cima de mesinhas. Todos vestiam terno preto. No México, o terno preto significa que a pessoa tem instrução para burro e as unhas pretas significam que a pessoa trabalha para burro. Quando cheguei lá, a garota estava na maior discussão com um dos caras e, depois de um tempo, ele sentou na frente de sua máquina de escrever, meteu uma folha de papel no rolo, escreveu alguma coisa e entregou para ela. A garota veio logo na minha direção, brandindo a folha, e eu peguei o papel. Tinha só duas linhas, que começavam assim: "Querido Sr. Sharp", em vez de "Querido Jonny", e dizia que ela queria me encontrar para tratar de negócios.

— Essa carta, um engano grande.

Rasgou a outra folha de papel.

Bem, vamos deixar os detalhes de lado. O resultado do grande programa de educação socialista é que metade da população da cidade tem de procurar aqueles bonecos para escrever suas cartas, e era isso o que a garota tinha feito.

Só que o sujeito estava meio ocupado, não entendeu direito o que ela falou e acabou escrevendo uma carta de amor. Então, é claro, ela teve de ir lá de novo e conseguir aquilo pelo qual já havia pagado. Eu não via nenhum problema em sua atitude, só que eu continuava sem saber o que ela queria de mim, e eu continuava com fome.

— O carro... Você gosta, sim?

— É fantástico.

Subimos de novo pela rua Bolivar, e eu tinha de ficar buzinando o tempo todo, conforme mandava a lei. O principal acessório que põem nos carros exportados para o México são as buzinas mais altas e barulhentas que conseguirem arranjar em Detroit, e minha buzina tinha duas notas que soavam como duas barcaças passando uma pela outra no meio da neblina no rio Leste.

— Seus negócios devem andar de vento em popa.

Eu não tinha intenção de fazer gracinhas, mas a frase me escapou. Não sei se aquilo fazia algum sentido para ela, mas o fato é que a garota não percebeu.

— Ah, não. Eu ganho.

— Como?

— O *billete*. Lembra?

— Ah. O meu *billete*.

— Sim. Eu ganho, na *lotería*. O automóvel, e quinhentos pesos. O automóvel é muito bonito. Não sei dirigir.

— Bem, eu sei dirigir, se é isso o que incomoda você. E quanto aos quinhentos pesos? Uma parte deles está com você?

— Ah, sim. Claro.

— Ótimo. O que você vai fazer é pagar um café da manhã para mim. Minha barriga... *muy* vazia. Entende?

— Ah, por que não disse antes? Sim, claro, agora a gente come.

Estacionei na frente do Tupinamba. Os restaurantes não abrem antes da uma da tarde, mas os cafés dão conta do recado. Ficamos numa mesa perto do canto, onde era escuro e fresco. Quase não havia ninguém lá. Minha conhecida garçonete veio logo sorrindo, e eu não perdi tempo.

— Suco de laranja, o maior que tiver. Ovos fritos, três dos grandes, e presunto frito. Tortilhas. Um copo de leite frio e café *con crema*.

— *Bueno*.

Ela pediu café gelado, coisa chique naquelas bandas, e me deu um cigarro. Era o primeiro que eu fumava em três dias; eu inalei, me recostei na cadeira e sorri para ela.

— Pois é.

— Pois é.

Mas ela não me sorriu de volta, e olhei para o lado, assim que falou aquilo. Foi a primeira vez em que olhamos, de fato, um para o outro durante toda aquela manhã e o nosso olhar nos levou de volta à outra noite. Ela fumava; ergueu os olhos duas ou três vezes para dizer alguma coisa, mas não disse, e eu vi que havia alguma coisa em sua cabeça, além do *billete*.

— Pois é... Você continua sem pesos?

— Está mais ou menos correto.

— Você trabalha, não é?

— Eu trabalhei, mas fui despedido. No momento, não estou fazendo nada.

— Gosta de trabalhar, sim? Para mim?

— Fazendo o quê?

— Toca violão, um pouco, talvez. Escreve uma carta. Conta o dinheiro, fala inglês, me ajuda, o trabalho não é pesado. No México, ninguém trabalha muito. Sim? Gosta?

— Espere um instante. Não estou entendendo.

— Agora tenho dinheiro. Abro uma casa.

— Aqui?

— Não, não, não. Em Acapulco. Em Acapulco, tenho um amigo bom, grande político. Abro uma casa bacana, com música bacana, comida bacana, bebida bacana, garotas bacanas... para americanos.

— Ah, para americanos.

— Sim. Agora muitos americanos vão a Acapulco. Um navio a vapor grande para lá. Homem bom, muito dinheiro.

— E eu vou ser uma mistura de professor, garçom, leão de chácara, secretário e contador da espelunca, não é isso?

— Sim, sim.

— Bem...

Chegou a comida e eu me dediquei a ela por um tempo, mas, quanto mais eu pensava na proposta da garota, mais engraçada eu achava.

— Esse tal lugar é para ser de classe, não é essa a ideia?

— Ah, sim, muito. Meu amigo político diz que americanos pagam até cinco pesos, sem reclamar.

— Pagam cinco... o quê?

— Pesos.

— Escute, diga ao seu amigo político que é melhor ele fechar o bico e deixar que um especialista cuide do assunto. Se um americano pagar menos de cinco dólares, vai achar que tem alguma coisa errada na história.

— Acho você meio maluco.

— Estou falando cinco dólares... dezoito pesos.

— Não, não. Está brincando comigo.

— Tudo bem, vá fazer negócios do seu jeito. Contrate o seu político para gerente.

— Está falando sério?

— Levanto a mão direita e juro pela santa mãe de Deus. Mas... você tem de ter um método. Tem de dar alguma coisa em troca do dinheiro deles.

— Sim, sim. Claro.

— Escute, não estou falando de bens mundanos. Estou falando de coisas do espírito, romance, aventura, beleza. Sabe, estou começando a ver algum futuro nessa história. Muito bem, você quer a grana dos americanos e eu vou lhe dizer o que tem de fazer para conseguir. Em primeiro lugar, o troço tem de ficar num lugar bonito, no meio dos hotéis, não enfiado por trás dos coqueiros, no alto de um morro. Isso fica por conta do seu político. Em segundo lugar, você não faz nada além de gerenciar uma casa onde as pessoas dançam e onde há quartos para repousar. As garotas vêm só para tomar um drinque. Nada de mescal nem de tequila. Só refrescos e sorvete batido, porque elas são boas meninas, só passaram por ali para descansar um pouco os pés. Usam chapéus. Só entram duas de cada vez, porque são tão bem-educadas que nem sonham em ir a lugar nenhum sozinhas. Trabalham no escritório do navio a vapor, no outro lado da rua, ou quem sabe são estudantes e estão ali de férias. E nunca na vida se encontraram com americanos, entende? Elas acham isso engraçado, riem, com aquele jeitinho simples e juvenil e, é claro, a gente cuida para que elas sejam apresentadas aos americanos. E elas dançam. E uma coisa leva à outra. Dali a pouco você vai ver que o americano vai pedir um quarto para levar a garota. Na verdade você não faz esse tipo de coisa, mas como é ele que está pedindo, vai abrir uma exceção... por cinco dólares. A garota não leva nada. Ela faz por amor, entende?

— Por o *quê*?

— Eu conheço os americanos ou não conheço?

— Acho que você só fala muito, e é engraçado.

— Sou engraçado, mas não é só conversa, não. O americano não se importa de pagar por um quarto, mas, quando se trata de uma garota, ele gosta de sentir que ela presta uma homenagem a sua personalidade. Gosta de pensar que aquela é uma grande noite para ela também, e ainda mais porque ela é só uma garotinha frágil, que trabalha no escritório da empresa do navio a vapor, e nunca teve uma noite assim em toda a sua vida, até que ele apareceu e mostrou para ela como a vida pode ser boa com um homem de verdade. Ele quer aventura, quer ser o herói. Quer ter alguma coisa para contar aos amigos. Mas não coloque lá nenhum desses palermas que ficam tirando fotos deles. O americano não gosta disso.

— Por que não? O fotógrafo, ele me paga um trocado.

— Bem, estou lhe dizendo. O fotógrafo pode ter um coração de ouro, e também a *muchacha*, mas o americano pode achar que a foto talvez chegue às mãos de sua esposa, pode pensar que alguém ameace fazer isso, sobretudo se ela estiver no hotel ali perto. Ele quer uma aventura, mas não quer saber de encrenca. Além do mais, as fotos vão dar ao caso um ar de Coney Island, e isso pode dar a ideia de que a casa é um lugar meio vagabundo. Lembre, é uma casa de classe. E isso me faz lembrar de uma coisa, o *mariachi* vai ser escolhido por mim, e treinado por mim, para que alguém consiga dançar quando tocarem a música. Claro, não vou tocar nenhuma música no violão. Está fora de questão. Nem no piano, nem no violino, nem em nenhum instrumento, do meu repertório praticamente ilimitado. E os músicos desse *marichi*, eles têm de vestir os ternos que a gente vai dar para eles, com riscas douradas no lado das calças, até os pés, e têm de devolver os ternos todas as noites, quando forem embora. É o nosso *mariachi* particular, só nosso, e, quanto mais rápido a gente ganhar dinheiro para comprar mais ternos, mais rápido a gente aumenta o número de músicos, e assim vai virar um espetáculo completo. O principal é que a gente tem classe em tudo e em cada detalhe, do início ao fim. Desde o instante em que entra até o momento em que sai, nenhum americano vai ficar com a ideia de que pode deixar de gastar dinheiro. Depois que essa ideia entrar na cabeça deles, a gente vai ficar numa boa.

— Os americanos são todos malucos?

— São doidos varridos.

Parecia que tudo estava combinado, mas, depois que as piadas foram minguando, me veio um mal-estar, como se a vida tivesse tomado a cor branco-acinzentada que é a cor do sol naquelas bandas. Tentei dizer a mim mesmo que era só um efeito do ar, que era normal a gente sentir aquilo três vezes por dia. Depois tentei dizer a mim mesmo que o problema era o que eu mesmo tinha feito, que eu era uma pessoa sem nenhum orgulho se era capaz de pegar um emprego de cafetão num prostíbulo de balneário, mas, afinal, o que diabo eu ia fazer? Recusar era só querer bancar o nobre. No final das contas, tratava-se de um trabalho e, se desse certo de verdade, não ia me fazer mal nenhum. Pelo menos, ia me dar motivo para boas risadas. E então entendi que era exatamente isso o que estava me dando arrepios na nuca, quando pensava nela. Não tinha havido nenhuma palavra sobre o assunto naquela primeira noite e, quando ela olhou para mim, seus olhos estavam tão inexpressivos como se eu fosse alguém que tinha vindo para conversar sobre o aluguel. Mas eu sabia o que aqueles olhos eram capazes de dizer. Seja lá o que for que a garota viu em mim naquela noite, ela continuava a ver, e aquilo estava entre nós dois como uma porta de vidro, através da qual podíamos enxergar, mas não podíamos falar.

A garota estava ali sentada, olhava para seu copo de café e não dizia nada. Tinha aquele jeito de ficar alheia, entre uma fala e outra, feito um gato que cochila de repente, assim que a gente para de brincar com ele. Eu disse que ela parecia uma estudante do ensino médio naquele seu vestido branco e curto. Eu não parava de olhar para ela, tentando adivinhar sua idade, quando, sem mais nem menos, parei de pensar nisso e meu coração começou a bater. Se ia realmente ser a madame da tal casa, ela mesma não ia poder cuidar direito dos clientes, não é? E quem é que ia cuidar dela? Pelo seu jeito de olhar, a garota precisava muito de alguém que cuidasse dela. Talvez esse devesse ser o meu trabalho. Minha voz não soou do jeito como soava normalmente quando eu lhe disse:

— *Señorita*, o que eu ganho com isso?

— Ah... você vive, tem roupa boa, talvez um chapéu grande com prata, sim? Uns pesos. Não chega, sim?

— E distrair as *señoritas*?

Não sei por que falei isso. Foi minha segunda tirada maldosa, desde que eu e ela havíamos começado. Vai ver eu queria deixar a garota com ciúmes, e isso me daria a dica do que eu estava querendo saber. Ela não teve ciúmes. Sorriu e me examinou por um minuto, e me senti gelar quando vi que não havia a mínima piedade em seu olhar.

— Se gosta de distrair *señoritas*, sim. Talvez não. Talvez por isso pedi para você. Não ter encrencas.

3

Na manhã seguinte, bem cedo, fiz a barba, me lavei e fiz as malas. Meus bens terrenos pareciam ser uma navalha e um pincel de barbear, uma barra de sabão, duas mudas de camisa, duas ceroulas extras, que eu tinha lavado na noite anterior, uma pilha de revistas velhas e o chicote de couro cru que usei quando interpretei Alfio em *Cavalleria rusticana*. Dão um chicote para a gente cantar, mas ele nunca estala direito, e eu tinha guardado aquela peça feita de couro de mula, com quase um quilo de chumbo no cabo. Certa noite de programa duplo, um contrarregra usou o chicote para uma cena da ópera *Pagliacci*, e a atriz que interpretava Nedda me acertou bem na cara com ele. Tenho a cicatriz até hoje. Vendi todos os figurinos e as partituras, mas não consegui me desfazer do chicote. Enfiei o chicote na mala. Pus as revistas e a minha saboneteira nova por cima e coloquei a mala num canto do quarto. Um dia, talvez, eu voltasse para pegar. Vesti as duas camisas extras e dei um nó na gravata em torno do colarinho da camisa que ficou por cima. As ceroulas extras, dobrei e enfiei no bolso. O material de barbear, meti no outro bolso. Não falei para o gerente que estava indo embora, na hora em que saí. Apenas acenei com a mão para ele, como se eu fosse ao correio ver se meu dinheiro tinha chegado, mas tive de apertar rapidamente a mão contra minha perna. A garota tinha enfiado um punhado de pesos em meu bolso e eu temia que o gerente ouvisse o tilintar das moedas.

O Ford era um conversível de duas portas, e perdi

meia hora para soltar a tranca do porta-malas e levantar a lona da capota. Era um dia inteiro de viagem até Acapulco, e eu não queria o sol batendo em cima de minha cabeça. Então fiz o carro rolar para fora da garagem e segui para o 44b. Ela estava na porta, à minha espera, suas tralhas amontoadas em volta. As outras garotas ainda não tinham acordado. Estava bem-vestida, de roupa preta, com flores roxas como as que usava na primeira vez em que a vi, se bem que eu achasse que ela ficava melhor de branco. Sua bagagem principal parecia ser uma caixa redonda de chapéu, do tipo que as mulheres usavam para viajar, quinze anos atrás, só que feita de palha e entupida de roupas. Tirei minhas camisas extras e as pus com a caixa de chapéu no banco traseiro, que era do tipo dobrável, embutido na lataria do carro. Havia também a esteira de palha, onde ela dormia, que estava enrolada e amarrada. Enfiei aquilo lá atrás também, mas agora não dava mais para fechar o banco traseiro. Aquelas esteiras eram vendidas por sessenta centavos, ou até por vinte centavos, e era difícil entender para que ocupar espaço com aquele troço, mas era um assunto muito pessoal e eu não quis discutir. Além disso, havia um monte de *rebozos*, de tudo quanto é cor, mas na maioria pretos. Pus tudo lá dentro, mas a garota correu de volta e trouxe mais um, roxo-escuro, e jogou por cima da cabeça. E havia também uma capa, uma espada e uma orelha. Foi a primeira vez que vi uma capa de toureiro — a capa de vestir, não a capa de tourear — tão de perto que pude de fato examiná-la. Senti raiva porque sabia onde a garota havia arranjado aquilo, mas é impossível fazer pouco da beleza dessas capas. Acho que é a única coisa realmente benfeita que se pode ver no México, e talvez nem seja feita lá. É de seda pesada, cada face de uma cor diferente, e com um bordado tão grosso que dá uma sensação áspera na mão. Aquela capa era amarela por fora, magenta por dentro, e o bordado chegava a brilhar contra o fundo amarelo. Eram flores e folhas para todo lado, mas não com aqueles desenhos bobos que a gente vê na maioria dos bordados deles. Eram flores de pinturas a óleo, não eram flores de cartão-postal, e as cores tinham uma tonalidade autêntica. Dobrei a capa, pus um *rebozo* em volta, para proteger da poeira, e coloquei ao lado da caixa de chapéu. A espada, para mim, não passava de mais um acessório de ópera. É o que eles usam para fincar no touro, e nem cheguei a tirá-la da bainha para examinar. Joguei logo no fundo.

Enquanto eu guardava as tralhas no carro, ela ficou parada, de pé, afagando a orelha. Eu não teria pegado a orelha nem com pinça. Às vezes, quando um toureiro dá um espetáculo melhor, recebe uma orelha do touro. A multidão começa a berrar, pedindo isso, e aí um dos ajudantes vai lá e corta a orelha do touro, caído na areia, com as mulas enganchadas em seus chifres. O toureiro pega a orelha, levanta-a para que todo mundo possa ver o sangue e a gosma, e dá uma volta com ela erguida na mão, curvando-se para agradecer à plateia a cada dez passos. Depois guarda a orelha, como uma soprano especialista em coloraturas guarda uma condecoração que ganhou do rei da Bélgica. Depois de uns três meses, a orelha está no ponto e fedorenta. A orelha que estava na mão da garota tinha uns pedaços de cartilagem pendurados e fedia tanto que dava para sentir o cheiro a dois metros de distância. Falei para ela que se a orelha fosse viajar no banco da frente com a gente, nosso trato estava desfeito na hora, e que ela podia jogar aquele negócio lá atrás, com a *espada*. Ela fez isso, mas ficou muito admirada comigo.

A janela da casa abriu, e a mulher gorda apareceu, com uma espécie de camisola de dormir, e seu cabelo estava emaranhado e pegajoso, e as outras duas estavam a seu lado. Houve um bocado de sussurros e beijinhos de despedida, depois entramos no carro e fomos embora. Perdemos uns dez minutos, já na saída da cidade, parados num posto de gasolina para reabastecer, e mais uns cinco minutos quando paramos numa igreja e a garota teve de entrar e tomar a bênção, mas, afinal, por volta das oito horas, conseguimos partir de fato. Passamos por umas cruzes de madeira, outra pequena novidade que eles inventaram por lá. Sob o socialismo, parece que só um cara sabe o que é certo; se um outro cara achar que também sabe, isso é um ato contrarrevolucionário, ou, em linguajar socialista, traição. Assim, em 1927, um cara chamado Serrano achou que sabia das coisas, e então o prenderam, e prenderam os amigos dele também, em Cuernavaca, e trouxeram todos para a capital num caminhão. Mas lá alguém resolveu que seria uma boa ideia se aqueles caras nunca chegassem à capital e alguns rapazes pegaram um carro veloz e partiram ao encontro do caminhão. Amarraram as mãos deles com arame, puseram todos em fila ao lado da estrada e os executaram com uma metralhadora. Depois disseram que a Revolução tinha acabado, e os jornais americanos avisaram que eles agora tinham um governo estável, afinal, e que bastava um homem forte para resolver o problema, se tivesse uma chance. E por isso as cruzes marcavam o lugar, um monumento para todos lembrarem.

Tomamos café em Cuernavaca, depois fomos até Taxco para almoçar. Naquele ponto terminava a estrada boa. Dali em diante, só terra, curvas e morros. A garota começou a ficar com sono. Um mexicano dorme à uma hora da tarde, não importa onde esteja, e a garota não era exceção. Recostou a cabeça de lado e os olhos fecharam. Ela se remexeu, tentando se ajeitar. Livrou-se dos sapatos. Remexeu-se mais um pouco. Tirou um colar de contas do pescoço e abriu dois botões. Abriu até aparecer o sutiã. Seu vestido subiu acima dos joelhos, eu tentava não olhar. A cada minuto ficava mais quente. Eu não olhei, mas dava para sentir o cheiro dela.

Parei para reabastecer em Chilpancingo, por volta das quatro horas, e lavei as rodas. O que eu temia, acima de tudo, era que, naquele calorão, e derrapando o tempo todo na estrada cheia de buracos, algum pneu estourasse. Tirei a camisa, fiquei de camiseta, amarrei um lenço na cabeça para segurar o suor e fomos em frente. Agora ela estava acordada. Não tinha muito a dizer. Havia tirado as meias e deixava as pernas nuas expostas à corrente de ar que vinha da ventilação do capô. Abriu mais um botão.

Agora, a gente estava atravessando o que eles chamam de *tierra caliente*, e o tempo ficou nublado e tão abafado que o suor gotejava dos meus braços. Depois de Chilpancingo, eu esperava encontrar algum alívio, mas o que veio era pior ainda. A gente estava rodando fazia meia hora, mais ou menos, quando ela começou a se inclinar para a frente e olhar com atenção, e de repente me mandou parar:

— Sim. Para esse lado.

Enxuguei o suor dos olhos, observei e vi algo que talvez eles achassem que fosse uma estrada. Tinha uns oito centímetros só de poeira, cactos tinham crescido no meio do caminho, mas, se a gente se concentrasse bastante, dava para ver duas trilhas de rodas.

— Para esse lado, uma conversa. Acapulco é na direção em que a gente está indo. Eu conferi.

— Vamos ver a mamãe.

— O que você disse?

— Sim. Mamãe vai cozinhar. Ela cozinha para nós. Para a casa em Acapulco.

— Ah, entendi.

— Mamãe cozinha muito bem.

— Escute. Não tive a honra de conhecer a mamãe, mas estou com um forte palpite de que ela não é do tipo certo para esse emprego. Não vai servir para uma casa de alta classe como a que a gente vai abrir. Vou lhe dizer o que vamos fazer. Vamos direto para lá. Se o pior acontecer, *eu* mesmo posso cozinhar. Cozinho muito bem. Estudei em Paris, para onde todos os bons cozinheiros vão depois que morrem.

— Mas a mamãe, ela tem *viveres*.

— O quê?

— Comida, o que a gente precisa. Mandei dinheiro para mamãe, mandei na semana passada. Ela compra muita coisa, a gente leva. A gente, mamãe, papai. Todos os *viveres*.

— Ah, o papai também.

— Sim. Papai ajuda mamãe na cozinha.

— Bem, e você pode me dizer como é que a gente vai conseguir levar mamãe, papai e os *viveres*? Aliás, a gente não vai levar o bode também?

— Sim. Para esse lado, por favor.

O carro era dela, então virei o volante na direção da estrada. Tinha percorrido uns cem metros quando o volante deu um tranco, escapou das minhas mãos e eu tive de pisar fundo no freio para não desabar numa ribanceira de uns sessenta metros de profundidade. Quer dizer, era uma estrada horrível mesmo, e não melhorava nem um pouco. Subia, descia, contornava pedras do tamanho de um caminhão, entre sulcos que partiriam o eixo de tudo, menos de um Ford, passávamos por cima de cactos tão altos que eu tinha medo de que fossem estragar a transmissão quando raspavam por baixo do carro. Não sei qual distância a gente percorreu. Viajamos por uma hora, mais ou menos, e na velocidade em que estávamos podiam ter sido oito quilômetros, ou vinte, mas pareciam cinquenta. Passamos por uma igreja e, muito tempo depois, começamos a passar por mexicanos, que conduziam burros. Essa é uma questão que sempre surge quando a gente dirige um carro no México e que ninguém nos explica. A gente encontra esses bandos de burros, carregados de madeira, de forragem, de mexicanos, de qualquer coisa. O burro sozinho não cria nenhum problema para a gente. Conhece as regras da estrada tão bem quanto todo mundo e sai do caminho a tempo, ainda que reclame um pouco. Mas, se tem um mexicano guiando o burro, pode apostar que o mexicano vai tocar o burro para bem perto do seu para-lama, e a gente não pode fazer mais nada a não ser pisar no freio, xingar, suar e ficar endurecido de tanta poeira colada na pele.

Mas foi a pressa deles que me chamou a atenção para o aspecto do céu. O calor e a poeira eram suficientes para sufocar a gente, mas as nuvens pairavam baixo o tempo todo. Nuvens densas corriam no céu tocando o topo das serras, e a situação não parecia nada boa. Depois de muito tempo, passamos por umas choupanas, amontoadas em pares ou em trios. Fomos em frente e chegamos a mais algumas choupanas, mas só numa delas parecia haver gente. A garota esticou o braço, tocou a buzina e pulou para fora do carro, correu para a porta e de repente lá estava a mãe, e logo atrás veio o pai. A mãe tinha mais ou menos a cor de um pote de cobre, vestida de algodão cor-de-rosa e sem sapatos, pronta para partir para Acapulco. O pai era um pouco mais escuro. Tinha o tom bonito de um mogno denso, depois de levar umas quinze camadas de polimento escuro. Vestia um pijama branco, com as calças arregaçadas até os joelhos, tirou seu grande chapéu de palha e veio apertar minha mão. Apertei a mão dele e fiquei imaginando se não haveria na família algum homem de pele branca. Então puxei o freio de mão e saí do carro.

Bem, eu disse que ela correu até a porta, mas não foi bem isso o que aconteceu. Não havia porta. Talvez você nunca tenha visto uma choupana de índios, então é melhor eu dizer como é. Pense nos barracos de negros que ficam na beira da estrada de ferro em Nova Orleans, e depois, quando já tiver uma imagem bem clara na cabeça, imagine que isso é o hotel Waldorf-Astoria e que a choupana do México é um barraco ao lado do hotel. Não tem paredes, nem telhado, nem nada do que a gente está acostumado a ver. Tem quatro lados feitos de varas da altura da cabeça de um homem, fincadas na terra e presas com galhos. No meio da parte da frente tem um vão, e isso é a porta. As frestas entre os galhos são preenchidas com um pouquinho de lama. Só um punhadinho de lama lambuzada por cima, e a maior parte já caiu. Por cima, tem um teto de capim, ou tronco de palmito, ou de qualquer coisa que cresça na serra, e só. Não tem janelas, não tem piso, não tem mobília, não tem pinturas do Grand Canyon nas paredes, não tem uma folhinha de mercearia atrás do relógio, com o retrato de uma vaqueira montada num cavalo. Eles não tinham a menor necessidade de calendários porque, para começo de conversa, nem sonhavam para que servia ler e escrever e, em segundo lugar, não se incomodavam em saber que dia era. E também não precisavam de relógio nenhum, porque não se importavam com a hora. O que estou tentando dizer é que lá dentro não havia nada, a não ser o chão de terra e as esteiras onde dormiam e, perto da porta, a fogueira onde faziam a comida.

Então era de lá que ela vinha. A garota correu para dentro, descalça feito eles, e começou a rir e a falar, e deu palmadinhas num cachorro que apareceu logo depois, e se comportou como qualquer garota que volta para casa depois de uma viagem até a cidade. Isso se prolongou por um bom tempo, mas as nuvens não subiam e comecei a ficar nervoso.

— Escute, está tudo muito bem, é muito bonito, mas e os *víveres*?

— Sim, sim. Mamãe compra coisa muito boa.

— Certo, mas vamos colocar logo no carro.

Ao que parece, a comida estava guardada numa outra choupana, onde não havia ninguém morando. O papai se meteu lá e começou a carregar para fora tabuleiros de ferro para assar tortilhas, facões, panelas, jarros e coisas desse tipo. Uma ou duas peças eram de cobre, mas a maioria era de barro, e cerâmica mexicana é a pior cerâmica do mundo. Então a mamãe apareceu com uns cestos de feijão-preto, arroz, milho e ovos. Enfiei a tralha no banco traseiro, empurrando primeiro as panelas. Mas logo ficou entupido até em cima e, quando chegou a hora dos cestos, tive de amarrá-los nas laterais com uma espécie de barbante que eles trouxeram, e assim os cestos iam viajar presos nos estribos do carro. Uma parte da bagagem, como o carvão, não estava nem dentro de cestos. Estava numas trouxas. Amarrei isso também. Para os ovos, afinal, consegui arranjar um cantinho na traseira, por cima da caixa de chapéu. Cada ovo estava embrulhado em casca de milho e achei que assim os ovos iam fazer uma boa viagem e não iam quebrar.

Então papai veio sorrindo com uma trouxa, maior do que ele, cheia de esteiras novinhas, todas enroladas e amarradas. Eu não conseguia entender por que eles eram tão loucos por esteiras, mas tempos depois descobri. O papai fez a maior bagunça na traseira do carro, puxou para fora a esteira que a garota tinha trazido, desenrolou as dele, enrolou a dela com as outras e amarrou todas outra vez. Em seguida, prendeu-as na lateral do carro, em cima do carvão. Eu subi no para-lama, agarrei-o com as mãos e sacudi o carro. O barbante rompeu e as esteiras caíram na terra. Ele riu daquilo. O senso de humor deles é engraçado. Depois ficou com uma cara gozada, como se já soubesse como consertar aquilo, e voltou para dentro da choupana. Quando apareceu de novo, trazia um burro, com uma espécie de bagageiro atrelado. Papai abriu as esteiras de novo, dividiu em duas pilhas e enrolou as duas separadamente. Então amarrou os dois rolos no burro, um de cada lado. Depois conduziu o burro até o carro e amarrou-o ao para-choque traseiro.

Eu desamarrei o burro, tirei as esteiras e enrolei todas num rolo só outra vez. Levantei. Não eram tão pesadas. Icei o rolo para cima, de modo que uma ponta ficou na capota e a outra no banco traseiro, que ficava aberto, e amarrei na braçadeira da capota. Entrei na choupana. Juan estava amarrando mais um cesto, a velha estava de cócoras sobre os tijolos da estufa, fumando um charuto. Ela se levantou de um pulo, correu para a porta, deu a volta por trás da choupana e voltou de lá com um osso. Juana teve de desamarrar o cesto de novo e dentro dele estava o cachorro. A velha jogou o osso lá dentro, Juana tampou o cesto e amarrou bem.

Saí da choupana, peguei a chave no bolso, entrei no carro e liguei o motor. Eu tinha de dar marcha a ré para fazer a volta, e os três juntos começaram a berrar. Não era em espanhol. Acho que era puro asteca. Mas dava para entender a ideia geral. Eu estava roubando o carro, os *viveres*, tudo o que eles tinham. Naquela altura, eu não passava de um cara que tinha ficado maluco e estava tentando partir a tempo de completar a viagem, se é que íamos completar aquela viagem algum dia. Mas a maneira como eles se comportaram me deu uma ideia. Coloquei a garota dentro do carro, dei a partida e pus o carro em movimento.

Juana veio para cima de mim, berrando com toda a força dos pulmões, e pulou sobre o estribo do carro.

— Pare! Você rouba o auto! Você rouba os *viveres*! Pare! Pare já!

Eu não ia parar de jeito nenhum. Continuei em primeira marcha, para que ela não caísse, mas não parei e fui subindo o morro, fazendo tanto barulho como se levasse uma carga de latas soltas, com toda aquela tralha lá atrás, até que mamãe e papai ficaram *de todo* fora de vista. Então desliguei o carro e puxei o freio de mão.

— Escute, Juana. Não estou roubando seu carro. Não estou roubando nada... mas por que diabo você não podia comprar toda essa bagulhada em Acapulco, onde você pode comprar bem barato, em vez de entupir o carro até em cima, é isso o que não consigo entender de jeito nenhum. Mas veja bem uma coisa: mamãe, papai, o cachorro e o burro... eles não vão com a gente.

— Mamãe cozinha, ela...

— Nesta noite, não. Amanhã pode ser que a gente volte e leve a mamãe para lá, se bem que eu duvido. Nesta noite, eu estou de folga, a partir de agora. Vou seguir caminho. Se você quiser vir...

— Então você rouba meu carro sim.

— Vamos dizer que estou pegando seu carro emprestado. Agora se decida.

Abri a porta. Ela entrou. Acendi os faróis e partimos.

Naquela altura, eu diria que eram umas sete horas, mais ou menos. Estava escuro por causa das nuvens, mas ainda não era noite. Havia um lugar na estrada chamado Tierra Colorado aonde podíamos chegar antes de cair a tempestade, caso eu conseguisse voltar à estrada principal. Eu nunca havia passado por ali, mas parecia que tinha de haver alguma espécie de hotel, ou pelo menos um abrigo para o carro, com toda aquela tralha que estávamos levando. Comecei a forçar a velocidade. Primeiro, eu tinha de subir a serra, mas na descida soltei o carro engrenado. Foi duro, mas o velocímetro indicava 20, o que estava muito bom. Numa estrada feito aquela, a gente tem de arriscar e tem de estar sempre preparado para um acidente. De repente, houve um estouro e um tranco forte, e paramos. Pisei no afogador. O motor tinha morrido. Dei a partida e ele pegou. Tínhamos batido numa pedra, e o motor parou. Depois disso, tive de seguir mais devagar.

Até então, eu suava por causa do ar quente e do esforço. E ela também. Chegamos ao topo de uma subida e foi como se tivéssemos entrado numa geladeira. Ela tremia e abotoou a roupa. Eu tinha acabado de resolver que precisava parar a fim de vestir meu casaco, quando a coisa começou. Nada de rajadas de chuva, nada disso. Apenas começou a chover, mas estava entrando pelo lado dela, e parei o carro. Vesti o casaco, fiz a garota sair e levantei o banco para pegar as cortinas laterais. Apalpei pelos cantos com a mão. Não tinha macaco, nem chave de rosca, nem ferramenta nenhuma, e nem sombra da cortina lateral.

— Que garagem bacana você arranjou.

No México, a gente precisa ter um segredo de cofre até na tampa do tanque de combustível. Era um milagre que não tivessem surrupiado os faróis do carro.

Entramos no carro e partimos. Agora a chuva caía com força e batia mais forte do lado dela. Enquanto eu estava procurando as cortinas, ela desencavou uns *rebozos* e embrulhou-se toda com eles, mas aqueles panos apenas colaram em volta de seu corpo, como se ela tivesse acabado de sair de uma piscina.

— Tome aqui. É melhor vestir meu casaco.

— Não, *gracias*.

Parecia engraçado, no meio daquilo tudo, ouvir aquela voz suave, aquelas maneiras de índio.

A poeira da estrada virou uma graxa e, à direita, lá embaixo, perto do mar, dava para ouvir as trovoadas — a que distância, não dava para saber, com o carro fazendo aquela barulhada toda. Lutei corpo a corpo com o carro para ele seguir em frente. Cada declive era uma derrapagem, cada subida era uma batalha e cada trecho plano era uma guerra, em que gente tinha de tirar o carro dos buracos em que ele se enfiava até o eixo. A gente estava passando em volta de um morro, com a encosta subindo do nosso lado, e do outro lado um abismo tão fundo que nem dava para ver onde terminava. O abismo ficava do meu lado, e eu mantinha os olhos colados na estrada, o carro rastejava só dois metros de cada vez, porque se derrapássemos ali seria o fim de tudo. Houve uma batida forte por cima, as braçadeiras da capota foram puxadas e alguma coisa rolou aos saltos pelo sulco da estrada, do tamanho de um bujão de vinte litros. Eu pisei no freio antes que aquilo batesse no chão e, depois de muito tempo, ouvi o ronco do carro. O motor ainda estava rodando e então fui em frente. Devo ter demorado ainda um minuto para entender o que tinha acontecido. A chuva tinha soltado uma pedra acima de nós e ela desceu. Mas, em vez de vir direto em cima do carro e nos matar, ela bateu na ponta do rolo de esteiras e desviou.

Mas a pedra rasgou o pano e, assim que terminamos de contornar o morro, acabou-se a capota. O vento entrou por baixo dela e rompeu a lona, e a chuva caiu direto em cima de mim. Agora a chuva batia forte do meu lado. Aí as esteiras começaram a sacudir, abriu-se outro rasgão na capota e a chuva caiu em cima da garota.

— Muito ruim.

— Bom não é.

Passamos pela igreja e começamos a descer o morro. Eu tinha de usar o freio *e* o motor para segurar o carro, mas ao chegarmos lá embaixo parecia que a situação à frente estava um pouco melhor, então levantei o pé para pegar mais velocidade. Aí pisei no freio com tanta força que o motor afogou. O que estava na nossa frente, no meio da chuva, parecia uma várzea de areia encharcada onde eu poderia passar momentos maravilhosos. Na verdade, aquilo era uma água amarela, que descia fervendo tão depressa no arroio que mal se formavam rugas na superfície da água. Mais um metro e a gente teria caído lá dentro, afundando até o radiador. Saí do carro, dei a volta e descobri que eu tinha alguns metros livres para trás. Entrei, liguei o motor e dei ré. Quando pude dar a volta, fiz a manobra e voltamos a subir o morro, derrapando, pelo mesmo caminho por onde tínhamos vindo. Aonde estávamos indo, eu não tinha a menor ideia. Não podíamos ir a Tierra Colorado, nem a Acapulco, nem a nenhum lugar aonde queríamos ir, disso não havia a menor dúvida. Estávamos ilhados. E era muito duvidoso que fôssemos conseguir chegar à choupana da mamãe ou a qualquer choupana. Com a capota esvoaçando em farrapos e toda aquela água batendo em cima da gente, o motor iria pifar a qualquer momento, e onde aquilo iria nos deixar era uma coisa em que eu detestava pensar.

Chegamos ao topo do morro e começamos a descer pelo outro lado, passando pela igreja. Então eu acordei.

— Muito bem, entre na igreja, saia da chuva. Eu vou logo atrás de você.

— Sim, sim.

Ela pulou do carro e correu para lá. Encostei o carro, puxei o freio de mão e peguei meu canivete. Ia soltar as esteiras e usar algumas delas para cobrir o motor, proteger os bancos e a bagulhada na traseira do carro, até que eu conseguisse levar tudo para dentro. Mas minha preocupação maior era o carro. Se aquela máquina não pegasse, estaríamos perdidos. Enquanto eu ainda tentava abrir o canivete com a unha molhada, a garota voltou.

— Está fechada.

— O que foi?

— A igreja está fechada. Trancada. Vamos continuar. Vamos voltar para a mamãe.

— Vamos é uma conversa.

Corri até a porta, sacudi e chutei. Era uma grande porta dupla de madeira pesada e estava muito bem trancada. Tentei pensar num jeito de abrir. Se eu tivesse um pé de cabra, poderia enfiar na fresta e forçar a tranca, mas não havia nem sinal de um pé de cabra. Esmurrei e xinguei a porta e depois voltei para o carro. O motor ainda estava funcionando e Juana já estava sentando no seu banco. Pulei para dentro do carro, fiz uma manobra e apontei a frente direto para a igreja. A escadinha não me importava nem um pouco. A igreja ficava abaixo do nível da estrada e os degraus desciam, em vez de subir, e de todo modo eram baixos e de ladrilho, só uns sete centímetros de altura, e bem largos. Quando Juana viu o que eu ia fazer, começou a se lamuriar e implorou para eu não fazer aquilo, agarrou o volante para eu parar o carro.

— Não, não! Não a *Casa de Dios*, por favor, não! Vamos voltar. Vamos voltar para a mamãe!

Empurrei Juana para o lado e soltei as rodas da frente em cima do primeiro degrau. Desci mais dois degraus aos solavancos e aí as rodas de trás baixaram com um tranco. Mas eu ainda estava em movimento. Segui em frente até o para-choque dianteiro bater na porta. Mantive o carro na primeira marcha, forcei o motor e pouco a pouco soltei a embreagem. Durante três ou quatro segundos, nada aconteceu, mas eu sabia que alguma coisa teria de quebrar. E quebrou. Houve um estalo e pisei no freio. Se as portas se abrissem para fora, eu não queria arrancar as dobradiças das paredes.

Recuei a largura do último degrau, fixei o carro ali com o freio de mão e saí. O ferrolho tinha arrebentado. Empurrei as portas e elas se abriram. Arrastei Juana para dentro da igreja, voltei para o carro e comecei a cuidar das esteiras outra vez. Aí pensei assim: Puxa, qual é o problema com você? Não banque o bobo. Corri de volta e abri as portas da igreja ao máximo. Entrei e comecei a empurrar os bancos da igreja para trás, trabalhando sob a luz dos faróis do carro, até haver um bom espaço livre no corredor central. Em seguida voltei e dirigi o carro para dentro da igreja. Voltei e puxei as portas até se fecharem. Os faróis brilhavam na direção do Santo Sacramento, e Juana estava de joelhos diante do altar, pedindo perdão pelo *sacrilegio*.

Sentei num dos bancos virados de lado, só para sentar. Comecei a me preocupar com os faróis do carro. Na hora, parecia que eu estava pensando na bateria, mas talvez fosse o Santo Sacramento o que mais me incomodava no fundo, sei lá. Levantei e apaguei os faróis. Na mesma hora, o rugido da chuva ficou quatro vezes mais forte. Com ele, dava para ouvir o estrondo das trovoadas, mas não se via nenhum relâmpago. Estava preto feito breu lá dentro, exceto por um ponto vermelho. A lamparina da sacristia estava acesa. De cima dela, vinha um gemido. Eu tinha de ter luz. Acendi os faróis de novo.

De um lado do altar, ficava o que parecia uma sacristia. Fui até lá. A água espirrava para fora dos meus sapatos quando eu andava. Tirei os sapatos. Em seguida, tirei as calças. Olhei em volta. Havia uma batina pendurada ali, e também algumas sobrepelizes. Tirei toda a minha roupa, ceroulas e camiseta molhadas, as meias molhadas, e vesti a batina. Depois peguei um isqueiro que estava num canto e fui na direção da lamparina da sacristia. Sabia que meus fósforos não iam acender. Quando a gente anda descalço no piso de ladrilhos molhados, não faz muito barulho e, quando ela me viu com aquele isqueiro, de batina, não sei o que pensou, ou se pensou alguma coisa. Pulou na minha frente e desandou a tagarelar, me chamou de padre e implorou *absolución*.

— Não sou padre, Juana. Olhe para mim. Sou eu.

— Ah, *Dios*!

— Vou acender as velas para a gente poder enxergar.

Mas falei bem baixinho. Puxei a lamparina para baixo, acendi o isqueiro e fiz a lamparina subir de novo. Em seguida dei a volta pela sacristia, subi no altar e acendi três velas de um lado, atravessei e acendi mais três do outro lado. Apaguei o isqueiro, voltei para a sacristia, coloquei no lugar outra vez. Então voltei e apaguei os faróis do carro.

O gozado foi que não me dei conta daquilo até apertar o interruptor dos faróis. Aconteceu que toda vez que eu atravessava o altar, eu me abaixava e me apoiava num joelho. Fiquei parado, de pé, olhando para as seis velas que eu tinha acendido e pensei bem no assunto. Fazia vinte anos desde o tempo em que eu, ainda menino, fora cantor soprano em Chicago e me considerava católico. Mas eles enfiam aquilo bem fundo na cabeça da gente. Uma parte não sai nunca mais.

Levantei os ovos e mais uma dúzia de coisas da traseira do carro, até alcançar a caixa de chapéu. Estava um bocado molhada, mas não tanto quanto o resto da bagulhada. Levei-a para a sacristia, coloquei no chão, depois voltei e toquei no ombro de Juana.

— Suas coisas estão lá atrás. É melhor tirar essas roupas molhadas.

Ela nem se mexeu.

Naquela altura, deviam ser oito e meia, e comecei a entender que o motivo de eu me sentir tão mole era a fome. Peguei uma vela no altar, acendi, voltei, colei a vela no para-lama traseiro do carro e fiz um levantamento do que eu tinha. Retirei a maior parte da bagulhada que estava na traseira do carro e desamarrei o que estava preso nos estribos, e a única coisa boa que consegui achar foram os ovos. Desembrulhei um ovo, peguei meu canivete para furar a ponta da casca e chupar o conteúdo, mas aí reparei no carvão. Isso me deu uma ideia. Tinha uns ladrilhos soltos no piso, empilhei alguns deles, levei para a sacristia e coloquei-os em duas pequenas pilhas, uma de cada lado. Aí peguei um dos tabuleiros de ferro para assar tortilhas, coloquei em cima dos ladrilhos e pus o carvão embaixo, no espaço entre as duas pilhas de ladrilhos.

A questão agora era como cozinhar os ovos. Não havia frigideiras nem nada parecido. Revirei todos os cestos e não achei manteiga nem gordura nem nada que se pudesse usar. Mas havia uma panela de cobre, maior do que eu queria, mas mesmo assim era uma panela, e isso significava que, de um jeito ou de outro, eu poderia cozinhar os ovos na água. Enquanto eu empurrava para os lados o feijão, o arroz e outras coisas que iriam demorar a noite inteira para ficar cozidas, senti o cheiro de café e comecei a procurar. Por fim, achei o café enterrado no meio do arroz, embrulhado num saco de papel, e depois achei uma pequena cafeteira. O café não estava moído, mas havia ali uma pedra de moer milho; triturei dois punhados de café com a pedra e coloquei numa tigela.

Fui para a sacristia com o que eu tinha conseguido. O problema seguinte era o que usar como água. Gotejava por todas as fissuras do cômodo e a chuva escorria pelas janelas, em regatos, só que parecia meio difícil juntar o suficiente daquela água para poder cozinhar. Mas eu tinha de arranjar água. Lá nos fundos, dava para ouvir uma corrente de água descendo do telhado. Peguei a maior tigela que achei e puxei o ferrolho da porta dos fundos, logo atrás do altar. Mas, quando abri, avistei um poço, poucos passos adiante, descendo o morro. Tirei a batina. Era a única roupa seca que havia e eu não ia deixar que ela se molhasse. Nu em pelo, desci até o poço. A chuva caía em mim feito uma ducha de agulhas e no início foi terrível, mas depois deu uma sensação boa. Abri o peito contra a chuvarada e deixei que batesse em mim. Em seguida, puxei o balde lá do fundo do poço e entornei a água dentro da tigela. Quando voltei para dentro da igreja com a tigela, a água escorria de todo o meu corpo, até dos olhos. Comecei a procurar o guarda-roupa atrás do altar. Ah, eu estava começando a lembrar de tudo, e bem depressa. Eu sabia onde eles guardavam tudo. Sem demora, achei uma porta, abri e lá estavam eles, os panos de mesa do altar, todos bem-arrumados em pilhas. Peguei um, enxuguei-me com ele e vesti a batina. Deu uma sensação de calor. Comecei a me sentir melhor.

A galeria do coro ficava para o lado e fui lá com a intenção de pegar um livro de hinos, arrancar as folhas e fazer fogo. Mas mudei de ideia. Exceto pela janela, não havia nenhuma ventilação na sacristia e eu não queria ficar sufocado pela fumaça logo de cara. Peguei quatro ou cinco pedaços de carvão, coloquei em cima de um ladrilho no meio das duas pilhas de ladrilhos, voltei ao altar e peguei outra vela. Pus a chama embaixo do carvão, virando o tempo todo para que a vela derretesse por igual, e logo consegui arrancar um pequeno brilho. Coloquei mais uns pedaços de carvão, e o brilho ficou mais vermelho. Num minuto, estava pronto, e eu apaguei a vela com um sopro. Quase não havia fumaça. Carvão não faz muita fumaça.

Pousei o tabuleiro sobre os ladrilhos, coloquei a panela por cima e entornei um pouco de água nela. Em seguida, pus alguns ovos lá dentro. Comecei com seis, mas pensei em como eu estava esfomeado e acabei pondo logo uma dúzia. Enchi a cafeteira, pus umas colheres de café e a coloquei também em cima do carvão. Aí fiquei sentado ali, alimentando o fogo e esperando que os ovos cozinhassem. Não cozinharam nunca. A panela era grande demais, ou o fogo era pequeno demais, ou sei lá o motivo. O máximo que consegui foi fazer uma fumaça sair por cima, mas eles estavam cozinhando, o tempo todo, e eu não me preocupei muito com o assunto. De um jeito ou de outro, os ovos iam ficar quentes. Mas o café ferveu. O velho aroma bateu em meu nariz e, quando levantei a tampa, a borra estava em ponto de fervura. Peguei um ovo, fui até a porta dos fundos, quebrei o ovo e deixei que escorresse para o chão. Trouxe a casca de volta e mergulhei no café. Era o de que eu precisava. Começou a ficar limpo.

Fiquei olhando os ovos mais um tempo e me lembrei de meus cigarros e fósforos. Estavam no casaco, e fui até o carro pegá-los. Então pensei nas coisas de Juana. Coloquei os cigarros e os fósforos no cantinho do tabuleiro de tortilhas para secar. Tirei as coisas dela da caixa de chapéu e as pendurei perto do fogo, num banco que havia lá atrás. O que Juana tinha, eu só podia ver em parte. Estava tudo úmido, mas tinha o mesmo cheiro que ela. Um vestido era de lã, e coloquei-o mais perto do calor; havia também um par de sapatos, que coloquei no chão ali perto. Aí comecei a imaginar de que modo a gente iria comer os ovos, mesmo que ficassem cozidos. Não havia colheres nem nada do tipo, e eu sempre detestei ovos fora da casca. Fui até o carro outra vez e enchi até a metade uma tigela pequena com farinha grossa de milho. Voltei, derramei um pouquinho de água ali dentro. Trabalhei com os dedos e, quando ficou pastoso, moldei uma tortilha com a massa, ou pelo menos uma espécie de panqueca grande o suficiente para conter um ovo. Coloquei-a no tabuleiro para assar e, quando começou a tomar cor, virei-a ao contrário. Quando ficou pronta dos dois lados, provei. Não ficou com o gosto certo. Saí e peguei um pouco de sal, que eu me havia esquecido de trazer antes. Pus um pouco de sal na panqueca, experimentei de novo e, de um jeito ou de outro, dava para comer. Dali a pouco, eu já tinha doze delas prontas. Uma para cada ovo, e achei que era o suficiente.

Tudo isso me tomou muito tempo, e não houve o menor sinal de Juana enquanto estive trabalhando. Ela havia saído de perto da grade do altar e ido para um banco, mas ainda estava lá parada, com um *rebozo* por cima da cabeça e com os pés descalços voltados para trás, no lugar onde estava ajoelhada, com a cara metida entre as mãos. Eu me esgueirei até o banco, tomei-a pelo braço e guiei-a até a sacristia.

— Eu já lhe disse para tirar o vestido molhado. Aqui está um mais seco, você pode ir ali atrás trocar de roupa. Se a roupa de baixo estiver molhada, é melhor tirar também.

Peguei o vestido de lã e empurrei-a, com ele, para trás do altar. Quando voltou, ela estava com o vestido.

— Sente-se no banco para que seus pés fiquem nos ladrilhos quentes perto do fogo. Quando os sapatos secarem, pode calçar.

Ela não fez isso. Sentou-se no banco, mas de costas para o fogo, assim os pés ficaram nos ladrilhos frios. Sentou assim para ficar de frente para o altar. Afundou o rosto entre as mãos e começou a murmurar. Peguei meu canivete, soltei uma tortilha de ovo e empurrei na direção dela. O ovo estava meio duro e meio mole, mas ficava firme em cima da tortilha.

Ela balançou a cabeça. Baixei a tortilha, fui ao altar, peguei três ou quatro velas, acendi, voltei e colei-as em volta de nós. Então fechei a porta, aquela que dava para o altar e que eu havia mantido aberta para ter mais luz. Isso fez Juana meio que despertar daqueles murmúrios e ela se virou um pouco para o lado. Quando viu as tortilhas, riu. Isso pareceu ajudar.

— Estão com uma cara muito gozada.

— Bem, pode ser que tenham uma cara gozada, mas não vi você se interessar muito por elas. Se quiser, dá para comer.

Juana pegou uma tortilha, enrolou-a em volta do ovo e deu uma mordida.

— Tem um gosto muito gozado.

— Gozado demais.

Naquela altura eu já tinha dado minha primeira mordida, e o resultado foi certeiro. Devoramos tudo. Ela comeu cinco e eu, sete. Falávamos num tom de voz natural, pela primeira vez desde o momento em que saímos da tempestade, e me veio a ideia de que era porque a porta que dava para o altar estava fechada. Levantei-me e fechei a outra porta, que dava para a igreja, e isso melhorou ainda mais a situação. Passamos para o café, mas não havia nada onde pudéssemos bebê-lo, a não ser uma tigelinha, e por isso nos revezamos. Ela sorvia umas goladas, e depois era a minha vez. Num instante fui pegar os cigarros. Estavam secos, e os fósforos também. Acendemos os cigarros e demos umas tragadas. Tinham um gosto bom.

— Está melhor agora?

— Sim, *gracias*. Estava com muito frio, muita fome.

— Ainda está preocupada com o *sacrilegio*?

— Não, agora não.

— Não houve nenhum *sacrilegio*, sabe.

— Sim, muito mau.

— Não, nem de longe. É a *Casa de Dios*, entende? Todo mundo é bem-vindo aqui. Você viu os burros aqui, não viu? E as cabras? A caminho do mercado? O carro é a mesma coisa. Se a gente teve de arrombar a porta para entrar, foi só porque a gente não tinha a chave. Mostrei todo o respeito, não foi? Você me viu fazer uma genuflexão toda vez que passava na frente do altar, não foi?

— Genu...

— Ficar de joelhos... na frente da Hóstia.

— Sim, claro.

— Não houve nenhum *sacrilegio* aqui, não é? Você está preocupada à toa. Não se preocupe. Eu sei. Eu conheço essas coisas tão bem quanto você. Talvez mais.

— *Sacrilegio* muito ruim. Mas eu rezo. Depois, confesso. Confesso para o *padre*. Depois, *absolución*. Não tem mais nenhum mal.

Naquela altura, já deviam ser mais ou menos onze horas da noite. A chuva não tinha parado, mas às vezes batia pesado, outras vezes não tão forte. As trovoadas e os relâmpagos iam e vinham. Deve ter havido umas três ou quatro tempestades naqueles desfiladeiros, vindas do mar, e a gente estava bem no caminho delas, uma ia embora e a outra chegava em seguida. Naquele momento, uma tempestade estava chegando. Juana começou a fazer aquilo que a vi fazer uma vez ainda no carro: respirava bem fundo e só falava depois de uns dois segundos, durante os quais quase dava para ouvir seu coração batendo. Entendi que o *sacrilegio* era só uma parte do que perturbava Juana. O principal era a tempestade.

— Os raios perturbam você?

— Não. O *trueno*, muito ruim.

Parecia não valer a pena explicar a ela que os raios eram o problema de verdade, o trovão não era nada mais do que barulho, por isso nem tentei.

— Experimente cantar um pouco. Costuma ajudar. Conhece "La Sandunga"?

— Sim, muito bonito.

— Você canta e eu faço o *mariachi*.

Comecei a batucar no banco e marcar o ritmo com os pés no chão. Juana abriu a boca para cantar, mas bem naquela hora estourou um tremendo trovão e ela não cantou nada.

— Do lado de fora, eu não sinto medo. Eu gosto. É muito bonito.

— Com muita gente é assim também.

— Em casa, com mamãe, eu não sinto medo.

— Bom... naquela casa, a gente já está praticamente ao ar livre mesmo.

— Aqui, tenho medo, muito. Estou pensando no *sacrilegio*, em muitas coisas. Me sinto muito mal.

Ninguém podia criticar Juana por causa disso, aqui não era exatamente o que se poderia chamar de um lugar animado. Eu entendi como ela se sentia. Eu mesmo me sentia um pouco assim.

— Pelo menos está seco. Em alguns cantos.

Veio um relâmpago e pus o braço em volta dela. O trovão irrompeu e as velas gotejaram. Juana pôs a cabeça em meu ombro e escondeu a cara em meu pescoço.

A tempestade amainou um pouco depois, e Juana ficou menos encolhida. Abri uma fresta na janela para entrar um pouco de oxigênio na igreja e pus mais uns pedaços de carvão no fogo.

— Você jantou bem?

— Sim, *gracias.*
— O que acha de trabalhar um pouco?
— Trabalhar?
— Podia ajeitar um cantinho para a gente dormir, enquanto eu lavo as panelas.
— Ah, sim, com prazer.

Fui pegar as esteiras e depois trouxe uma pilha de panos de mesa do altar. Depois peguei panelas, tigelas e água e lavei tudo. Não dava para enxergar muito bem, mas fiz o melhor possível. Tive de ir até o poço mais uma ou duas vezes, nu em pelo como antes, e me enxugar novamente com o mesmo pano velho; com isso gastei mais ou menos meia hora. Quando terminei, empilhei as coisas do lado de dentro da porta e entrei no outro cômodo. Juana já estava na cama. Tinha tirado três ou quatro esteiras e alguns panos de mesa do altar para si e arrumou minha cama no extremo oposto da sala.

Apaguei com um sopro as velas de nosso jantar e fui ao altar apagar as outras; aí notei que a outra vela, a que eu tinha colado no para-lama do carro, ainda estava acesa. Pulei a gradezinha do altar, fui até lá e a soprei. Voltei para o altar. Minhas pernas estavam esquisitas, trêmulas. Esgueirei-me até um banco da igreja e sentei.

Percebi muito bem o que estava acontecendo comigo e entendi por que mandei Juana ajeitar as esteiras e levei todo aquele tempo para lavar a louça e as panelas. Eu tinha esperança de que ela arrumasse uma cama só; então, quando vi que não tinha feito isso, foi como um murro na boca do estômago. Até desisti de querer entender por que eu era o único homem na face da Terra com quem ela não iria para a cama. O que eu odiava mesmo era que isso tivesse tanta importância para mim.

Não sei quanto tempo fiquei ali sentado. Queria fumar, e tinha comigo os cigarros e os fósforos, mas apenas fiquei com eles na mão. Eu estava perto do lugar onde fica o coro da igreja, não estava de frente para o Santo Sacramento, mas bem na direção do crucifixo, e eu não conseguia me animar. Uma outra tempestade começava a chegar. Eu gostava da ideia de Juana estar lá do outro lado, na sacristia, sozinha e apavorada. A tempestade continuou a aumentar, a pior de todas, até então. Houve dois clarões de raios e logo depois o tremendo estouro de um trovão. As velas estavam gotejando de novo, mas, na hora em que veio o clarão de relâmpago, com um trovão logo em seguida, todas se apagaram. Por um segundo, não dava para enxergar nada, exceto o ponto vermelho da lamparina da sacristia.

Aí ela começou a gritar. De onde ela estava, com a porta do altar aberta do jeito que eu tinha deixado, talvez ela tivesse ouvido o barulho até antes de mim. Ou quem sabe fiquei de olhos fechados por uma fração de segundo. Sei lá. De todo modo, a igreja encheu-se de uma luz verde que pareceu pousar no crucifixo, e aí o rosto pareceu vivo, como se fosse soltar um grito. Em seguida, não deu para enxergar mais nada, exceto o ponto vermelho.

Agora, ela gritava até não poder mais e eu tinha de arranjar alguma luz. Corri às cegas para o coro, risquei um fósforo e acendi as velas do órgão. Não sei quantas velas havia ali. Acendi todas e assim obtive um clarão de velas. Depois me virei com a intenção de acender de novo as velas do altar, mas eu teria de passar bem na frente do crucifixo, e aquilo era uma coisa que eu não era capaz de fazer. Sentei-me bruscamente diante do órgão. Era um pequeno órgão de pedal. Bombeei o ar com os pés descalços e comecei a tocar. Fazia umas paradas bruscas para o som ficar mais alto. A trovoada rolava e, quanto mais alto soava, mais alto eu tocava. Eu nem sabia o que estava tocando, mas depois de um tempo me dei conta de que era um "Agnus Dei". Parei e comecei um "Gloria". Ficou mais alto. O trovão foi morrendo e a chuva desceu como se o Niágara inteiro tivesse caído em cima de nós. Toquei o "Gloria" inteirinho outra vez.

* * *

— Cante.

Eu não conseguia ver Juana. Ela estava fora do alcance da luz, em cujo centro eu me achava. Mas eu podia sentir que ela estava junto à gradezinha do altar outra vez, e se cantar era o que ela queria, para mim estava ótimo. Pulei o "Qui Tollis", o "Quoniam" e todo o resto até o "Credo", e segui daí para a frente. Não me perguntem o que era. Tinha um pouco de Mozart, um pouco de Bach, um pouco de qualquer um que vocês quiserem. Devo ter cantado umas cem missas na minha vida e eu nem queria saber qual era aquela, e assim pude seguir em frente sem fazer pausa nenhuma. Fui em frente até o "Dona Nobis" e depois que terminei toquei suavemente por mais um tempo, então parei. Os relâmpagos e os trovões tinham cessado de novo e a chuva havia retomado seu rumor regular.

— Sim.

Juana apenas sussurrou, mas ela arrastou a pronúncia do jeito que sempre fazia, e assim o final foi um gemido comprido.

— Igual ao padre.

Minha cabeça começou a latejar com força, como se fosse rachar. Era mesmo o auge do vexame. Depois de todos aqueles anos de estudo de harmonia, de leituras à primeira vista, de piano, de ópera ligeira, de ópera séria na Itália, Alemanha e França, ouvir de uma índia que não sabia ler nem escrever que eu parecia um padre. O eco de minha voz ainda estava em meus ouvidos e não havia jeito de me desviar dele. Tinha o mesmo elemento chato, sem graça, que tem a voz de um padre, sem a menor partícula de vida, nem sequer um eco daquilo que nos faria gostar daquela voz.

Minha cabeça continuou a latejar com força. Tentei pensar em alguma coisa para dizer a Juana, uma coisa capaz de dar um chega para lá nela, mas não consegui.

Levantei-me, apaguei com um sopro todas as velas, menos uma, e levei aquela única comigo. Passei pelo crucifixo rumo à sacristia. Ela não estava perto do crucifixo. Estava bem na frente do altar. Ao pé do crucifixo, vi uma coisa gozada e ergui a vela para enxergar o que era. Eram três ovos numa tigela. Ao lado, uma tigela de café e outra de milho moído. Não estavam ali antes. Vocês já ouviram falar de um católico que coloca ovos, café e milho ao pé da cruz? Não, e nem vai ouvir nunca. É assim que os astecas tratam um deus.

Fui em frente e parei ao lado dela, que estava agachada, sobre os joelhos, o rosto encostado no chão e as mãos estendidas a seu lado. Estava nua em pelo, exceto por um *rebozo* em cima da cabeça e dos ombros. Lá estava ela, afinal, despojada de tudo, exceto daquilo com que Deus a trouxe ao mundo. Ela vinha derrapando de volta a suas origens desde que havia tirado o primeiro pé de sapato, ao sair de Taxco, e agora tinha chegado a seu destino.

Um ponto branco de luz da lamparina da sacristia não parava de se mexer para a frente e para trás, no quadril dela. Uma sensação de arrepio começou a subir por minhas costas e então minha cabeça recomeçou a latejar forte, como se houvesse martelos lá dentro. Apaguei a vela com um sopro, ajoelhei-me e virei Juana para mim.

4

Quando terminou, ficamos deitados, arquejando. O que quer que ela tivesse feito comigo, o que quer que o resto tivesse feito comigo, eu agora estava quite. Ela se levantou e voltou para o carro. Veio um barulho de lá; senti que ela estava voltando e me levantei para ir a seu encontro. Naquela altura eu já estava me habituando ao escuro e vi o brilho do facão. Ela entrou correndo e, quando estava a uns dois metros, deu um golpe segurando o cabo com as duas mãos. Recuei um passo e isso a desequilibrou. Avancei, agarrei seus braços, apertei o polegar contra o dorso da sua mão, bem no pulso. A faca tombou no chão. Ela se sacudiu na tentativa de se libertar. Vejam bem, estávamos nus em pelo. Apertei-a com um braço, levantei-a do chão, levei-a para a sacristia e fechei as duas portas. Em seguida joguei-a na cama em que ela estava antes, pulei em cima dela e afastei os panos. O fogo ainda emitia um brilho suave; acendi um cigarro e fumei, enquanto a segurava com o outro braço, depois esmaguei o cigarro contra o chão.

Quando ela se cansou, afrouxei um pouco a pressão para deixá-la respirar. Sim, foi um estupro, mas só tecnicamente, meu irmão, só tecnicamente. Da cintura para cima, talvez ela estivesse preocupada com o *sacrilegio*, mas da cintura para baixo, ela me queria, e muito. Não podia haver a menor dúvida sobre isso.

Não podia haver a menor dúvida sobre o assunto, e isso meio que pôs um ponto final na história. Ficamos deitados e fumei outro cigarro. Esmaguei o cigarro contra o chão e, de longe, veio o som de um trovão, um só. Ela se sacudiu nos meus braços e depois disso só me lembro de ver que já era dia e que ela ainda estava ali. Juana abriu os olhos, fechou de novo e chegou mais perto. É claro que não havia outra coisa a fazer a respeito, e então eu fiz. Quando acordei de novo, sabia que já devia ser tarde, porque eu estava com uma fome tremenda.

Choveu o dia inteiro, e no dia seguinte também. Dividimos a tarefa de cozinhar, depois do primeiro café da manhã. Eu fazia os ovos e ela, as tortilhas, e isso pareceu dar melhor resultado. Consegui fazer a água da panela ferver, afinal, colocando-a direto em cima dos ladrilhos sem nenhum tabuleiro por baixo, e assim não só a água ferveu como eu ainda poupei tempo. Nos intervalos, porém, não havia muito que fazer, e assim a gente fazia qualquer coisa que nos apetecia.

Na tarde do segundo dia, a chuva deu uma trégua durante uma meia hora e a gente saiu pela lama para dar uma espiada no riacho. Era uma torrente de água. Não havia a menor chance de chegar a Acapulco naquela noite. Subimos o morro, e o sol saiu bem quente. Quando voltamos à igreja, as pedras atrás dela estavam coalhadas de lagartos. Havia lagartos de tudo quanto é tamanho que se pode imaginar, dos miudinhos, que eram transparentes feito camarões, até aqueles grandes, com noventa centímetros de comprimento. Eram de uma tonalidade azul-acinzentada e se moviam tão depressa que os olhos mal conseguiam acompanhar. De algum jeito, eles usavam o rabo para se equilibrar e tomar impulso, e assim corriam pedreira acima em linha reta, pareciam quase voar. Quando a gente olhava para eles, podia acreditar tranquilamente que virariam pássaros, se trocassem as escamas por penas. A gente quase podia acreditar que os lagartos já eram metade pássaros.

Descemos e ficamos parados, olhando para eles, quando de repente ela começou a berrar:

— Iguana! Iguana! Olhe, olhe, grande iguana!

Olhei e não consegui ver nada. Então, imóvel feito a pedra onde estava estirado, e exatamente da mesma cor que a pedra, vi a coisa mais maligna que meus olhos jamais enxergaram. Parecia uma espécie de monstro pré-histórico que a gente vê nas enciclopédias, entre sessenta e noventa centímetros, com uma crista de espinhos que começava na cabeça e percorria todo o seu dorso, e seus olhos tinham uma expressão igual à de uma coisa saída de um pesadelo. Juana pegou um arbusto pequeno que as águas tinham arrancado pela raiz e se aproximou do bicho.

— O que está fazendo, deixe essa desgraça em paz!

Quando falei, o bicho disparou para a pedra seguinte como se tivesse molas nos pés, mas Juana deu uma lambada e acertou-o em pleno ar. O lagarto aterrissou a uns três metros de distância, com a barriga amarela para cima e as quatro patas se debatendo em círculos. Juana avançou depressa, golpeou-o de novo e depois segurou o lagarto.

— Facão! Depressa, traga o facão!

— Que facão nada, solte o bicho, estou mandando!

— É iguana! A gente cozinha! A gente come!

— Comer!... Essa coisa?

— O facão, o facão!

O bicho naquela altura já estava arranhando Juana com as unhas e, se ela não ia soltar o lagarto, eu também não ia deixar que ele fizesse picadinho de Juana. Corri para dentro da igreja atrás do facão. Mas então me veio alguma lembrança daquele animal. Não sei se foi alguma coisa que li em Cortés, ou Diaz, ou Martyr, ou sei lá quem, sobre a maneira como os astecas cozinhavam aqueles bichos no tempo em que ainda reinavam no México, ou se foi algum instinto que eu tinha trazido de Paris, ou sei lá o quê. Eu só sabia era que se a gente cortasse a cabeça do bicho ele estaria morto e isso podia não ser direito. Não peguei o facão. Peguei um cesto com tampa e saí com ele na mão.

— O facão, o facão! Me dê o facão!

Agora o lagarto já tinha se recuperado e brigava para valer, mas eu o agarrei. O único lugar para segurá-lo era a barriga, por causa daqueles espinhos nas suas costas, e isso deixava as garras dele bem em cima do braço da gente. Juana estava sangrando até os cotovelos e agora era a minha vez. Nem vou contar qual foi a sensação de segurar o bicho e de sentir seu fedor. Só isso já era de virar o estômago pelo avesso. Mas eu lhe dei um apertão, enfiei-o de cabeça para baixo dentro do cesto e bati a tampa por cima. Em seguida segurei com força, com as duas mãos.

— Pegue um cordão.

— Mas e o facão? Por que não trouxe...

— Deixe para lá. Vou fazer assim. Um cordão... um barbante... aquele que estava amarrando nossa tralha no carro.

Levei o cesto para dentro, ela arranjou um cordão e eu amarrei a tampa por cima, com força. Aí pus o cesto no chão e tentei raciocinar. Juana não estava entendendo nada, mas me deixou em paz. Num instante, fui alimentar o fogo, peguei a panela e enchi de água. Tinha começado a chover de novo. Entrei e pus a panela no fogo. Demorou um certo tempo. Dentro do cesto, as garras tentavam rasgar o vime, e eu me perguntei se o cesto ia resistir.

Por fim, a água chegou ao ponto de fervura e então tirei a panela do fogo e preparei outra tampa de cesto. Segurei o cesto, ergui bem alto acima da minha cabeça, e deixei cair no chão. Eu lembrava bem o efeito de um choque sobre ele, na primeira vez, e torcia para que fosse dar certo outra vez. Mas não deu. Quando cortei o cordão e fui segurar, levei uma dentada, mas reagi e empurrei-o a socos para dentro da panela. Calquei o tampo do cesto por cima e segurei com o peso do meu joelho. Durante três segundos foi como se eu tivesse posto um ventilador elétrico lá dentro, mas depois parou. Tirei a tampa e icei o bicho. Estava morto, ou tão morto quanto um réptil pode ficar. Aí descobri por que alguma coisa me dizia que era melhor colocar o bicho vivo na panela, em vez de cozinhá-lo já morto, com a cabeça cortada, como ela queria fazer. Quando bateu na água escaldante, ele relaxou os intestinos. Eliminou tudo, e isso queria dizer que agora estava limpo por dentro, feito um apito.

Saí, esvaziei a panela, esquentei um pouco mais de água e esfreguei bem com as folhas de milho que embrulhavam os ovos. Depois esfreguei o bicho todo para limpar. Enchi dois terços da panela com água limpa e coloquei de novo no fogo. Quando começou a fumegar, joguei o lagarto lá dentro.

— Mas é muito gozado. Mamãe não cozinha desse jeito.

— É gozado, mas acontece que me veio uma inspiração. Não interessa como a sua mãe faz. É assim que eu faço e acho que vai ficar bom.

Alimentei o fogo e em pouco tempo a água ferveu. Baixei o calor para o ponto de fervura, e aquele cheiro começou a sair. Era um fedor, no entanto era o cheiro certo, do jeito que eu sabia que tinha de cheirar. Deixei cozinhar algum tempo e, de vez em quando, eu levantava o bicho e puxava uma das suas garras. Quando uma garra se soltou, achei que estava pronto. Tirei da panela e coloquei numa tigela. Juana pegou a panela com a intenção de sair e jogar fora o conteúdo. Quase desmaiei.

— Deixe essa água aí. Não mexa, deixe aí mesmo onde está.

Cortei a cabeça do lagarto, abri sua barriga e limpei. Separei o fígado e tomei todo o cuidado na hora de dissecar a vesícula biliar. Esfolei o bicho e retirei a carne. O melhor ficava ao longo das costas e no rabo, mas trinchei também as pernas, para não desperdiçar nada. A carne e o fígado, eu guardei numa tigela pequena. As entranhas, joguei fora. Os ossos, coloquei de volta na panela e alimentei o fogo de novo, e aí a panela começou a ferver.

— É melhor você descansar. O jantar ainda vai demorar um bocado.

Eu queria que mais ou menos metade daquela água evaporasse na fervura. O dia começou a escurecer, então acendemos as velas e ficamos olhando e sentindo o aroma. Lavei três ovos e joguei lá dentro. Quando ficaram cozidos, tirei da panela, descasquei e coloquei numa tigela com a carne. Juana preparou um pouco de café. Depois de um bom tempo, a sopa estava quase pronta. Então uma coisa me veio à cabeça de repente.

— Escute, temos um pouco de páprica?

— Não, não tem páprica.

— Puxa, seria bom se a gente tivesse páprica.

— Pimenta, sal, tem. Páprica, não.

— Vá lá no carro e dê uma olhada. Esse troço precisa de páprica e seria uma pena ficar sem páprica só porque a gente não procurou direito.

— Eu vou, mas não tem páprica.

Juana levou uma vela e voltou até o carro. Eu não precisava de páprica nenhuma. Mas queria me livrar dela para poder fazer uma coisa sem ter que ouvir falar de novo em *sacrilegio*. Peguei uma vela e um facão e voltei para o altar. Lá, havia uns quatro ou cinco armários, e dois deles estavam fechados. Enfiei a lâmina do facão na fresta da porta de um deles e forcei a tranca. Estava cheio de bombinhas que usam nas missas festivas e de material para o presépio do Natal. Arrombei outro armário. Lá estava o que procurava, seis ou sete garrafas de vinho consagrado. Agarrei uma delas, fechei as portas dos armários e voltei. Arranquei a rolha com meu canivete e provei. Era um xerez de primeira. Despejei mais ou menos meio litro dentro da panela. Quando o vinho ficou um pouco quente, tirei a panela, joguei a carne dentro, parti os ovos e coloquei lá dentro também. Salpiquei um pouco de sal e pimenta.

Juana voltou.

— Não tem páprica.

— Tudo bem. Não precisa. O jantar está pronto.

Pusemos mãos à obra.

Bem, irmão, você pode ficar com o seu *terrapin* à Maryland. É um prato nobre, mas não se compara ao iguana à John Howard Sharp. A carne parece um pouco com a de galinha, com a de perninhas de sapo e com a de rato-almiscarado. Mas é mais macia do que a de qualquer um deles. A sopa é uma das melhores sopas do mundo, e olhem que já tomei *Marseilles bouillabaisse*, *bisque* de camarão de água doce de Nova Orleans, sopa fina de tartaruga-verde, sopa grossa de tartaruga-verde, e todo tipo de sopa de tartaruga que se pode imaginar. Eu acho que minha sopa ficou ainda melhor porque tivemos de sorver de tigelas e fisgar a carne com a ponta de meu canivete. É gelatinosa e inunda a boca até os lábios, deixa os beiços pegajosos, e assim a gente pode não só curtir o paladar como também o tato. Juana bebeu sua sopa deitada de barriga para baixo e, depois de um tempo, me veio a ideia de que se eu chegasse perto e colasse minha boca na dela nós dois íamos ficar grudados, e então a gente experimentou aquilo por um tempo. Então sorvemos um pouco mais de sopa, comemos mais um pouco de carne e fizemos o café. Enquanto estávamos tomando café, ela começou a rir.

— O que é? Onde está a graça?

— Eu me sinto... como se diz? Bêbada.

— Na certa você já nasceu assim.

— Acho que você pegou vinho. Acho que você roubou vinho, pôs no iguana.

— E daí?

— Eu gosto muito.

— Por que não falou antes?

Então peguei a garrafa e começamos a beber no gargalo. Em pouco tempo estávamos lambuzando os mamilos dela com sopa, para ver se grudavam. Depois de um tempo, apenas ficamos deitados sem fazer nada, e rindo.

— Gostou do jantar?
— Foi ótimo o jantar. *Gracias.*
— Gostou do cozinheiro?
— Sim... sim... sim... Cozinheiro muito gozado.

Só Deus sabe que horas eram quando a gente se levantou e foi lavar as panelas. Dessa vez ela me ajudou e, quando abrimos a porta, tinha parado de chover e a lua brilhava. Isso nos fez voltar ao estado normal. Depois que lavamos tudo, começamos a rir e a dançar na lama, descalços. Comecei a cantarolar uma espécie de música para aquela dança e depois parei. Ela estava ali, imóvel sob o brilho do luar, com aquela mesma expressão no rosto que tinha na primeira noite em que a vi. Chegou mais perto de mim e me olhou firme.
— Cante.
— Ah, que inferno.
— Não, por favor, cante.
Recomecei a cantarolar, mas agora, em vez de manter os lábios fechados, cantei para valer, e depois parei outra vez. Já não soava como um padre. Caminhei até a beira das pedras e mandei uma nota na direção do riacho, com todo o gás. Não sei o que foi. Saiu redonda, cheia, do jeito que era antigamente, e deu uma sensação boa, de liberdade. Parei. Mal tinha tomado fôlego para soltar mais uma quando o eco da primeira voltou para mim. Prendi o fôlego. Havia alguma coisa naquele eco que eu nunca tinha ouvido em minha voz, um toque de doçura, de entusiasmo, sei lá o que era, uma coisa que sempre tinha me faltado. Soltei mais uma nota, e Juana se aproximou e ficou olhando para mim. Continuei a soltar as notas, cada uma mais alta do que a outra. Devo ter chegado até o fá acima do pentagrama. Então dei um volteio com a voz e soltei a nota mais aguda que me atrevi a tentar. Quando o eco chegou, tinha um timbre quase de tenor. Dei meia-volta e

corri para dentro da igreja, fui até o órgão para conferir a altura da nota. Era lá bemol, e os órgãos de igreja sempre são afinados um pouco abaixo. Na afinação de uma orquestra, seria pelo menos o lá natural.

Eu estava tremendo tanto que meus dedos sacudiam sobre as teclas. Vejam bem, eu nunca fui um grande barítono. Acho que vocês estão começando a me reconhecer e, depois da nova onda de *Don Giovanni*, e sobretudo depois da transmissão das óperas em cadeia nacional, vocês já devem ter ouvido falar que eu era o melhor desde Bispham, e todo esse tipo de conversa fiada. É tudo bobagem. Eu não era nenhum Battistini, nenhum Amato, nenhum John Charles Thomas. Na voz, eu ficava a meio caminho entre Bonelli e Tibbett. Na representação, era tão bom quanto eles. Tinha de ser, pois era a única coisa que eu fazia, a vida toda. Mas deixem tudo isso para lá. Eu tinha uma senhora voz, é só isso o que estou tentando dizer, e trabalhei essa voz, vivi para ela, e deixei que fosse uma parte de mim até a voz se tornar muito mais do que um simples meio de ganhar a vida. E quero que vocês entendam bem por que quando aquela coisa aconteceu na Europa e desabou em mim sem nenhum motivo que eu pudesse enxergar, e quando os ingressos para minha apresentação na Cidade do México não venderam quase nada, como se eu fosse um pobre coitado que chegou ao fim da linha e que não podia ir para nenhum lugar melhor, e quando aconteceu que nem mais para isso eu servia... a questão não era só que eu era um cantor pé de chinelo e que estava acabado. Alguma coisa dentro de mim tinha morrido. E agora que aquilo tinha voltado para mim, da mesma forma repentina como tinha ido embora, fiquei muito mais empolgado do que vocês ficariam se achassem de repente uma nota de cem dólares. Eu mais parecia um homem que tivesse ficado cego e acordasse um dia e descobrisse que estava enxergando de novo.

Toquei no órgão uma introdução e comecei a cantar.

Era "Eri tu", da ópera *Um baile de máscara*, de Verdi. Mas não tive paciência de ficar pedalando aquela velharia. Fui para o corredor entre os bancos, no meio da igreja, e fiquei andando naquela faixa, cantando sem nenhum acompanhamento. Terminei, cantei de novo e conferi a altura das notas. Eu tinha forçado um pouco o tom para cima. Não era de admirar que acontecesse, depois de tanto tempo na geladeira. Toquei um acorde para pegar o tom e comecei outra música. Cantei durante uma hora e detestei ter de parar, mas naquele tom agudo uma hora era o limite.

Ela ficou sentada num banco da igreja, olhando para mim enquanto eu andava. O *sacrilegio* não parecia mais incomodar grande coisa. Quando parei, ela entrou na sacristia comigo, tiramos a roupa que vestíamos e nos deitamos. Ainda restavam uns seis ou sete cigarros. Continuei fumando. Ela ficou deitada a meu lado, apoiada num cotovelo, ainda olhando para mim. Quando os cigarros terminaram, fechei os olhos e tentei dormir. Ela me abriu um olho com o dedo, depois o outro olho.

— Foi muito bonito, *gracias*.

— Eu já fui cantor.

— Sim. Acho que me enganei.

— Acho que sim.

— Talvez não.

Me beijou e depois dormiu. Mas o fogo se extinguiu, a lua desceu e a janela ficou cinzenta, antes que *eu* dormisse.

5

Chegamos a Acapulco na tarde seguinte, cinco e meia. Não pudemos dar início à viagem antes das quatro horas, por causa da capota arrebentada, que tive de amontoar dentro do porta-malas do carro. Eu não estava a fim de ter uma insolação, por isso deixei que ela dormisse e tentei fazer uma limpeza geral para deixar a igreja mais ou menos do jeito como eu a havia encontrado, exceto por trancas arrombadas e mais algumas coisinhas. Tirar o carro da igreja foi um pouco mais difícil do que fazê-lo entrar. Tive de montar umas rampinhas de barro em cima dos degraus da porta, misturei o barro com água, bati bem e deixei secar ao sol, para que as rodas tivessem alguma tração na marcha a ré. Depois tive de tirar toda a bagulhada do carro para arrumar de novo, quando já estivesse do lado de fora, mas daquela vez tive mais tempo e pude caprichar mais na arrumação. Quando ela acordou de sua *siesta*, partimos. O riacho ainda tinha certa correnteza, mas agora a água já estava limpa, não estava funda, e pudemos atravessar com o carro.

Quando chegamos a Acapulco, ela me guiou até o hotel onde a gente ia ficar. Não sei se vocês já viram um hotel para mexicanos. Era uma graça. Ficava bem na beira da rua que margeia o porto, na periferia da cidade, e não passava de um alojamento de tijolos de adobe, de um só andar, erguido em volta de um pátio poeirento, ou quintal, ou sei lá como chamam, e não tinha mais nada. Em cada quarto, havia uma lata quadrada de óleo, que usam no México inteiro para carregar água, e essa era toda a mobília. A gente usava aquilo para carregar a água para o quarto, apanhada no poço do lado de fora, e não tinha mais nada lá dentro. A nossa esteira, onde a gente dormia, era para levar sempre com a gente, para todo lado, desenrolar em cima do chão de terra e pronto. Por isso é que ela vivia carregando todas aquelas esteiras para lá e para cá. A roupa de cama, era para a gente ter sempre à mão, só que um mexicano não precisa de roupa de cama. Cai na cama do jeito que estiver. As instalações sanitárias eram todas ao ar livre, logo depois do poço. Havia um bando de burros no pátio, presos com cordas, os burros em que os hóspedes tinham viajado, e estacionamos o carro ali mesmo. Ela pegou a caixa de chapéu, a capa, a espada e a orelha, e o *hostelero* nos mostrou nosso quarto. Era o número 16 e tinha uma bela vista para um mexicano com as calças abaixadas, esvaziando as tripas.

— Então, como se sente?

— Muito bem, *gracias.*

— O calor não incomodou?

— Não, não. Melhor do que México.

— Bem, vou lhe dizer o que vamos fazer. Ainda é cedo para comer. Acho que vou passar meu terno, depois dar uma volta e sentir o clima da cidade. Após o pôr do sol, quando ficar mais fresco, vamos achar um lugar legal para comer. Certo?

— Muito bom. Vou ver a casa.

— Certo, mas estou com algumas ideias a respeito do local.

— Ah, o político já tem a casa.

— Entendi. Eu não sabia disso. Muito bem, você vai ver o político, dá uma olhada na casa e depois a gente vai comer.

— Sim.

Achei uma *sastrería* e fiquei lá esperando enquanto passavam meu terno, mas não desperdicei meu tempo tentando sentir o clima da cidade, depois disso. Vocês acham que eu ia bancar o contador de um puteiro, agora? Sem chance. Aquelas notas agudas à beira do riacho tinham mudado tudo para mim. Havia um navio cargueiro parado no porto e eu tinha a intenção de cair fora de lá, se houvesse, neste mundo de Deus, qualquer maneira de conseguir uma vaga no navio.

Já estava quase escuro quando consegui falar com o capitão. Ele estava jantando no Hotel de Mexico, debaixo do toldo. Era um irlandês moreno, chamado Conners, de uns cinquenta anos, com umas sobrancelhas que quase tocavam o nariz, a cara da cor de um cachimbo de sepiolita, mãos queimadas de sol e cobertas de bolhas, finas e compridas feito as mãos de um carteador profissional de vinte e um. Saudou-me com cortesia quando sentei à sua mesa.

— Meu amigo, não conheço seu tio em Nova York, seu irmão em Sydney nem sua cunhada em Dublin, mas que Deus abençoe a todos. Não sou membro da Antiga Ordem dos Pedreiros Livres e não ligo se você tem ou não tem os vinte pesos que custa sua ida para a Cidade do México. Não vou lhe pagar um drinque. Tome aqui um peso para cair fora da minha frente e, se não se importa, agora vou jantar.

Deixei o peso no lugar e não me mexi. Quando ele teve de olhar para mim de novo, rebati a lenga-lenga do mesmo jeito que ele a despejou em cima de mim.

— Não tenho nenhum tio em Nova York, nenhum irmão em Sydney, nenhuma cunhada em Dublin, mesmo assim muito obrigado pela bênção. Não sou membro da Antiga Ordem dos Pedreiros Livres e não estou indo para a Cidade do México. Não quero que me pague um drinque. E não quero seu peso.

— Pela sua cara, você quer alguma coisa. O que é?

— Quero uma passagem para o norte, se é para lá que vai seu navio.

— Estou indo para San Pedro, e a passagem custa duzentos e quinze pesos, em dinheiro da República, pagos adiantados, o que lhe dará direito a um bom camarote particular no tombadilho, três refeições por dia e cortesias do navio.

— Ofereço cinco.

— Negado.

Peguei seu peso.

— Seis.

— Negado.

— Ofereço suor. Faço tudo o que for razoável para ganhar a passagem com meu trabalho, esfrego o tombadilho e dou brilho nos metais. Sou um ótimo cozinheiro.

— Negado.

— Ofereço uma receita de iguana à John Howard Sharp que acabei de aprimorar, um prato que seria uma tremenda experiência para vocês, e talvez ainda melhore sua disposição geral de ânimo.

— Foi a primeira coisa razoável que falou, mas ainda haveria a dificuldade de capturar um iguana. Nesta estação, eles vão para a serra. Negado.

— Ofereço seis pesos e uma nota promissória de duzentos e nove pesos. Garanto que vou pagar a nota promissória.

— Negado.

Observei o capitão comer seu peixe e, àquela altura, eu já estava começando a ficar chateado.

— Escute aqui, talvez você não tenha entendido direito. Quero cair fora daqui, e quero ir no seu navio. Escreva seu contrato do jeito que bem entender. O que tem de entrar na sua cabeça é isto: eu vou.

— Não vai. Já pegou meu peso. Portanto se mande daqui.

Acendi um cigarro e fiquei onde estava.

— Tudo bem, vou pôr as cartas na mesa, vou parar com esse jogo de meias palavras. Eu era cantor e minha voz sumiu. Agora ela voltou, entende? Quer dizer que, se eu um dia conseguir sair deste fim do mundo e voltar para onde está o dinheiro, vou poder pagar. Eu estou bem. Estou tão bem como sempre, talvez melhor do que nunca. Que a nota promissória vá para o inferno. Já estou achando isso um pouco enjoado. Peço a você o favor de me levar até San Pedro para que eu possa me reerguer.

Quando o capitão levantou a cara, seus olhos estavam embaçados de ódio.

— Quer dizer que você é cantor. Um cantor americano. Minha resposta é: não seria seguro para mim levar você a bordo. Antes que eu saísse da enseada com você no navio, eu teria jogado você na água para livrar o mundo desse peso. Não! E não tome mais o meu tempo com essa história!

— Qual é o problema de eu ser um cantor americano?

— Eu tenho até ódio do oceano Pacífico. No lado do Atlântico, posso ter contato com Londres, Berlim e Roma no meu rádio. Mas aqui, o que há? Los Angeles, São Francisco, a Blue Network, a Red Network, um eunuco castrado berrando para eu comprar um sabonete... e Victor Herbert!

— Ele era irlandês.

— Ele era alemão.

— Está enganado. Era irlandês.

— Eu o conheci em Londres quando era jovem e conversei com ele em alemão.

— Ele falava alemão por escolha, sobretudo quando estava com outros irlandeses. Veja, ele não tinha orgulho disso. Não queria que os outros soubessem. Você pode conferir se não é isso mesmo.

— Então está bem, ele era irlandês, se bem que eu detesto ter de admitir isso... E George Gershwin! Para você, ele também deve ser irlandês.

— Ele compôs umas músicas.

— Não compôs nenhum compasso de música. Victor

Herbert, George Gershwin, Jerome Kern, e compre o sabonete que me deixa com pele de menino, Lawrence Tibbett cantando aquela choradeira piegas. Em Tampico, ouvi a *Sinfonia Júpiter*, de Mozart, que aposto que você nunca ouviu, transmitida direto de Roma. No Panamá, peguei a *Sétima* de Bethoven com o maestro Beecham, em Londres...

— Escute, vamos deixar Beethoven de lado...

— Ah, vamos deixar Beethoven de lado, não é? É o que vocês gostam de dizer, seus garotos-propaganda de sabonete. Ele foi o maior compositor de todos os tempos!

— Uma conversa.

— E *quem* foi? Walter Donaldson, eu aposto.

— Bem, isso nós vamos ver.

Havia uns dois ou três *mariachis* ali, mas o lugar ainda não estava cheio, portanto o berreiro deu uma trégua. Chamei um deles e peguei seu violão. Estava afinado direito, para variar. Meus dedos tinham calos por causa de meu trabalho na Cidade do México, e assim eu podia fazer as posições direito sem cortar os dedos. Comecei a introdução da serenata da ópera *Don Giovanni* e depois cantei. Não tentei fazer nenhuma cena, não tentei chamar a atenção, e o resto das pessoas mal percebeu que eu estava ali. Apenas cantei, a meia-voz, arranhei a conclusão no violão e pus a mão sobre as cordas.

Agora ele já estava comendo a pamonha e não parou de colocar o doce na boca. Aí chamou o violonista, teve uma longa conversa cifrada em espanhol e entregou algumas cédulas de dinheiro. O violonista tocou a mão no chapéu e se foi. O garçom tirou seu prato, e o capitão olhou fixo para a mesa.

— É uma questão delicada. Fui um entusiasta de Beethoven desde moço, mas no fundo eu sempre me perguntei se Mozart não era o maior gênio musical que já existiu. Talvez você tenha razão, talvez você tenha razão. Comprei o violão dele e vou levá-lo a bordo do navio. Estou com uma carga de pólvora e só posso partir depois de assinar um milhão de documentos que eles exigem por aqui. Esteja no cais à meia-noite em ponto. Vou soltar as amarras logo depois.

Deixei-o, e meus calcanhares voavam como se tivessem criado asas. Tudo me dizia: fique na sua até a meia-noite, não volte para o hotel de jeito nenhum. Mas eu ainda não tinha comido e não era capaz de entrar num café e ficar sozinho. Lá pelas nove horas, cheguei ao hotel.

Mal tinha alcançado o pátio quando vi que alguma coisa estava acontecendo. Dois ou três lampiões a querosene estavam pendurados, além de umas velas. Nosso carro continuava onde eu o havia deixado, mas uma grande limusine estava estacionada ao lado dele, e o lugar estava cheio de gente. Junto à limusine, um cara parrudo, moreno, cor de caramelo, num uniforme de oficial com uma estrela no ombro e uma automática na cintura, fumando um cigarro. Juana estava sentada no estribo do nosso carro. Entre os dois, mais ou menos duas dúzias de mexicanos em fila. Alguns pareciam hóspedes do hotel, outros pareciam ajudantes contratados, e o último era o *hostelero*. Dois soldados com fuzis revistavam todos eles. Quando terminaram com o *hostelero*, me viram chegando, se aproximaram, me seguraram, colocaram-me do lado dele e me revistaram também. Nunca tinha sido revistado assim, muito menos por dois gorilas que nem estavam calçados.

Quando a revista terminou, o cara com a estrela no ombro veio para o início da fila e berrou com cada um deles em espanhol. Isso levou um bocado de tempo. Quando chegou minha vez, ele despejou o mesmo palavrório aos berros, mas Juana falou alguma coisa e ele parou. Olhou duro para mim e sacudiu o polegar, indicando que eu devia me afastar para o lado. Não gosto de polegares, assim como não gosto de ser revistado.

Ele disparou uma ordem para os soldados e eles foram para os quartos; entravam e saíam. Num instante, um deles soltou um grito e saiu de lá correndo. O cara com a estrela foi até lá com os outros e saíram com nossos feijões, nossos ovos, nosso milho moído, nossas panelas, tigelas, carvão, facões, tudo o que antes estava no carro. Uma mulher começou a chorar, e o *hostelero* começou a implorar. Não adiantou nada. O cara com a estrela e os soldados agarraram os dois e os empurraram para fora do pátio, até a rua. Ele esbravejou mais alguma coisa e abanou a mão. A multidão inteira fugiu para dentro de seus quartos, e dava para ouvir como sussurravam e lamentavam. Ele veio até Juana, pôs o braço em volta dela, ela riu e os dois falaram em espanhol. Trabalho rápido, recuperar a tralha roubada, e ele queria algum elogio.

Juana foi para o quarto 16 e voltou com a caixa de chapéu e outra coisa. Abriu a porta da limusine.

— Para onde você vai com esse cara?

Eu não sabia que ia falar isso. Meu plano era ficar ali parado e deixar que ela fosse embora, mas aquela besteira veio à minha boca sem que eu tivesse a menor intenção de falar assim. Juana deu meia-volta e seus olhos se arregalaram como se não pudesse acreditar no que tinha ouvido.

— Por favor, ele é político.

— Perguntei aonde você está indo com ele.

— Sim. Você fica aqui. Eu venho *mañana*, bem cedo. Aí vamos ver a casa, sim.

Ela estava falando de um jeito meio falso, mas não era para me enganar. Era para enganar o outro e não criar encrenca para mim. Ela continuou a me fitar, tentando mostrar que eu devia ficar calado. Eu estava parado junto do nosso carro, ela se aproximou e me disse alguma coisa mais áspera. Foi até o homem com a estrela e lhe disse alguma coisa em espanhol, e o cara pareceu ficar satisfeito. A ideia parecia ser a seguinte: eu era americano e não entendia nada do que estava acontecendo. Passei a língua nos lábios, tentei me acalmar, ficar na minha até a hora de ir para o navio. Tentei dizer a mim mesmo que ela não passava de uma índia, que não significava nada para mim, que se ela ia passar a noite com aquele babaca, não era nada diferente do que já tinha feito um milhão de vezes antes, que ela não sabia fazer outra coisa e aquilo não era da minha conta. Nada disso. Talvez se não estivesse tão bonita ali ao luar eu poderia ter ficado de bico calado, mas acho que não. Alguma coisa tinha acontecido lá na igreja que me deixou com a sensação de que ela me pertencia. Ouvi minha boca resmungar de novo:

— Você não vai.

— Mas ele é político...

— E porque ele é político e arranjou para você um puteiro nojento para marinheiros, está achando que vai receber parte do seu suborno em forma de serviços. Pois ele está muito enganado. Você não vai.

— Mas...

Ele avançou e disparou uma rajada em espanhol em cima de mim, tão de perto que senti os perdigotos na minha cara. Não estávamos falando alto. Eu estava irritado demais para berrar, e os mexicanos falam manso. Ele terminou, se refez e sacudiu o polegar para mim outra vez, na direção do hotel. Meti um murro na cara dele. O sujeito caiu. Pisei em sua mão, tirei a pistola do seu coldre.

— Levante.

Não se mexeu. Estava apagado. Olhei para o hotel. Tudo o que se ouvia eram sussurros e lamentos. Eles não tinham ouvido nada. Abri a porta do carro com um safanão e empurrei Juana para dentro, com a caixa de chapéu e tudo. Depois contornei o carro correndo, joguei a pistola no banco, pulei para dentro e dei partida no motor. Saí do pátio em segunda marcha e, quando cheguei à rua, já estava em alta velocidade.

Acendi os faróis e dei a arma para ela. Em poucos segundos eu estava no centro e aí percebi o erro que havia cometido quando saí do pátio e dobrei à direita em vez de pegar a esquerda. Eu tinha de sair dali, e sair dali bem depressa, antes que o cara voltasse a si e viesse atrás de mim, e eu não podia voltar. Quero dizer que, no sentido literal, eu não podia voltar. A rua era tão estreita e tão entupida de burros, porcos, cabras, *mariachis* e gente, que mesmo quando a gente topava com um outro carro tinha de fazer uma manobra complicada de ré para os dois poderem passar, e uma meia-volta era impossível. Não havia ruas transversais. A rua cortava a cidade e depois, no morro, levava até o grande hotel de turistas, e ali terminava tudo. Agora o carro avançava muito devagar, o suor descia da minha testa e a gente tinha chegado ao pé do morro. Ali não havia tráfego nenhum, mas a rua ainda era estreita. Virei à direita numa rua lateral. Pensei que, um ou dois quarteirões adiante, poderia dar num caminho que levasse de volta para o ponto de onde eu tinha vindo. Nada disso. A rua simplesmente se extinguia em duas trilhas no meio de um campo que, até onde eu podia enxergar, subiam pela serra. Avancei no campo a fim de fazer a manobra e voltar. Achei que talvez desse tempo de escapulir através da cidade, embora parecesse que nem Jess Willard fosse capaz de fazer uma coisa assim. Aí ouvi tiros às minhas costas, gritos, e o ganido de sirenes de motocicletas. Era tarde demais. Meu caminho estava barrado. Apaguei as luzes e avancei aos solavancos para uma alameda de coqueiros onde pelo menos eu estaria escondido da luz do luar.

Virei o carro na direção da cidade, para que eu pudesse ver, e tentei raciocinar. Tudo dependia de terem ou não notado para onde eu tinha ido quando saí da via principal. Se não tivessem notado, eu poderia ficar ali, oculto, até a lua baixar de todo, até eles irem dormir, e aí eu atravessaria a cidade bem depressa e estaria a caminho da Cidade do México antes que eles percebessem que eu tinha ido embora. Tentei não pensar no navio.

Mais ou menos num minuto, as sirenes começaram a ganir mais alto e três faróis riscaram a noite para fora da cidade, em torno da enseada. Isso queria dizer que eles não tinham a menor ideia de que eu ainda estava por ali. Acharam que eu estava a caminho da Cidade do México e foram atrás de mim. Isso queria dizer que ali a gente ficaria a salvo por um tempo, talvez a noite inteira. Mas eu detestava pensar no que seria de mim quando eu tomasse o rumo da Cidade do México e cruzasse com todas aquelas patrulhas em seu caminho de volta. E a Cidade do México era o único lugar para onde se podia ir. Não havia nenhuma outra estrada.

Ficamos ali parados por muito tempo, e então percebi que Juana estava chorando.

— Por que faz isso? Por que faz isso comigo?

— Você não sabe? Ora, eu... — Tentei me forçar a dizer "eu amo você", mas a frase ficou presa na garganta. — Eu queria você. Não queria que ele tivesse você.

— Não é verdade. Você vai embora.

— O que leva você a dizer isso?

— Agora está cantando, sim? Canta melhor do que qualquer um no México. Vai ficar em Acapulco, numa casa? Por que mente? Você vai embora.

— Nem pensei numa coisa dessas.

— Agora está muito ruim para mim. Não tem mais casa, não. Talvez ele me mate, sim. Não posso mais trabalhar no México. Ele é um político muito grande. Eu... Por que faz isso? Por que faz isso?

Ficamos ali parados mais um tempo, e me perguntei por que eu não me sentia um canalha. Juana tinha me pedido ajuda, numa boa, e o que eu fiz foi mandar para o buraco o lance de sorte que ela havia tido. Mesmo assim não me sentia um canalha. Foi uma grande sacanagem, e mesmo assim não fiquei com a cara vermelha. E aí a ideia me acertou em cheio entre os olhos: *Eu não ia deixar Juana para trás.*

— Juana.

— Sim?

— Me escute bem, agora. Tenho uma coisa para dizer.

— Por favor, não fale nada.

— Em primeiro lugar, você tinha razão quando disse que eu estava indo embora, e eu menti para você. Quando saí, fingindo que ia dar uma olhada na cidade, consegui uma passagem para os *Estados Unidos del Norte* num navio. Eu ia partir à meia-noite.

— Sei que mente, quando sai. Sim.

— Tudo bem, menti. Quer ouvir o resto?

Ela ficou um longo tempo sem responder. Mas sempre dava para perceber quando alguma coisa se movimentava dentro dela, porque sua respiração parava por uns dois compassos e depois voltava. Virou a cabeça para mim uma vez e depois desviou de novo.

— Sim.

— Quando entrei no hotel, queria levar você para jantar, ficar um pouco junto de você, depois escapulir para o reservado dos *caballeros* e não voltar mais. Mas aí você se preparou para ir embora com ele e eu vi que não ia deixar você ir, e não era só porque eu não gostei do tal cara. Eu queria você e não ia deixar que ele ficasse com você, nem ele nem ninguém.

— Mas por quê?

— Vou chegar lá. Ainda não terminei. Agora eu vou embora. Eu lhe disse que era cantor. E era um cantor muito bom, um dos melhores do mundo, e ganhava um monte de dinheiro, e vou voltar a ganhar. Mas não posso fazer nada no México. Vou voltar para meu país, os *Estados Unidos del Norte.* E agora, eis aonde eu quero chegar: você quer ir embora comigo?

— É um país muito grande?

— Muito maior do que o México.

— De que jeito vai chegar lá?

— A gente tem o carro e você ainda tem um pouco de dinheiro. Daqui a pouco, depois que as coisas acalmarem, a gente escapole da cidade e vai o mais longe que puder, antes que amanheça. Depois, amanhã de noite, recomeçamos a viagem e, com sorte, vamos chegar à Cidade do México. A gente fica escondido durante mais um dia e na noite seguinte vai para Monterey. Mais uma noite e a gente chega a Laredo, e lá eu invento um jeito de atravessar a fronteira. Depois que a gente estiver no meu país, tudo vai dar certo.

— É impossível.

— Por quê?

— Eles conhecem o carro. Vão pegar a gente, claro.

Eu sabia que ela estava certa, antes mesmo que falasse aquilo. Nos Estados Unidos, depois que se atravessava uma fronteira estadual, dava para seguir por um bom tempo sem ser apanhado. Mas ali no México as fronteiras não significam grande coisa. Aqueles caras com fuzis são membros das tropas federais e, como só passa um carro de vez em quando naquela estrada, não havia a menor chance de não notarem a gente, de dia, de noite ou a qualquer hora.

— Num ônibus, talvez.

— O que foi, Juana?

— Andar um pouco, esconder o carro. Depois, de manhã, tomar o ônibus. Talvez eles não peguem a gente.

— Está certo, vamos fazer isso.

— Mas por quê? Por que não vai sozinho?

— Muito bem, agora a gente chegou ao X da questão. Você gosta de mim?

— Sim, muito.

— Eu gosto de você.

Fiquei olhando para ela, imaginando por que não conseguia abrir o jogo de uma vez, dizer que eu a amava e pôr um ponto final na história. Então lembrei quantas vezes eu tinha cantado aquelas palavras, em três ou quatro línguas diferentes, como elas soavam estúpidas e como eu tinha dificuldade em transmitir aquilo. E aí me veio a lembrança de como eu odiava aquelas palavras, não pelo que diziam, mas pelo que não diziam. Elas diziam tudo, menos aquilo que a gente sentia nos ossos, na barriga e em outros lugares. As palavras diziam que a gente podia morrer por uma mulher, mas nada diziam da fome que a gente pode ter da mulher, da vontade de ficar perto dela, saber que ela está perto da gente.

— Eu podia dizer de um jeito mais forte, Juana. Talvez eu não deva fazer isso.

— Eles vão pegar a gente, claro. Vão matar a gente.

— Quer arriscar?

Passou um bocado de tempo antes de ela falar qualquer coisa, e antes de falar segurou minha mão e apertou. Então ergueu os olhos e eu sabia que, o que quer que fosse acontecer, não haveria como desconversar. Era para valer...

— Sim.

Um formigamento desceu pelas minhas costas, mas o que eu disse foi uma grande bobagem.

— Sim, o quê?

— O que quer dizer?

— Não acha que está na hora de a gente escolher um nome para você me chamar? Já não estou aguentando mais ser chamado de *señor*.

— Chamo você de *Hoaney*.

Eu meio que desejava que ela fosse escolher alguma coisa diferente do que usava para chamar tudo quanto era caipira desajeitado que tinha dado as caras em seu barraco, mas não falei nada. Então uma coisa apertou minha garganta. Me veio a ideia de que ela não estava me chamando de *honey*, benzinho, em inglês. Estava me chamando era de Johnny... à sua maneira.

— Me dê um beijo, Juana. É exatamente assim que eu queria que você me chamasse.

* * *

A cidade estava escura, agora, e sossegada. Dei partida no motor, saí do bosque e fui para a estrada. Assim que pude, passei para a marcha mais rápida, não para ganhar velocidade e sim para fazer menos barulho. Com o carro livre de toda aquela bagulhada, não fazíamos muito barulho, mas eu segurava o motor na velocidade mais baixa que ele aguentava, e a gente foi em frente, se esgueirando, até chegar à rua principal. Parei, apurei os ouvidos. Não ouvi nada, então liguei o motor de novo e dobrei a esquina, para a esquerda. Eu não tinha acendido a luz e a lua estava baixa no céu, acima do oceano, portanto o lado direito da rua principal estava na sombra. Eu tinha andado meio quarteirão quando ela tocou no meu braço. Encostei o carro no meio-fio e parei. Ela apontou. Uns três quarteirões adiante, à esquerda, onde o luar iluminava, havia um guarda. Estava andando para longe de nós. Era o único à vista. Ela se inclinou para mim e cochichou.

— Ele está indo.

Ela mexeu a mão, apontando para dobrar a esquina. Assim fiz. Dei uns cinco segundos para o guarda, depois estendi a mão para a ignição. O carro se inclinou. Tinha alguém ao meu lado, sobre o estribo. Eu ainda tinha a arma junto de mim. Peguei a pistola e me virei. Uma cara morena apareceu, a menos de quinze centímetros da minha. Então vi que era Conners.

— É você, meu chapa?

— Sou eu. Puxa, você me deu um susto.

— Onde se meteu? Estou procurando você por toda parte! Já me atrasei muito, estou pronto para partir, estou meio chateado com você.

— Eu me meti numa encrenca.

— Não vai me dizer que foi você quem esmurrou o general.

— Fui eu mesmo.

Ele arregalou os olhos e começou a falar num sussurro.

— A punição é a morte, meu chapa, a punição é a morte.

— Apesar disso...

— Não tão alto. A cidade inteira está sabendo. Alguém pode estar dormindo e se de repente ouve pessoas falando inglês, vai logo abrir o berreiro e aí é o fim para você... Entendeu o que eu disse? A punição é a morte. Vão levar você para a cadeia e vão passar uma hora fichando você, preenchendo todos os formulários que existem. Depois vão levar para fora e fuzilar... por ter tentado fugir.

— Se me pegarem.

— Vão pegar. Pelo amor de Deus, vamos.

— Não vou.

— Você não ouviu o que eu disse? A punição...

— Como somos dois metidos nessa encrenca, permita que lhe apresente. Senhorita Montes, o capitão Conners.

— Muito prazer em conhecer você, senhorita Montes.

— *Gracias, capitán* Conners.

Ele a tratou como uma princesa, e ela agiu como se fosse uma princesa. Mas então ele se inclinou mais perto de mim e soprou no meu ouvido.

— Você não vai conseguir, cara. Não vai conseguir se safar com uma garota que conheceu na noite passada, e ainda por cima vai colocar a garota num perigo tremendo. Ela é uma belezinha mesmo, mas grave bem o que estou dizendo. Tem de vir.

— Não a conheci na noite passada, e ela está comigo.

Ele olhou para a rua, de uma ponta à outra, e depois para seu relógio. Em seguida, olhou duro para mim.

— Meu chapa, conhece a canção de Leporello?

— Conheço.

— Então venham cá, os dois.

Ele deu a volta pelo carro e ajudou-a a descer. Juana tinha a caixa de chapéu no colo. Ele pegou a caixa. Ela carregou a outra bagagem. Eu segurei a porta, com medo de que ele a batesse com força, num gesto mecânico. Não fez isso. Eu me esgueirei até o lado direito, para trás dela. O capitão nos levou para trás do carro.

— Vamos manter o carro entre nós e aquele guarda, lá no fim da rua.

Voltamos na ponta dos pés até a esquina que eu havia acabado de dobrar. Em vez de tomar a direção que tinha tomado antes, ele nos puxou para o outro lado, na direção da praia. Chegamos a uma alameda em curva e seguimos por ali.

Dois minutos depois, estávamos num cais e pulamos para dentro de uma lancha. Mais dois minutos, estávamos no convés do *Port of Cobh*, à espera de cerveja e sanduíches. Outros dois minutos e estávamos deslizando ao largo do promontório, e eu estava sentado, com um violão no joelho, cantando para ele a canção de Leporello, enquanto Juana servia a cerveja.

6

Foi uma semana feliz, sem dúvida. Não cantei muito, exceto um pouco à noite, quando ele queria. Passávamos a maior parte do tempo batendo papo sobre nossas preferências musicais. Juana ficava conosco e de repente sumia. O capitão nos deu a suíte real, cujo luxo principal era um chuveiro, de onde saía água do mar. Foi a primeira vez que Juana tomou banho de chuveiro. Talvez tenha sido a primeira vez que tomou um banho de verdade, sei lá. Os mexicanos são as pessoas mais limpas da face da Terra. Têm a cara limpa, os pés limpos, as roupas limpas, e não cheiram mal. Mas, quando tomam banho, ou se tomam banho, isso eu não posso dizer. Para ela, era um brinquedo novo e, toda vez que eu procurava por ela, ia encontrá-la no chuveiro, nua, debaixo da água. Em geral, eu ficava por perto, olhando. Juana era um modelo para um escultor contratar em horário integral, e tinha tanto da cor do cobre que dava a impressão de ter sido forjada em metal, sobretudo quando a água rebrilhava em seus ombros. Eu não deixava que ela visse que eu estava olhando, no início, mas depois descobri que ela gostava disso. Ela ficava na ponta dos pés, esticava os braços e deixava os músculos ficarem ondulados, depois ria. É claro que isso tinha seus desdobramentos.

Na segunda noite, o capitão me saiu com um palavrório sobre Verdi, Puccini, Mascagni, Bellini, Donizetti e "o mais inclassificável de toda essa italianada, Rossini". Foi aí que eu o interrompi.

— Espere aí, espere aí. Sobre todos os outros, não tenho muito a dizer. Eu canto o que eles compuseram, mas não falo sobre eles, se bem que o Donizetti é bem melhor do que muita gente pensa. Mas Rossini, você deve estar doido.

— A "Abertura de Guilherme Tell" é a pior música que já fizeram.

— Tem música boa ali, mas não é o melhor dele.

— Não tem música boa nenhuma ali.

— Está bem, e que tal isto aqui?

Peguei o violão e mostrei para ele um pouco da ópera *Semiramide*. Não dá para tocar um crescendo de Rossini num violão, mas fiz o melhor possível. Ele escutou, sua cara como uma pedra. Terminei e ia começar outra coisa quando ele pôs a mão no meu braço.

— Toque um pouco disso outra vez.

Toquei de novo, depois mandei um pouco de *A italiana em Argel*, e depois um pouco do *Barbeiro*. Isso tomou um bom tempo. Conheço um bocado de Rossini. Não cantei, só toquei. No trecho da abertura do *Barbeiro de Sevilha* em que toca a seção de sopros, eu apenas rocei as cordas com os dedos, e depois para o clímax toquei com a mão bem em cima da boca do violão, e isso produziu mesmo um bom efeito. Parei e ele ficou fumando seu cachimbo por um bom tempo.

— É bonito, música para músicos, não é?

— É isso mesmo. E não perde nada por ser alegre, brincalhona, por não se levar muito a sério.

— É, tem um jeito de quem pisca o olho, e o ritmo de uma faísca.

— Seu amigo Beethoven fez pouco do Rossini, o filho da mãe. Disse a ele que continuasse a compor canções, que nisso ele era bom. Na época, Rossini estava tentando dar uma força para ele, para que não tivesse de viver feito um cachorro na lixeira, que foi como ele o encontrou.

— Se ele fez pouco de Rossini, estava em seu direito.

— Estava uma conversa. Quando uma abertura de Beethoven for tão boa quanto uma do Rossini, aí tudo bem. Antes disso, o melhor era ficar de boca fechada.

— Meu chapa, você está profanando um templo.

— Não, não estou não. Você diz que ele é o maior compositor que já existiu e tudo o mais. Escreveu as nove melhores sinfonias que já foram postas no papel e que isso faz dele o maior compositor do mundo. Mas escute, sinfonias não são tudo na música. Quando a gente chega às aberturas, o nome de Beethoven não está no topo, e o de Rossini está. A ideia de que um homem que foi capaz de compor algo como a *Leonora nº 3* possa esnobar o Rossini é de matar. Puxa, quando aqueles trompetes ressoam, fora de cena, é um efeito barato de vaudeville que faz a "Abertura de Guilherme Tell" soar como o "Prelúdio dos Mestres Cantores", em comparação.

— Confesso que não gosto dessa música.

— Ah, sim, ele queria ensinar a garotada a compor uma abertura, não é? Mas Beethoven não tinha aberturas dentro dele. E sabe por quê? Para compor uma abertura, a pessoa tem de ter amor ao teatro, e ele não tinha. Você já ouviu a ópera *Fidélio*?

— Ouvi, e ela me encabula...

— Mas Rossini amava o teatro e é por isso que ele podia compor aberturas. Ele leva a gente para dentro do teatro... Caramba, dá até para sentir as pessoas sentando, sentir o cheiro do teatro, ver as luzes enquanto a cortina sobe. Quem foi que disse para o Beethoven que ele podia tratar aquele sujeito como alguém com um talento para a diversão que ele devia cultivar?

— Mesmo assim, foi um grande homem.

Toquei o minueto da *Oitava sinfonia*. Dá para tocar quase todo ele no violão.

— Isso é muito bom de ouvir. Pelo jeito que você toca, meu chapa, vejo que você também acha que ele foi um grande homem.

— É.

— O outro também. De agora em diante, vou ouvir Rossini também.

Ficamos vários dias no mar antes de o capitão falar de McCormack, e ele meio que levantou o assunto de improviso, quando estávamos sentados no convés, ao pôr do sol, como se fosse uma coisa em que tivesse acabado de pensar. Mas, quando descobriu que eu considerava McCormack um dos maiores cantores que já existiram, começou a falar:

— Quer dizer que você admira o sujeito, não é?

— Se admiro? Um jogador de beisebol não admira Ty Cobb?

— Cá entre nós, não sou um entusiasta da arte. Como você já percebeu, eu sou mais chegado a sinfonias e acho que a melhor música já composta neste mundo foi para violinos, não para cantores. Mas no caso de McCormack eu abro uma exceção. Não por ele ser irlandês, dou minha palavra de honra. Você tinha razão sobre Herbert. Se tem uma coisa que um irlandês detesta mais do que um senhor de terras é outro irlandês. Acontece é que ele me fez sentir certas músicas que antes me deixavam indiferente. Não falo dessas baladas que ele canta, uma xaropada piegas em que nem vale a pena a gente cuspir. Mas ouvi quando ele cantou Händel. Eu o ouvi cantar um programa inteiro de Händel numa apresentação só para convidados, em Boston.

— Ele canta Händel muito bem.

— Até então, eu não dava bola para Händel, mas ele me revelou esse compositor. É uma coisa que deixa a gente agradecido, despertar para Händel. Qual a razão para isso? Ouvi um milhão dos nossos carcamanos, franceses e ianques cantarem Händel, e uma porção de ingleses também, mas nenhum consegue cantar como ele.

— Bem, em primeiro lugar, ele é bom. É uma coisa que não dá para a gente cortar em pedacinhos e medir. E, quando um cantor é bom, em geral ele é bom do início ao fim. McCormack tem música dentro dele, então basta sentir um cutucão lá dentro para ele abrir as comportas, não importa o que está cantando. Ele tem um instinto para o estilo que nunca o deixa na mão. McCormack nunca deixa um andante se arrastar e ficar lento demais, nem acelera demais um alegro. Nunca enfeita com bobagens uma frase, nem força, nem calcula mal a hora de um clímax. Quando chega lá, está sempre certo, com um C maiúsculo. O que ele fez com o Händel foi dar vida a ele, para você. Até então, você na certa achou que era um compositor apagado, ralo, sem graça...

— Para minha vergonha, era isso mesmo.

— E aí ele invadiu a sua casa, feito um ladrão de madrugada...

— Isso mesmo, isso mesmo, feito um ladrão de madrugada. Você não pode imaginar como foi, meu chapa. Ele ficou ali parado, o sujeito mais arrogante que eu já vi, com seu peito estufado e a cabeça inclinada para trás, e os polegares metidos em seu livro preto de partituras, feito um cardeal que começa a rezar uma missa. E, sem nenhuma palavra, ele começou a cantar. E o sol subiu, e o sol subiu.

— E em segundo lugar...

— Pois é, meu chapa, e em segundo lugar?

— Ele tinha uma voz excepcional.

— Ele podia ter a *Flauta mágica* dentro da garganta que eu nunca ia notar.

— Bem, o desgraçado *quase* tinha a *Flauta mágica* dentro da garganta, se você quer saber. E seus ouvidos percebiam isso, ainda que sua cabeça não notasse. Ele tinha uma voz *excepcional*, não era só uma voz boa. Não estou dizendo que tinha uma voz grande. Nunca era grande, embora tivesse bastante volume. Mas o que torna uma voz excepcional é a beleza, não é o tamanho, e a beleza é o que prende a gente, não importa que esteja na voz de um homem ou na perna de uma mulher.

— Você talvez tenha razão. Eu não tinha pensado nisso.

— E em terceiro lugar...

— Vá em frente, isso é instrutivo para mim.

— Há a língua em que ele foi criado. John McCormack vem de Dublin.

— Não. Ele vem de Athlone.

— Ele não morava em Dublin?

— Não importa. Em Athlone falam com um sotaque bonito, quase tanto quanto em Belfast.

— É um sotaque bonito, mas não é um sotaque. É a língua inglesa tal como era falada antes de todos os outros países do mundo se esquecerem de como se fala o inglês. Há duas coisas que um cantor não pode comprar, pedir nem roubar, e que nenhum professor, treinador ou maestro pode dar para ele. Uma é a sua voz, a outra é a língua com que sua boca nasceu. Quando McCormack estava cantando Händel, cantava em inglês, e ele canta num inglês em que nenhum americano ou inglês jamais vai poder cantar. Não como um irlandês. Não com todo aquele calor, aquele colorido, aquela intensidade que McCormack põe na voz.

— É um prazer ouvir você dizer isso.

— Você mesmo fala com um sotaque bonito.

— Tento dizer o que sinto.

Estávamos deslizando devagar pela Ensenada, quatro ou cinco milhas ao largo, e fumamos um pouco, sem falar nada. O mar parecia um vidro, mas dava para ver o hotel ao pôr do sol, e a linha branca da arrebentação em volta da enseada. Fumamos um pouco, mas tenho uma espécie de ideia fixa com essa questão da língua, ou do que um homem traz consigo para o palco, além do que ele aprendeu. Recomecei a falar e lhe disse como todos os grandes cantores italianos vieram da cidade de Nápoles e lhe dei alguns exemplos de cantores com vozes bonitas que nunca foram muito longe porque eram uns pés de chinelo, e as pessoas não dão atenção a cantores pés de chinelo. Sobre esse assunto, eu já era diplomado. Então passei a falar do México e, quanto a isso, acho que vocês podem adivinhar que fui amargo para burro. Comecei a tirar aquele peso do meu peito. Ele escutou, mas logo me interrompeu:

— Não vá tão depressa, meu chapa, não vá tão depressa. É instrutivo saber que Caruso veio de Nápoles, como McCormack veio de Athlone, e que isso faz parte do dom deles, mas, quando você fala assim do México, eu quero abrir uma exceção.

— Estou dizendo que eles não podem cantar porque não conseguem falar.

— Eles falam manso.

— Falam manso, tudo bem, mas falam no alto da garganta... e *não têm nada a dizer*! Escute, não dá para passar um terço da vida no chão de terra de um barraco de barro e esperar que as pessoas parem para escutar o sujeito quando ele ficar de pé no palco e tentar cantar Mozart. Ei, cai fora, seu índio desgraçado, e...

— Estou perdendo a paciência com você.

— Já ouviu essa gente cantar?

— Não sei se podem cantar, e não me interessa. Mas são um grande povo.

— Em quê? Existe alguma coisa que eles façam bem?

— A vida não é só fazer coisas. Também é existir. São um grande povo. A pequena lá dentro...

— Ela é uma exceção.

— Não é, não. É uma mexicana típica, e a esta altura eu já sei muito bem reconhecer uma delas quando vejo. Navego por este litoral há cinquenta anos. Ela fala manso e se comporta como a rainhazinha que ela é. Há beleza dentro dela.

— Estou lhe dizendo, ela é uma exceção.

— Há beleza dentro deles.

— Claro, a droga do país inteiro é o cenário de uma comédia musical, se é isso o que você quer dizer. Mas, quando a gente vai para trás do palco e para além dos figurinos, o que existe? Por baixo da superfície, o que é que você descobre? Nada!

— Não sei o que é que eu descubro. Não sou grande coisa com as palavras e seria difícil para mim dizer o que eu descubro. Mas eu descubro *alguma coisa.* E tem uma coisa que eu sei muito bem: se é beleza o que eu sinto, então deve estar por baixo da superfície, porque a beleza está *sempre* por baixo da superfície.

— Debaixo da última camada de rochas, lá no fundo de um poço sem fundo.

— Penso muito sobre a beleza, sozinho, de noite, enquanto escuto meu rádio, e tento descobrir sua lógica, entender como um homem como Strauss consegue colocar os piores sons que já profanaram a noite na superfície da Terra, e ainda assim produzir uma coisa consistente. O que sei é o seguinte: a beleza verdadeira tem *terror* nela. Agora eu vou responder às suas palavras desdenhosas sobre Beethoven. Ele tinha o *terror* dentro dele, e seus compositores de aberturas não têm. Compuseram músicas bonitas e, depois dos seus comentários, vou ouvi-los com respeito. Mas, em Beethoven, a gente pode jogar uma pedra lá dentro que nunca vai ouvir o barulho dela tocando o fundo. As eternidades e os infinitos estão em sua música, e eles afetam a alma como o diabo. Não se aborreça com o que vou dizer, também existe terror naquela pequena que está com você, e espero que nunca se esqueça disso, em suas relações com ela.

Não havia muito que eu pudesse dizer em resposta. Eu havia sentido o terror nela, Deus sabe disso. Acendemos outro cigarro e vimos a Ensenada ficar cinzenta, azul e violeta. Meus cigarros tinham acabado, a essa altura, e eu fumava o tabaco do capitão num de seus cachimbos, que ele tinha limpado para mim num jato de vapor da caldeira do navio. A menos de trinta metros do navio, uma barbatana preta se ergueu da água. Era uma coisa feia de se ver. Tinha pelo menos setenta e cinco centímetros de altura e não avançava em zigue-zague, nem cortava um V na superfície da água, nem qualquer dessas coisas que aparecem nos livros. Ela apenas subiu e ficou parada alguns segundos. Depois veio o espirro de um rabo grande que bateu na água e afundou.

— Viu isso, meu chapa?

— Meu Deus, que coisa medonha de se ver, não é?

— Serviu para deixar mais claro para mim o que estou tentando dizer a você. Agora fique aqui e olhe bem. A água, as ondas, as cores na beira da praia. Você acha que isso compõe a beleza do litoral tropical, não é, meu chapa? Pois não é isso. É o conhecimento do que espreita por baixo da superfície, aquela coisa medonha de se ver, como você chamou, que carrega a morte consigo em todos os seus movimentos. Pois é assim, pois é assim com toda a beleza. É assim com o México. Espero que você não esqueça.

Ancoramos em San Pedro mais ou menos às três horas da tarde, e tudo o que eu tinha a fazer era sair para terra firme. Ele me deu dólares em troca de nossos pesos, assim eu não teria problemas quanto a isso, e desembarquei. Levou uns três segundos. Eu era um cidadão americano, tinha meu passaporte; eles olharam o documento, e foi só isso. Eu não tinha bagagem. Mas com Juana a história era diferente, e fiquei muito nervoso imaginando como ela iria desembarcar. O capitão a mantinha debaixo do convés, escondida, e até aí tudo estava correndo bem, mas isso não queria dizer que ela ia conseguir entrar no país. Porém o capitão não se mostrava muito preocupado. Andou pelo porto comigo, acenando para os amigos, e parou para me apresentar a seu cambista, a fim de descontrair o clima. Quando chegou à plataforma de carga, o capitão parou e acendeu um charuto que seu cambista havia lhe dado.

— Lá adiante há uma pequena enseada que chamam de Fish Harbor. Você chega lá numa balsa e dá para ir lá ainda esta tarde, mas não chegue antes de escurecer, pois você não deve ser visto. Existe uma rua junto ao cais e, na via principal que desce dali, um pequeno restaurante japonês a pouca distância da água. Esteja lá às nove horas em ponto. Peça uma cerveja e beba bem devagar até eu chegar.

Deu uma palmadinha em meu ombro e voltou para o navio. Continuei a andar e logo achei o cais da balsa. Em seguida entrei numa lanchonete e pedi alguma coisa para comer. Dali fui a um cinema, para poder sentar. Nem sabia qual era o filme. A cada quinze ou vinte minutos, eu saía para a sala de espera a fim de olhar o relógio. Fosse qual fosse o filme, só sei que vi duas vezes. Por volta das sete horas, saí do cinema e caminhei até o cais da balsa. Ela ainda demorou a chegar, mas quando estava escurecendo ela apareceu e eu fiz a travessia. Levou uns dez minutos. Desci em Fish Harbor, encontrei a rua sem ter de perguntar a ninguém e depois localizei o restaurante. Passei pela frente dele, depois achei um relógio e conferi a hora. Eram oito e meia. Andei até o ponto em que a rua virava uma estrada e continuei andando até achar que tinha percorrido pouco mais de um quilômetro. Dei meia-volta e retornei. Quando passei, o relógio marcava cinco para as nove.

Entrei e pedi uma cerveja. Havia quatro ou cinco caras lá dentro, pescadores, pelo jeito. Ergui meu copo num brinde a eles, e eles fizeram o mesmo, em resposta. Eu não queria bancar o estrangeiro misterioso, que não olha nem para a direita nem para a esquerda. Depois disso, não prestaram mais a menor atenção em mim. Às nove e dez, ele entrou. Apertou a mão de todo mundo, com grande estardalhaço, depois se sentou comigo e pediu cerveja. Eles pareciam mesmo conhecê-lo. Quando veio a cerveja, o capitão pediu ao japonês que fosse buscar um táxi e começou a contar, para mim e para eles, um caso que tinha acabado de acontecer em seu navio. Estava com tudo pronto para desembarcar, a bagagem toda pronta, quando apareceu uma lancha, no escuro da noite, com umas garotas, e começaram a berrar para o cais, chamando alguém de nome Charlie.

— Não pararam de gritar, até que eu fiquei tão de saco cheio do tal de Charlie que tive vontade de jogar a âncora em cima delas.

O capitão falava de um jeito bem engraçado, mas eu não estava com muito senso de humor. No entanto os outros estavam.

— Quem era Charlie?

— Eu nunca descobri. Mas espere um pouco. Claro que meu segundo oficial estava com a cara para fora na escotilha, de olho nas garotas, e vocês sabem o que o sabidão inventou de fazer? Gritou assim: "Esqueçam o Charlie! Venham a bordo, garotas. Eu ajudo vocês a passar pela escotilha, deixem que um homem de verdade cuide de vocês!". E, antes que eu percebesse o que estava acontecendo, ele jogou uma corda, elas encostaram a lancha bem depressa e num instante estavam a bordo do meu navio!

— E o que foi que você fez?

— Desci lá feito um raio e mandei todo mundo sair! "Para fora todo mundo!", falei para elas. "Para fora, pela mesma escotilha por onde entraram, e que eu nunca mais veja a cara de vocês!"

— E elas foram?

— Foram nada! Ficaram rindo da minha cara e me convidaram para ficar com elas! Aí um homem que estava com elas reforçou o convite, e meu segundo oficial teve o descaramento de apoiar a ideia. Fiquei tão furioso que não conseguia nem falar. Mas aí, com um esforço, consegui me controlar. "Isto é um assunto oficial", chamei sua atenção. "Será registrado no seu prontuário e relatado aos seus patrões. Tire essas garotas daqui, e já." Vocês sabem o que as garotas me disseram?

— O que foi que disseram?

— "Biruta."

Isso despertou uma gargalhada.

— Discuti com elas. Argumentei com as garotas, porque eu não queria saber de confusão. No fim, tive de apelar para o guarda do cais, que estava lá parado, olhando para a escotilha e escutando tudo. "Isso está certo, meu amigo?", perguntei para ele. "Entrar assim num navio é uma violação da lei, não é? Se elas entrassem pelo portaló e passassem pelo guarda, tudo bem, mas senão têm de ser presas, não é?" "É isso mesmo, capitão", respondeu o guarda. "E elas não vão passar pelo guarda, se eu estiver no caminho." Isso pareceu deixar as garotas assustadas e então elas saíram com o homem e meu segundo oficial. O caso dele, eu vou cuidar de manhã. Mas o que eu não entendo nessas garotas americanas é o atrevimento delas. Não havia nenhuma com mais de dezenove anos, e onde é que estavam as mães delas durante todo esse tempo? Afinal, o que estavam fazendo naquela lancha? Vocês podem me explicar?

Todos fizeram coro com o espanto do capitão diante da maneira como as garotas se comportavam hoje em dia, e aí veio o japonês e disse que o táxi havia chegado. O capitão pagou, pegamos a mala que ele havia trazido, saímos, pusemos a mala dentro do táxi e ele mandou o motorista esperar. Em seguida, o capitão começou a andar na direção do cais.

— Mas e ela?

O capitão pareceu não me escutar.

— Foram dez minutos muito barulhentos. É claro, se o guarda no cais fosse mais observador, teria notado que o homem na lancha era meu primeiro oficial. Teria notado também que foram três garotas que subiram a bordo pela escotilha, mas foram quatro as que saíram por ela.

— Ah.

Chegamos aos desembarcadouros, passamos por um, depois voltamos e ficamos parados na esquina, fumando. Longe, em algum lugar da enseada, ligaram o motor de uma lancha. Dali a um ou dois minutos, ela deslizou até o desembarcadouro, parou um segundo, saltou para terra firme e veio correndo em nossa direção. Em seguida, a lancha arrancou e sumiu. Eu queria descer e agradecer àqueles caras por tudo o que tinham feito por nós, mas o capitão não deixou.

— Vou transmitir a eles tudo o que você quis falar. As três garotas que eles acharam não têm a menor ideia do que aconteceu e, quanto menos souberem, menos poderão contar. Elas agora vão assistir a um filme bonito e já é o suficiente.

Eu sempre ficava surpreso de ver como me sentia feliz de estar junto dela, e senti aquele aperto na garganta quando ela veio correndo em nossa direção, rindo, como se tudo tivesse sido uma tremenda brincadeira. Voltamos para o táxi, entramos, dissemos ao motorista para pegar a balsa e seguir até o ponto de ônibus mais próximo para Los Angeles. Ela ficou sentada entre nós dois e peguei sua mão. O capitão olhava pela janela. Juana virou-se para ele, mas o capitão continuava a olhar para os prédios que passavam. Então ela esticou o braço e tocou na mão dele. Com isso, o capitão saiu do seu isolamento. Segurou a mão dela com as duas mãos e deu umas palmadinhas, mas ainda demorou um ou dois minutos para falar alguma coisa:

— Há uma coisa que eu gostaria de dizer a vocês dois. Adorei todos os momentos da sua estada em meu navio. Desejo a vocês toda a felicidade e, como estão apaixonados, poderão alcançar isso. O mundo é grande e eu ando boiando por ele, para lá e para cá, feito uma rolha de cortiça numa banheira. Mas, se um dia precisarem de mim, e acontecer de eu estar por perto, vocês só têm de dizer uma palavra. Basta uma palavra.

— *Gracias, señor capitán*... O mundo é grande, eu também ando para lá e para cá... mas se precisa de mim... é só dizer palavra, basta dizer palavra.

— Eu também.

— Está uma noite bonita.

Na balsa, o motorista foi para a frente a fim de fumar um pouco e nós ficamos sozinhos. O capitão se ajeitou melhor no banco e começou a falar.

— As coisas dela estão todas na mala. Cabem melhor ali do que naquela caixinha de chapéu, sobretudo aquela espada que ela está levando. Ela não está usando chapéu e não é má ideia se você guardar seu chapéu na mala, com as coisas dela. Os dois estão bem queimados de sol e, sem chapéu, podiam muito bem passar por um casal que ficou o dia todo na praia e assim ninguém ia ficar desconfiado de que acabaram de desembarcar de um navio.

Abri a mala, coloquei meu chapéu lá dentro e ele continuou.

— Informem-se com o motorista do ônibus e desembarquem o mais perto possível do que eles chamam de Plaza. Naquela região, existem um monte de hoteizinhos que arrebanham os mexicanos da cidade inteira, e vocês não vão chamar nenhuma atenção. Registrem-se como senhor e senhora. Talvez vocês não acreditem, mas, segundo as leis americanas, têm de agir assim e, contanto que façam isso, ninguém vai se importar. De manhã, acordem bem cedo e, assim que puderem, arranjem um chapéu para ela usar. Pus na mala todos os seus xales, mas ela está proibida de usar, porque um xale é o que vai denunciá-la antes de qualquer outra coisa. Duvido que ela já tenha usado um chapéu em toda a sua vida, portanto trate de escolher você mesmo o chapéu, um modelo pequeno, exatamente igual a todos os outros chapéus do lugar. Depois que comprar o chapéu, compre um vestido para ela também. Não entendo nada de roupa de mulher, mas as coisinhas dela me fazem pensar no México e olhos mais aguçados do que os meus podem ficar desconfiados. Compre um vestido igual ao que todo mundo usa por lá. Depois de comprar um chapéu e um vestido para ela, já vai poder respirar mais aliviado quanto à entrada ilegal no país. O sotaque dela não vai chamar nenhuma atenção. Nos Estados Unidos há tantos sotaques quantos são os países do mundo, e ela poderia muito bem ter passado aqui a vida inteira e ainda falar do jeito que fala. Mas as roupas vão marcar. Ela também não deve se encontrar com muitos mexicanos. Há uma crença entre eles de que o governo dos Estados Unidos paga informantes para denunciar os imigrantes ilegais do tipo dela. Não acontece isso, mas quem sabe um deles pode denunciá-la a fim de embolsar a recompensa lendária. Assim que puder, arranje um trabalho. Um trabalhador pode responder por si mesmo, um ocioso é um enigma que todos os outros tentam decifrar. Seria uma boa ideia ela aprender a ler e escrever.

Saímos do táxi na parada de ônibus, apertamo-nos as mãos e depois ela abraçou o capitão e beijou-o. Ele estava comovido quando me aproximei para ajudá-lo a entrar de novo no táxi.

— E você vai se lembrar do que lhe falei, não vai, meu chapa? Sobre ela, o México e tudo o mais?

— Vou, sim. Pelo resto da vida.

— Trate de fazer isso. Pelo resto da vida.

7

Achamos um hotelzinho, uma espelunca de dois dólares a diária, na rua Spring, e não houve nenhuma dificuldade. Era o que se podia esperar, mas, depois do México, aquilo mais parecia um palácio, e ainda nos deram um quarto com chuveiro, e assim ficamos bem contentes. Depois que ela fez a água jorrar no banheiro até cansar, saiu, veio para os meus braços, e eu fiquei lá deitado pensando em como a gente ia começar nossa vida junto, no meu próprio país, e quis dizer alguma coisa a respeito disso, mas quando fui ver ela já estava dormindo. Levantamos cedo na manhã seguinte e, assim que as lojas se abriram, fui para a rua a fim de arranjar o tal chapéu. Em seguida compramos um vestido por três dólares e setenta e nove centavos e um casaco por seis dólares. Restavam trinta e oito dólares, dos quinhentos pesos dela. Paramos num restaurante pequeno, tomamos um breve café da manhã e então levei Juana de volta para o hotel e fui procurar trabalho.

A primeira coisa que fiz foi telegrafar para meu empresário em Nova York, o mesmo que me mandara para o México. Expliquei que eu estava bem outra vez e pedi que visse o que podia fazer por mim, pois eu queria tocar adiante minha carreira. Então comprei uma revista *Variety*, a edição de Hollywood, e dei uma olhada para ver se havia anúncios de empresários. Havia muito poucos; o único que parecia adequado para mim chamava-se Stoessel e tinha escritórios em Hollywood, assim peguei um ônibus e fui até lá. Levei uma hora para conseguir falar com o tal sujeito e ele nem se deu o trabalho de olhar para mim.

— Meu irmão, por aqui, cantores são que nem capim, e o público já cansou de se distrair com eles. Já tentaram de tudo, e quantos deles se deram bem? Eddy, MacDonald, Pons, Martini e Moore... E nem o Pons nem o Martini estão com essa bola toda. O resto deles é um fiasco, nada mais do que um fiasco. E a questão não é só que eles são um fiasco, acontece que já queimaram as pestanas inventando histórias para chamar a atenção do público para eles. Só que o pessoal está de saco cheio de cantores. Quando querem um cantor, talvez para um número numa produção pequena, já sabem onde arranjar. Fora disso, não tem nada. Lamento, mas você está no lugar errado.

— Não estou falando de filmes. E os teatros?

— Eu poderia agendar espetáculos para você por doze semanas seguidas, pelo litoral, e isso num piscar de olhos, se você fosse um nome conhecido. Sem o nome para pôr no letreiro, não vale um centavo.

— Eu sou bastante conhecido.

— Nunca ouvi falar de nenhum John Howard Sharp.

— Cantei mais na Europa.

— Aqui não é a Europa.

— E quanto às boates?

— Não perco meu tempo com essas bobagens. Se quer uma boate, tem uma porção aqui em volta. Se isso lhe interessa, pode ganhar uns trocados aqui e ali. Tente Fanchon e Marco. Talvez tenham uma vaga para você.

Desci a rua Sunset, até o Fanchon e Marco. Estavam apresentando um número de dança e não parecia haver lugar para um cantor. Fui a uma estação de rádio. Fizeram uma audição comigo e disseram que me cederiam um horário à tarde, mas não iam pagar nada e eu mesmo teria de providenciar meu acompanhamento. Respondi que ia voltar.

Mais ou menos às quatro horas, fui a uma boate em La Brea, onde me deixaram cantar, e disseram que pagariam sete dólares e meio por noite, mais gorjetas e comida, e que eu me apresentasse em traje a rigor às nove horas. Respondi que ia aparecer. Achei uma loja de roupas para alugar um traje a rigor completo. O preço era três dólares por noite, dez por semana, e isso ia me deixar um lucro muito reduzido, mas eles também não tinham nada ali que servisse. Eu media um metro e oitenta e dois e pesava quase noventa quilos, e isso é excessivo para uma loja de roupas de aluguel. Voltei para a rua Spring. Havia uma lojinha ainda aberta, entrei e comprei um violão de segunda mão por cinco dólares. Eu não ia pagar a um acompanhante para minha voz ir ao ar. Com aquele violão, eu mesmo podia fazer meu acompanhamento.

Aguentei as pontas desse jeito por uns três ou quatro dias. Guardava o violão na estação de rádio e ia lá todo dia às duas e meia. Iam me dar quinze minutos e anunciariam meu nome, mas, quando eu me desmembrei em dois, John Howard Sharp, barítono, e *signor* Giuseppe Bondo, o famoso violonista italiano, eles passaram a me dar meia hora. Eu cantava umas duas músicas e então apresentava o *signor*, e o *signor* anunciava suas músicas em voz bem alta e em italiano. Em seguida eu tentava traduzir, e traduzia tudo errado, então se eu dizia que ia ser "Corações e flores", o *signor* tocava *Liebestraum*, ou algo assim. O diretor da estação achou que era uma piada muito boa e nos transformou num programa regular e fez publicar nossos nomes no jornal. Depois do segundo dia, ele recebeu umas vinte ou trinta cartas a meu respeito e duzentas ou trezentas sobre o *signor*, ficou todo empolgado e disse que ia encontrar um patrocinador para nós. Um patrocinador, fiquei sabendo, era um anunciante que ia nos pagar um cachê.

Num daqueles dias, depois da transmissão do programa, levei o violão comigo e fui ao Parque Griffith, onde a Associação de Iowa estava promovendo um piquenique, quarenta ou cinquenta mil pessoas. Pensei que, se eu cantasse aqui e ali, poderia ganhar algumas gorjetas. Eu nunca tinha ganhado gorjetas e fiquei pensando em como ia me sentir. Mas nem precisava ter me preocupado com isso. A Associação Iowa gostou de mim, mas ninguém meteu a mão no bolso. No entanto, no dia seguinte, fui ao Baltimore, onde o Rotary Club estava promovendo um almoço. Já entrei com o violão em punho, como se estivesse previsto que eu deveria estar mesmo lá, e, quando cheguei ao salão de refeições, fui até o centro da mesa em U onde estavam todos sentados, toquei um acorde e comecei a cantar. Escolhi uma ária da ópera *O trompeteiro de Sackingen*, porque a gente pode atacar direto, sem a necessidade de uma introdução do coro nem nada. Um capitão e três garçons vieram aos trambolhões para me empurrar para fora, mas aí dois ou três sujeitos gritaram:

— Deixe, deixe o cara cantar!

Me apoiaram com aplausos e eu tratei logo de emendar uma canção na outra. Lembro que uma delas era "Mandalay", de Speaks. Aí um sujeito lá no canto começou a berrar:

— Polliochi! Polliochi!

Eu nem podia imaginar que estavam gritando para eu cantar a ópera *Pagliacci*, então nem prestei atenção aos gritos, mas o cara continuou a se esgoelar e outros também passaram a berrar "Polliochi!", a maioria só para calar a boca do tal sujeito. E aí ataquei logo a introdução e comecei a cantar o prólogo. Não é minha música predileta, mas até que canto direito e, no final do andante, mandei ver no lá bemol. O certo é cantar o lá bemol só pela grana e por mais nada, mas já fazia um bocado de tempo que ninguém fazia questão de ouvir meu lá bemol. Então enchi bem a nota e cortei de repente, e depois, no mi bemol que vem logo após, fiz tremer as vidraças das janelas. Quando terminei, recebi o maior aplauso, e aí mandei logo *O trovador* e *La traviata*.

Quando chegou a hora dos discursos, o presidente, ou

diretor, ou sei lá o que era, me chamou e me disse para esperar, e começaram a fazer uma vaquinha para mim. Pegaram emprestada uma bandeja com um garçom, correram a bandeja pelo salão inteiro e, quando ela voltou, estava cheia de moedas. Ele me entregou, eu agradeci e enfiei no bolso. Eu tinha recebido uma gorjeta, mas não sentia nada. Fui ao banheiro contar o dinheiro.

Eram seis dólares e setenta e cinco centavos, mas a gente estava ficando cada vez mais duro. Mesmo com aquilo, só nos restavam vinte e dois dólares, e ninguém mostrava o menor interesse em John Howard Sharp. No entanto, naquela noite, havia uma apresentação da ópera *Carmen* ao ar livre, no Hollywood Bowl, por um dólar e meio por cabeça, mas alguns lugares custavam setenta e cinco centavos, e assim é claro que a gente tinha de ir. Se a gente quer saber onde encontrar um cantor de ópera numa noite em que uma ópera está sendo apresentada, é lá mesmo que vamos encontrá-lo, e em nenhum outro lugar. Um jogador de beisebol, por algum motivo, prefere uma partida de beisebol.

Então falei para Juana se vestir para a gente conseguir chegar bem cedo, a tempo para arranjar um lugar decente. Nessa altura, ela já havia parado de brincar com o chuveiro e passara a brincar com o chapéu. Colocava o chapéu e tirava, colocava e tirava de novo, e se olhava no espelho e perguntava se estava usando direito, depois tirava outra vez e recomeçava tudo. Em geral, eu dizia que estava ótimo, mas era engraçado como ela ficava boba, tentando ver qual era o efeito do chapéu. Até então, eu pensava num chapéu de mulher como um troço que ela punha na cabeça e esquecia, pronto. Mas, do jeito que Juana fazia, virava a coisa mais gozada que já vi na minha vida. Metade do tempo, ela usava o chapéu tombado para trás e, mesmo quando não fazia isso, colocava o chapéu para baixo, na cabeça, de um tal jeito que parecia que nem era o chapéu dela. Fiz o melhor que pude para ajeitar, e até que ficou melhor do que o jeito que ela arrumava, mas mesmo assim ficou com aquela cara de um nó de gravata que foi dado por uma outra pessoa, não pelo próprio engravatado.

A noite estava quente, por isso ela não ia usar o casaco. Juana resolveu vestir a capa de toureiro. Ficou mesmo muito bacana, então por mim estava tudo bem. Depois que ela abriu a capa, chegou perto de mim para eu fazer os acertos finais no chapéu. Ajeitei de um modo que parecia quase legal e aí ela foi para a frente do espelho dar uma olhada. Deu um último empurrãozinho no chapéu que o deixou esquisito de novo, vestiu a capa e deu uma voltinha para ser admirada.

— Estou muito bonita?

— É a mais bonita do mundo.

— Sim.

O espetáculo estava anunciado para as oito e meia e nós chegamos lá às sete e meia, mas descobri que eu não tinha a menor ideia do que significava chegar cedo quando apresentam uma ópera no Hollywood Bowl. Acho que a maioria das pessoas já estava lá desde o café da manhã. O melhor que conseguimos foi perto da última fila, a cerca de quatrocentos metros do palco. Era a primeira vez que eu via o Hollywood Bowl, e talvez vocês nunca tenham ido lá. É tão grande que não dá para acreditar. Já estava quase escuro quando chegamos, e o público se derramava para dentro em torrentes, por todas as entradas, e tinha gente para todo lado que se olhasse. Calculei o público o melhor que pude e, pelas minhas contas, depois que todo mundo entrou, havia umas vinte mil pessoas. No final, deu tudo certo. Fiquei imaginando se usavam amplificadores ou o que é que faziam para funcionar daquele jeito. Dava medo pensar em cantar num lugar daquele.

Olhei o programa a fim de ver quem estava cantando. Eu tinha ouvido falar de alguns cantores do elenco. José e Micaela eram interpretados por gente do segundo escalão do Metropolitan. Havia um texto no programa sobre Carmen. Era uma garota da própria região. Eu conhecia o sujeito que faria Escamillo. Chamava-se Sabini e interpretou Sílvio em Palermo, certa noite, enquanto eu interpretei Tonio. Fazia cinco anos que eu não tinha notícias dele. O resto eu não conhecia.

Tocaram a introdução, as luzes se acenderam e a gente começou a se divertir. Vou lhes dizer uma coisa, aquilo sim era a ópera do jeito que a gente sonha. Não havia cortina. Acendiam as luzes e pronto, e, quando terminavam, apagavam tudo e acendiam só um foco de luz nas arcadas. A orquestra ficava na frente, embaixo. Logo depois havia uma escada de uns poucos degraus largos e, bem depois disso, o palco, sem a concha acústica que costumam usar em concertos ao ar livre. Ali, construíram uma cidade inteira, a casa da guarda de um lado, os cafés do outro, a fábrica de cigarros ao fundo. A gente tinha de esfregar bem os olhos para não acreditar que estava na Espanha de verdade. O jeito como iluminaram o palco era genial. Havia um equipamento de luzes que superava tudo o que eu tinha visto. E aquela cidade sobre o palco estava repleta de gente. A montagem parecia uma espécie de coligação entre uma escola de dança e um coro local, e devia ter pelo menos trezentas pessoas. Quando a campainha tocou e as garotas começaram a sair da fábrica de cigarros em bandos, foi uma torrente humana no palco. Parecia mesmo a hora do almoço. Entre um ato e outro, eles empurraram aquela tralha toda para fora e arrastaram até o palco o café para o segundo ato, os rochedos para o terceiro ato e a entrada da arena de touradas para o quarto ato. O lugar é tão grande que, com as luzes apagadas, ninguém prestava nenhuma atenção no que estavam fazendo lá em cima. Não usavam nenhum amplificador. Grande daquele jeito, a acústica era tão perfeita que dava para ouvir até um sussurro. Foi isso o que mais me impressionou.

Os cantores principais estavam bem, talvez nem tanto, exceto os dois do Metropolitan, mas eu não me importei com isso. Estavam fazendo uma apresentação, e isso já era o bastante. Então, quando aconteceu aquela coisinha de nada, nem prestei atenção. Um cantor consegue perceber um problema a quilômetros de distância, mas eu estava lá para me divertir, então, para que me preocupar? Mas aí eu acordei.

Aconteceu que, no meio da cena do primeiro ato em que os soldados trazem Carmen de dentro da fábrica depois que ela meteu uns sopapos numa garota, um corista adiantou-se na direção de Zuniga, apontou o polegar para os bastidores e começou a cantar a parte dele. Zuniga saiu do palco. Foi só isso. Fizeram de um jeito tão natural que parecia fazer parte da ópera, e acho que nem vinte pessoas perceberam o que tinha acontecido. Era preciso conhecer a ópera para perceber. Fiquei pensando naquilo, porque Zuniga tinha uma ótima voz de baixo e vinha cantando bem. Mas eu estava ouvindo Carmen, e ela começou a cantar a "Seguidilla" antes que eu me desse conta do que estava acontecendo.

Levantei-me de um salto, agarrei a capa de toureiro de Juana, desvencilhei-me do meu casaco, coloquei-o sobre ela e apontei lá para baixo.

— Me encontre lá depois que acabar! Entendeu?

— Aonde vai?

— Não interessa. Me encontre lá. Sacou?

— Sim.

Dei a volta por trás da última fileira, desci a rampa correndo, me enfiei por trás do palco e pedi ao ajudante de palco que chamasse o empresário. Ele apontou para uns carros estacionados mais atrás. Fui até lá e, claro, lá estava Zuniga, ainda em seu uniforme de capitão, e um cara gordo, de pé junto a um carro, discutindo com alguém sentado lá dentro. Dei uma palmadinha no ombro do gordo. Ele me deu um chega pra lá com a mão e nem me olhou.

— Estou ocupado. Mais tarde.

— Caramba, estou disposto a interpretar Escamillo para você!

— Vá embora daqui!

— O que é que há com você, está com a voz travada? Você chamou esse cara para representar o papel e *ele não consegue cantar!*

Zuniga virou-se.

— Você ouviu o que ele disse, Morris. Não consigo cantar o fá. Não consigo.

— Já ouvi você cantar.

— Em outro tom, sim.

— Vão abaixar o tom para você!

— Como? Não dá para transpor o tom de um trecho inteiro entre um ato e outro! Eles não têm nem partituras para escrever!

— Pelo amor de Deus! Eles podem ler e transportar o tom na hora...

— Podem é uma conversa. Fora de questão!

Nessa altura, o homem que estava dentro do carro meteu a cabeça para fora pela janela, e era o Sabini. Quando me viu ali, me agarrou e começou a me beijar com um lado da boca e a me elogiar para o empresário com o outro lado. Então desandou a falar comigo em italiano, a cem quilômetros por hora, me explicou que ele não se atrevia a sair daquele carro, não se atrevia nem a ser visto, do contrário os oficiais de justiça que cuidavam do processo de sua esposa contra ele iriam pular em cima dele, e era por isso que não podia cantar. Mas aí ele saiu pelo outro lado do carro, mais afastado, tirou um baú do porta-malas e me chamou lá atrás. Começou a me despir e, assim que tirava uma peça de minha roupa, sacava do baú uma parte da indumentária do Toureador para eu vestir. O empresário acendeu um cigarro e ficou lá olhando a gente. Então ele se afastou.

— Depende do maestro.

Ouviu-se um grande clamor vindo da plateia, o que significava que o primeiro ato tinha terminado. Sabini pulou para dentro do carro e acendeu os faróis. Fiquei na frente deles; Zuniga pegou o equipamento de maquiagem e começou a me maquiar. Pôs a *coleta*, e experimentei o chapéu. Ficou bom. Quando o empresário voltou, trouxe um cara jovem, em traje a rigor, o maestro. Levantei-me e falei. Ele me olhou de alto a baixo.

— Já interpretou Escamillo?

— Pelo menos cem vezes.

— Onde?

— Paris, entre outros lugares. E não no Opéra. No Comique, se isso faz algum sentido para você.

— Cantava sob que nome artístico?

— Na Itália, Giovanni Sciaparelli. Na França e na Alemanha, com meu nome mesmo, John Howard Sharp.

Ele me lançou um olhar que faria o leite talhar, me deu as costas e acenou para Zuniga.

— Ei, qual é o problema?

— Sim, ouvi falar de você. E você está acabado.

Soltei uma nota tão forte que devem ter escutado até lá em Glendale.

— Isso parece coisa de um cantor acabado?

— Mas você perdeu a voz.

— Perdi, e recuperei.

Ficou olhando para mim, abriu a boca uma ou duas vezes para dizer alguma coisa, depois balançou a cabeça e virou-se para o empresário.

— Não adianta, Morris. Ele não consegue. Fiquei pensando naquele último ato... Senhor Sharp, eu gostaria de poder usá-lo. Iria nos tirar de um grande apuro. Mas, para beneficiar a escola de balé, nós interpolamos *Arlésienne* no quarto ato e escalei o barítono para a cena, e também...

— Ah, *Arlésienne*, é? Escutem: me deixem cantar isso. É só o que peço. Me deixem cantar!

Vocês acham que é impossível um homem subir no palco e cantar uma coisa que ele nunca viu pela frente? Pois bem, houve um barítono das antigas, que já morreu faz tempo, chamado Harry Luckstone, irmão de Isadore Luckstone, a professora de canto. Ele tinha um primo chamado Henry Myers, que compõe umas musiquinhas de vez em quando. Myers compôs uma canção e um dia estava falando com Luckstone sobre ela, e Luckstone falou: muito bem, vou cantar essa música agora.

— Mas ainda não pus no papel.

— Tudo bem, vou cantar assim mesmo.

— Bem, a música é assim...

— Pelo amor de Deus, será que um homem tem de saber uma canção para cantá-la? Vai tocando aí no seu piano que eu canto!

E cantou. Ninguém, a não ser um outro cantor, percebe se um cantor é de fato bom. Claro, eu cantei *Arlésienne* para ele. Dei uma boa olhada na partitura depois do terceiro ato, e o que ele fez foi pôr algumas palavras na parte lenta para que o barítono cantasse, depois o barítono e o coro iam cantar aquelas palavras na parte rápida, em um contraponto perfeito. Nem me dei ao trabalho de ver quais eram as palavras. Berrei "*Auprès de ma blonde, qu'il fait bon, fait bon*", e fiquei por isso mesmo. Num ponto, pulei direto uma repetição. Os dançarinos ficaram todos congelados num pé só, prontos para repetir a mesma rotina, e lá estava eu, parado a vida todo num mi que nem devia estar ali. O maestro levantou os olhos para mim, percebi seu olhar, e mesmo assim fiquei na nota, não larguei meu osso, enquanto ele se comunicava com seus músicos e transmitia mensagens para a bailarina com gestos. Aí ele ergueu os olhos para mim outra vez e então cortei a nota, e berrei: "Ha, ha, ha!". Ele baixou a batuta, o espetáculo recomeçou e eu comecei a abanar a capa para as dançarinas. Na canção do Toureador, no longo "Ah" que abre caminho para o coro, eu desdobrei a capa toda e fiz uns passes para o touro. Não era grande coisa, vocês entendem. Um efeito de cena exagerado pode matar um espetáculo. Mas só o bastante para se ver aquele redemoinho roxo e amarelo na cena. Aquilo fez o espetáculo parar e o maestro deixou-me repetir o segundo verso.

A certa altura do espetáculo, arranjaram um camarim para mim e, depois dos últimos agradecimentos aos aplausos, fui para lá. Minhas roupas estavam lá, empilhadas em cima da mesa, e também o baú de Sabini. Em vez de tirar logo a maquiagem, comecei pela roupa, para ele poder ir embora logo, caso ainda estivesse por ali. Eu estava em roupas de baixo quando o empresário entrou para acertar as contas comigo. Contou cinquenta pratas, em notas de cinco. Enquanto fazia isso, o oficial de justiça entrou. Trazia uma convocação para comparecer ao tribunal e um mandado para apreender o figurino. Eu e o empresário tivemos de fazer de tudo para convencer o sujeito de que eu não era Alessandro Sabini, mas afinal o oficial de justiça foi embora depois de alguns minutos. Morri de medo que ele visse as letras A. S. naquele baú e executasse o mandado de apreensão de todo jeito, mas ele não pensou nisso. O maestro apareceu e me agradeceu.

— Fez uma bela apresentação e quero que saiba que foi um prazer ter alguém lá em cima capaz de improvisar.

— Obrigado. Desculpe por aquele escorregão.

— Mas é exatamente disso que estou falando. Você me deu a chance de tirar o máximo rendimento possível da situação, e é isso o que eu chamo de improvisar. Qualquer um pode cometer um engano, ainda mais quando entra em cena de uma hora para outra, como aconteceu com você, sem ensaio nem nada. Mas, quando a gente usa a cabeça, bem, tenho de tirar o chapéu para você. E ponto final.

— É muito bom ouvir isso. Obrigado, mais uma vez.

— Acho que eles nem perceberam. Não foi, Morris?

— Perceber? Puxa, eles adoraram.

Sentei-me no baú, acendemos cigarros e eles começaram a me falar sobre o custo da produção, as bases da sociedade, e outras coisas que eu queria saber. Até então, eu nem sabia o nome deles. O maestro era Albert Hudson, de quem agora vocês já devem ter ouvido falar, e se não ouviram, logo ouvirão. O empresário era Morris Lahr, de quem vocês nunca ouviram falar, e nunca vão ouvir. Promove uma série de concertos no inverno, agencia alguns cantores e de vez em quando monta uma ópera. Toda cidade tem um cara igual a ele e, se vocês querem saber minha opinião, acho que eles fazem mais pela música do que os caras que têm o nome toda hora estampado nos jornais.

A gente ficou ali fumando à vontade, eu ainda em roupas de baixo, com a maquiagem na cara, quando a porta se abriu e Stoessel entrou de supetão, o empresário com quem eu tinha falado menos de uma semana antes. Veio acompanhado de um sujeitinho pequeno, de uns cinquenta anos, e ficaram olhando para mim como se eu fosse um macaco numa jaula, e então Stoessel fez que sim com a cabeça.

— Senhor Ziskin, acho que o senhor tem razão. É o tipo certo. Ele é a pessoa que o senhor estava procurando. E canta tão bem quanto Eddy.

— Preciso de um homem grande, Herman. Alguém do tipo de Berry.

— Ele é mais boa-pinta do que Berry. E mais jovem. Um tremendo rapagão pintoso.

— É meio casca-grossa. Sabe do que estou falando? Áspero. Mas, para o filme, tem aquele jeito que parte os corações. E é aí que entra o fato de ele cantar bem. Tem um sotaque que não me incomoda, o que é que tem de mais? Tem um jeito que parte os corações, e um sotaque pode até ajudar.

— Entendo exatamente o que o senhor quer dizer, senhor Ziskin.

— Então, muito bem, Herman. Cuide do assunto. Trezentos e cinquenta enquanto ele aprende inglês e depois, quando o roteiro estiver pronto e a gente começar a filmar, quinhentos. Seis semanas garantidas, por quinhentos.

Stoessel virou-se para Hudson e Lahr.

— Acho que o senhor Ziskin não precisa ser apresentado a ninguém, aqui. Está interessado neste homem para um filme. Digam isso para ele, está bem? Depois a gente vai transmitir o resto para ele.

Lahr não agiu como se adorasse o senhor Ziskin, e tampouco Stoessel, aliás.

— Por que não diz você mesmo?

— Ele fala inglês?

— Um minuto atrás, falou.

— Claro que falo inglês. Desembuche.

— Puxa, veja só, isso facilita muito. Muito bem, então você ouviu o que o senhor Ziskin disse. Tire sua maquiagem, vista sua roupa e vamos sair para conversar.

— Podemos conversar aqui mesmo.

Eu tinha medo de tirar minha maquiagem, medo de que ele fosse me reconhecer. Ainda pensavam que eu era Sabini, eu percebia isso muito bem, porque eu não tinha sido anunciado, e eu tinha medo de que, se vissem quem eu era, não fossem me propor quinhentos, nem mesmo cinquenta. Eu estava por baixo, naquele dia, e ele sabia disso.

— Muito bem, então, vamos falar logo. Você ouviu a proposta do senhor Ziskin. O que acha?

— Eu acho que você devia ir catar coquinho.

— Puxa, isso não são modos de falar com o senhor Ziskin.

— Para que você acha que um cantor trabalha? Por diversão?

— Sei para que eles trabalham. Eu lido com cantores.

— Não sei se você lida com cantores. Talvez lide com pés de chinelo. Se o senhor Ziskin tiver algo a dizer, deixe que ele mesmo diga. Mas não desperdice meu tempo falando em trezentos e cinquenta dólares por semana. Se fosse por dia, faria mais sentido.

— Não seja tolo.

— Não estou sendo tolo. Estou com a agenda cheia até o fim do ano e, se for largar esses contratos todos, vai me custar uma bolada tremenda. Se querem me pagar uma boa grana, falem de uma vez. Senão a gente pode parar por aqui.

— O que você chama de boa grana?

— Já disse. Mas eu ando mesmo com vontade de entrar no ramo dos filmes e ver no que dá. Vou dividir a diferença com vocês. Vou melhorar um pouco as coisas. Mil por semana e negócio fechado. Mas isso é o piso do piso. Não posso fazer abatimentos e não posso ir mais baixo.

A conversa pegou fogo durante meia hora, mas eu fiz pé firme e eles acabaram cedendo. Exigi que ficasse tudo por escrito, e então Stoessel pegou um caderno, uma caneta e escreveu uma minuta do contrato, de umas cinco linhas. Tirei um dólar do meu bolso e fiz dele um recibo do trato, para começar. Isso nos associou. Mas, quando chegamos a esse ponto, eu tive de dizer meu nome. Detestei dizer John Howard Sharp, mas tive de fazer isso. Ele não falou nada. Tirou a folha do caderno e brandiu-a no ar na direção do senhor Ziskin, para ele assinar.

— John Howard Sharp... Claro, já ouvi falar. Outro dia mesmo alguém veio me falar.

Foram embora e veio um rapazinho pegar o baú de Sabini, e Lahr trouxe uma garrafa e taças.

— O cara vai estourar no cinema, a gente tem de comemorar... *Onde* é que você disse que tem espetáculos agendados?

— Com a estrada de ferro Santa Fé, assentando dormentes para os trilhos.

— Felicidades.

— Felicidades.

— Felicidades.

A multidão tinha ido embora e ela estava completamente sozinha quando desci a ladeira correndo, brandindo a capa para ela. Juana me deu as costas e começou a andar na direção do ponto de ônibus. Puxei do bolso o maço de notas de cinco que Lahr tinha me dado.

— Olhe, olhe, olhe!

Ela nem virou a cabeça. Tirei meu casaco dos ombros dela, vesti e joguei a capa sobre seus ombros.

— Esperei muito tempo.

— *Negócios! Eu estava tratando de negócios!*

— Sim. Está com um cheiro muito bom.

— Claro, a gente bebeu um pouco. Escute só: entenda o que vou lhe dizer. Eu estava tratando de negócios.

— Esperei muito tempo.

Deixei que ela fosse adiante até o ponto de ônibus, mas não tinha intenção de voltar de ônibus para casa. Comecei a chamar um táxi. Não estava passando nenhum táxi, mas um carro estacionou, um carro de uma firma de aluguel de limusines.

— Levo o senhor para onde quiser. Preço igual ao de um táxi comum.

E por acaso eu estava preocupado com o preço da corrida? Empurrei Juana para dentro e fim de papo. Ela tentou continuar zangada, mas sentiu os bancos acolchoados, e quando eu a segurei em meus braços ela não fugiu. Não houve beijos, mas o pior tinha passado. Eu até que gostei um pouco daquilo. Foi nossa primeira briguinha por coisa pequena. Me deu a sensação de que ela me pertencia.

Fomos ao Derby e fizemos uma refeição de verdade. Era a primeira vez que eu ia a um restaurante decente em um ano. Mas só dei as boas-novas no hotel, quando a gente estava trocando de roupa. Entrei no assunto como se não fosse nada de mais.

— Ah, eu já ia me esquecendo de dizer. Tenho uma surpresinha para você.

— Surpresa?

— Arranjei um emprego no cinema.

— Cinema?

— Isso mesmo. Mil dólares por semana.

— Ah.

— Puxa, você não entendeu? Estamos ricos! Mil por semana, e não são pesos, são dólares! Três mil e seiscentos pesos toda semana! Por que não diz alguma coisa?

— Sim, muito bonito.

Eu não significava nada para ela! Mas, quando tirei a capa e fiquei de pé, de ceroulas, e cantei para ela a canção do Toureador, como tinha feito no Bowl, ela falou. Bateu palmas, sentou-se na cama e aí eu fiz o show completo. O telefone tocou. A recepção pedia que eu ficasse em silêncio. Falei, está bem, mas mandei vir um atendente. Quando ele chegou lhe dei cinco dólares e pedi que trouxesse uma garrafa de vinho. Voltou em poucos minutos e nós ficamos meio embriagados, como tínhamos ficado naquela noite na igreja. Depois de um tempo, fomos para a cama e, muito depois disso, ela estava deitada em meus braços, correndo os dedos por meu cabelo.

— Gosta de mim?

— Sim, muito.
— Eu canto direito?
— Muito bonito.
— Ficou orgulhosa de mim?
— Você sujeito muito gozado, Hoaney. Por que ficar orgulhosa? Eu não canto.
— Mas *eu* canto.
— Sim. Eu gosto. Muito.

8

Não gostei de Hollywood. Não gostei, em parte, por causa da maneira como tratavam um cantor e, em parte, por causa da maneira como trataram Juana. Para eles, cantar é só uma coisa que se compra, por qualquer quantia que se tiver de pagar, e a mesma coisa é representar, e a mesma coisa é escrever, e a mesma coisa é a música, e tudo o mais que eles usam. Que essas coisas sejam boas em si mesmas é uma ideia que ainda não passou pela cabeça daquela gente. A única coisa que eles acham que é boa em si mesma é um produtor que não tem a mínima ideia da diferença entre Brahms e Irving Berlin, que não sabe distinguir um cantor de verdade de um cantor pé de chinelo, até ouvir o aplauso de vinte mil pessoas berrando na frente dele numa noite, que não consegue ler um livro senão depois que o departamento de roteiros preparou um resumo, que nem sabe falar inglês, mas que mesmo assim é um especialista autodeclarado em música, canto, literatura, diálogo, fotografia, e em geral conseguiu sucesso porque alguém lhe emprestou Clark Gable para fazer um papel. Eu me saí bem, vocês entendem. Depois da primeira queda de braço com Ziskin, eu logo peguei o jeito de como lidar com aquela turma, para me dar bem. Mas nunca cheguei a gostar daquilo, nem por um segundo.

Descobri que Ziskin não era o chefão de seu setor, nem mesmo um ajudante do chefão. Era apenas mais um produtor ali e, quando fui lá na manhã seguinte, ele parecia ter até esquecido meu nome. Eu estava com seu pedaço de papel, e assim tinham de me pagar, mas fiquei uma semana à toa sem saber o que devia fazer nem onde eu ia trabalhar. Vejam bem, ele ainda não tinha o roteiro pronto. Mas meu pedaço de papel dizia seis semanas e eu tinha a intenção de receber tudo. Depois de uns quatro ou cinco dias, me enfiaram no que chamam de filme B, um bangue--bangue sobre um vaqueiro que detesta ovelhas, e a filha do criador de ovelhas, mas um dia ele acha uma ovelha perdida no meio de uma nevasca e leva o bicho são e salvo para casa, e isso resolve toda a questão. Eu não consegui entender como aquilo podia resolver alguma coisa, mas também não ia esquentar a cabeça por causa disso. Tinham comprado um material de cinejornal sobre ovelhas perdidas na neve, e essa parecia ser a principal razão para fazer o tal filme. O diretor nem sabia que eu era cantor, mas dei um jeito de ele introduzir no filme umas canções à beira da fogueira, e também uma sobre a nevasca, "Vamos lá, ovelhinhas perdidas, vamos embora".

O filme ficou pronto no final de setembro e fizeram uma pré-estreia discreta em Glendale. Achei tudo aquilo tão vagabundo que fui lá só por curiosidade, para ver como iam esculhambar o filme. Mas eles adoraram. Nas cenas da nevasca, toda vez que eu aparecia com uma ovelha nos braços, abrindo caminho na neve para salvar o bicho, a plateia aplaudia, batia os pés no chão e assoviava. No saguão do cinema, depois da projeção, ouvi algumas palavras entre o produtor, o diretor e um dos roteiristas.

— Que filme B que nada, é um filme do primeiro time!

— Meu Deus, isso seria de grande ajuda no nosso cronograma! Estamos com um atraso de três filmes e, se conseguirmos fazer disso daí um filme de primeira classe, a gente vai ficar com uma boa folga! Uma tremenda folga!

— Temos de refazer algumas cenas.

— Temos de estender o filme, mas não vai ter problema.

— Vai ser preciso grana, mas vai valer a pena.

Juana não veio comigo. Morávamos num apartamento na rua Sunset naquela altura, e ela frequentava uma escola noturna, tentando aprender a ler. Fui para casa; Juana tinha deitado com seu livro de leitura, *A sabedoria de todos os tempos*, um livro de citações de poesia, todo em letras grandes, em que ela treinava. Peguei o violão, umas folhas de partitura em branco e me lancei ao trabalho. Dividi aquela canção, "Vamos lá, ovelhinhas perdidas, vamos embora", numa harmonia em cinco vozes, uma parte com a melodia normal, a outra parte um quarteto *obbligato* em notas longas de quatro tempos e oito tempos, e talvez vocês achem que isso não é trabalho. Aquela canção não tinha nada de formidável, para começo de conversa, e quando a gente tenta colar uma harmonia polifônica em cima duma coisa dessas dá uma tremenda mão de obra. Mas, depois de um tempo, acabei conseguindo, e fui para cama com Juana para dormir um pouco.

Na manhã seguinte, antes que eles tivessem tempo de se encontrar e inventar alguma bobagem, reuni o produtor, o diretor, o roteirista e o homem do som no escritório do produtor e pus minhas cartas na mesa para eles.

— Muito bem, rapazes, ouvi um pouco do que estavam falando na noite de ontem. Achavam que tinham um filme B nas mãos e agora viram que saiu melhor do que a encomenda; podem lançar como se fosse um filme de primeiro escalão. Querem refilmar certas cenas, investir mais grana, mandar para as cabeças. Agora, escutem o que vou dizer. Não precisam pôr nem um centavo extra nisso, se fizerem o que vou dizer, e vão deixar todo mundo de queixo caído. O grande lance é a história da neve. Vocês estão com pelo menos três mil metros de filme que não usaram. Eu sei porque um dia vi os rolos na sala de projeção. O problema é como extrair mais coisa desse material e encaixar no filme de modo que faça algum sentido, para que a plateia não fique de saco cheio antes que vocês tenham usado tudo o que podem. Muito bem, aqui está o que vamos fazer. Vamos pôr de lado a trilha sonora em que eu canto e fazer uma outra. Eu canto aquela música, mas depois do primeiro verso eu entro cantando por cima da minha própria voz, entendem? Minha própria voz cantando um *obbligato* comigo mesmo naquele verso. Aí, quando isso estiver pronto, eu entro de novo e canto de novo em cima disso. Depois eu canto mais uma vez em cima de tudo, e aí, antes do final, já tem cinco vozes cantando, todas minhas, um leve falsete para a parte de tenor, um pouco mais grave para o médio, e bem cheio mesmo para o baixo. Em seguida, a gente repete tudo isso. Na repetição, a gente começa com um tímpano, um timbale, de leve no início, mas no ritmo dos passos dele na neve, e quando ele aparece na casa do rancho, aí o tímpano manda ver com toda a força e a gente solta os cachorros com a harmonia em cinco vozes para que a coisa pegue fogo de verdade. Durante todo esse tempo, vocês inserem cenas do material da neve, mas não cortes secos. A imagem se dissolve para dar uma espécie de efeito de sonho, para combinar com a harmonia meio delirante da música. E não vai custar nem um centavo para vocês. Nada, exceto meu pagamento, e afinal vocês já me contrataram por mais duas semanas. O que acham?

O produtor balançou a cabeça. Chamava-se Beal, e ele, o diretor e o roteirista ficaram escutando toda a minha ideia como se fosse apenas uma chatice.

— É impossível.

— Por que é impossível? Vocês podem muito bem introduzir o material dos rolos que têm na mão, sei que podem. Depois que conferirem a sincronização, tiram a cópia e põem a trilha sonora. É perfeitamente possível.

— Escute, a gente tem de fazer benfeito, em grande estilo, estende? Quer dizer que temos de refilmar cenas, temos de acrescentar mais produção e, se eu tiver de gastar dinheiro, prefiro mil vezes gastar nisso do que na sua ideia. E na sua ideia eu já tenho de pagar um arranjador, tenho de contratar uma orquestra...

— Que arranjador que nada. Já está com o arranjo pronto. Eu trouxe as partituras comigo, estão aqui. E para que a orquestra?

— Para o tímpano e...

— Eu mesmo toco os tímpanos. A cada repetição da canção, eu afino os tímpanos de novo. Só um pouco mais agudo, para dar uma sensação de clímax, e toco um pouco mais alto, um pouco mais acelerado. Não entende? Eles estão chegando perto de casa. Vai criar um tremendo efeito. Vai dar aquilo que vocês estão procurando, vai...

— Não, não, é muito forçado. Além do mais, como é que um coitado de um vaqueiro vai cantar quartetos consigo mesmo ali no meio da tempestade de neve? O público jamais vai acreditar num troço desses. E também a gente tem de pôr um recheio melhor no resto do filme, o início...

— Muito bem, vamos fazer isto aqui e aí o público vai acreditar em tudo. Olhem só.

De repente, me veio a lembrança de minha voz voltando para mim naquela noite, na beira do riacho, e logo vi que eu tinha alguma coisa boa nas mãos.

— Naquela canção à beira da fogueira, a segunda, "Lar na cordilheira", a gente filma de novo algumas cenas e mostra o vaqueiro cantando nas montanhas. A voz dele volta num eco. Ele fica surpreso. Ele gosta. Começa a brincar com aquele efeito e dali a pouco ele já está cantando um dueto consigo mesmo, e depois quem sabe um trio. A gente nem precisa explorar muito isso. Só o bastante para o público gostar, e a ideia fica lançada. Depois, na cena da neve, já não tem mais nada de forçado. É a voz dele que volta lá da tal cordilheira... e lá vai ele sozinho, levando aquela ovelhinha para casa. O público pode acreditar, não pode? Onde é que está forçado, agora?

— Não basta isso. Temos de refilmar várias cenas.

Até aquele momento o homem do som estava sentado e parecia dormir. Agora, ele se endireitou na cadeira e começou a fazer riscos num papel.

— Pode ser feito.

— Mesmo que possa ser feito, não é bom.

— Ah, vocês querem me dizer o que é bom?

— É, sim, estou dizendo para você.

O pessoal da técnica não é como os outros. Eles conhecem seu trabalho e não dão muita bola para o produtor nem para ninguém.

— Você foi lá e comprou três mil metros do melhor material filmado sobre neve que eu já vi, e aí o que foi que você fez? Jogou tudo fora, menos uns cento e poucos metros de filme. É um crime desperdiçar todo esse material, e com a maneira displicente como vocês montaram essa história, não tem outro jeito de conseguir consertar, a não ser da maneira como esse cara está dizendo. Muito bem, façam como ele diz e depois vamos ver. Vai dar certo, do jeito que ele está dizendo. Vocês introduzem um monte de tomadas em grande-angular, e tomadas de longe com milhares de ovelhas descendo a montanha, todos os pequenos detalhes que vocês nem pensaram em explorar, e depois, lá pelo final do filme, a casa do rancho para onde ele está indo, e vai chegando perto. Eu vou dar para ele uma ajeitada no som na primeira parte, e também naquelas tomadas de longe, e, quando a gente estiver chegando perto do final, a gente abre as comportas e vai com tudo. Aqueles tímpanos vão pegar bem. Vai dar o efeito dos passos na neve, e ainda combina com a música. Os ecos na música "Lar na cordilheira", ora, isso é uma coisa que eu posso fazer sem nenhuma dificuldade. Está ótimo. E está tudo ótimo de ponta a ponta. É a única chance de vocês darem um jeito nessa história. Porque, escutem aqui: ou esse filme é um pequeno épico que vale por si mesmo, ou é uma porcaria que não vale uma sala de cinema cheia de pulgas. Mãos à obra.

— Épico! É isso o que estou tentando conseguir.

— Pois bem, então consertem tudo do jeito como ele está dizendo. Me avisem quando tiverem alguma coisa para eu trabalhar.

Portanto ele, eu e o montador partimos para o trabalho. E quando eu digo trabalho quero dizer trabalho mesmo. Cantar, reescrever as partituras, testar a combinação, fazer uma cópia e refazer tudo mais uma vez, de manhã até de noite, e da noite até quase de manhã, mas depois de umas duas semanas a gente tinha o trabalho pronto e fizeram outra pré-estreia, dessa vez no centro da cidade, com avisos para a imprensa. Aplaudiram, gritaram e deram uma ampla aprovação. O *Times* da manhã seguinte dizia que *Ovelhinhas* era "uma das coisas mais honestas, vitais e comoventes produzidas por Hollywood em muitos anos" e que "John Howard Sharp, um recém-chegado sem experiência nenhuma no cinema, rouba o filme sem nenhum esforço, é um grande astro em potencial, a menos que estejamos muito enganados. Sabe representar, sabe cantar, e tem algum indefinível *je-ne-sais-quois*. Sem dúvida, é um artista para se observar com atenção".

E assim, no dia seguinte, apareceram oito caras querendo me vender um carro, dois para me vender aposentadorias privadas, um pedindo que eu fizesse doações de caridade e mais um querendo uma entrevista a uma revista. Do dia para a noite, virei uma celebridade em Hollywood. Quando fui ao estúdio de filmagem à tarde, recebi um telefonema pedindo que eu fosse ao escritório do senhor Gold, o presidente da empresa. Ziskin estava lá e também um outro produtor chamado London. Parecia até que eu era o duque de Windsor. Pelo visto, eu não precisava mais esperar que Ziskin tivesse seu roteiro pronto. Eles iam me meter logo num outro filme que estava prestes a ser rodado. Estavam negociando um contrato com John Charles Thomas para o papel, mas ele andava ocupado. Acharam que eu ia servir muito bem para o trabalho, porque era mais jovem, maior e combinava melhor com o papel. Era sobre um cantor lenhador que acaba cantando em óperas de verdade.

Respondi que estava contente por eles apreciarem meu trabalho e que tudo daria certo se conseguíssemos entrar num acordo quanto ao dinheiro. Fizeram uma cara meio gozada e queriam saber do que é que eu estava falando. Tínhamos um contrato e eu já era muito bem pago para um homem que havia acabado de começar no ramo do cinema.

— Nós já fizemos um contrato, senhor Gold.

— E ainda está em vigor.

— Terminou hoje.

— Pegue o contrato dele, Ziskin.

— Ele está amarrado por cinco anos, senhor Gold, nem se discute, são cinco anos a partir da data do contrato, com opções a cada cinco meses, igual a todos os nossos artistas, com um aumento generoso, duzentos e cinquenta, eu acho, toda vez que renovamos nossa opção. Um contrato bom, generoso, e francamente, senhor Sharp, fico muito surpreso com sua atitude. Isso não vai ajudar sua carreira no ramo do cinema.

— Pegue o contrato dele.

Então mandaram trazer meu contrato, veio uma secretária com os papéis e Gold passou os olhos pelas folhas, pôs o polegar na quantia e entregou-o para mim.

— Está vendo aqui?

— Sim, estou vendo tudo, menos uma assinatura.

— É uma cópia de arquivo.

— Não tente me fazer de bobo. Não assinei contrato nenhum. Esse pode ser o contrato que vocês querem me oferecer, mas o único contrato assinado que existe é este aqui, que expira hoje.

Peguei a minuta de contrato que eu tinha arrancado de Ziskin naquela noite, no camarim. Gold começou a berrar com Ziskin. Ziskin começou a berrar com a secretária.

— Sim, senhor Ziskin, o contrato veio pelo menos um

mês atrás, mas o senhor me deu ordens rigorosas de não assinar nenhum contrato até o senhor dar sua aprovação pessoal, e ele ficou na sua escrivaninha durante todo esse tempo. Chamei a atenção do senhor para isso.

— Andei muito ocupado. Tive de fazer cortes em *Amor é amor*.

A secretária foi embora. Ziskin foi embora. London ficou meio chateado. Gold começou a batucar na escrivaninha com a ponta dos dedos.

— Muito bem. Se você quer um pouco mais de grana ou algo assim, acho que a gente pode aumentar um pouco os valores. Vou lhe dizer o que vamos fazer. Não vamos nos preocupar com novos contratos. Pode assinar este aqui que a gente renova a primeira opção logo de cara, isso vai lhe dar duzentos e cinquenta a mais. Não faz sentido discutir sobre algumas centenas de dólares a mais ou a menos. Compareça ao estúdio amanhã de manhã e procure o nosso senhor London aqui, e trate de descer e tirar as medidas para seus figurinos, para poder começar logo.

— Receio que duzentos e cinquenta não sejam o bastante, senhor Gold.

— Por que não?

— Prefiro trabalhar por filme.

— Muito bem, então. Vamos ver, esta produção tem um cronograma de seis semanas de filmagem, isso dá sete mil e meio pelo filme. Vou mandar fazer contratos novos esta tarde com as opções correspondentes.

— Receio que isso também não vá servir.

— Que diabo você está querendo dizer?

— Quero cinquenta mil dólares pelo filme, sem opções. Quero trabalhar, mas quero negociar um filme de cada vez. Para este caso, cinquenta mil dólares. Quando a gente vir no que vai dar, a gente volta a conversar.

— Tenha mais juízo.

— Escute, eu não nasci ontem, sei quanto vocês pagam e cinquenta mil é o preço. Ainda está bem baixo, na verdade, mas, como você diz, sou novo por aqui, e tenho de ter juízo.

London saiu, falando por cima do ombro já na porta:

— Mande parar os trabalhos no estúdio. Vou esperar o Thomas. Se não conseguir que ele venha, vou chamar o Tibbett, e se ele também não puder, vou pôr um ator qualquer e dublar sua voz. Mas prefiro ir para o inferno a pagar cinquenta mil pratas para esse cretino.

— Bem, você ouviu o que ele disse, senhor Sharp. Ele é o produtor. Cinquenta mil está fora de questão. Podemos aumentar aqueles sete mil e meio para dez mil, mas isso é o máximo. O filme não vai render tanto, senhor Sharp. Afinal, a gente é que sabe quanto custam nossas produções.

— Ouvi muito bem o que ele falou e agora, caso vocês não tenham me ouvido bem, vou repetir. O preço é cinquenta mil. Agora, se vou começar amanhã, vou descansar um pouco. Tenho trabalhado muito e estou cansado. Mas se eu não tiver notícias de vocês dentro de uma semana, vou pegar um avião para Nova York. Tem um bocado de trabalho esperando por mim lá, e veja bem: não estou de papo furado. Vou mesmo.

— Detesto ver você agir de modo tão tolo.

— Cinquenta, senão vou embora.

— Puxa vida... O cinema poderia fazer de você um homem rico. E você não pode escapulir desse jeito. Está tentando nos encostar na parede. Vai entrar na lista negra em Hollywood inteira. Nenhum estúdio vai contratar você.

— Dane-se. Cinquenta, senão eu não trabalho.

— Ah, dane-se, não é? Eu vou cuidar para que você nunca mais trabalhe em Hollywood. Vamos ver se um atorzinho canastrão de quinta categoria pode levar a melhor sobre Rex Gold.

— Sente-se.

Ele sentou, e sentou bem depressa.

— Mais uma vez. Cinquenta mil, senão vou para Nova York. Você tem uma semana.

— Saia do meu escritório.

— É para já.

Eu tinha comprado um carro pequeno, naquela altura, e todo dia a gente ia a alguma praia de manhã cedo, e todo dia quando a gente voltava, por volta da uma hora, para que Juana tirasse sua *siesta*, havia um recado do senhor Ziskin, ou do senhor London, ou de outra pessoa. Eu nunca telefonava. Por volta das cinco horas, eles telefonavam outra vez e eu ficava sabendo que, se pedisse desculpas ao senhor Gold, poderia haver um reajuste nos valores, digamos para quinze mil dólares ou algo assim. Eu respondia que não ia me desculpar coisa nenhuma. Dizia que não tinha feito nada para me desculpar e que o preço ainda era cinquenta mil. Lá pelo quinto dia, eles chegaram a vinte e cinco mil. Estávamos no aeroporto Burbank, a caminho do avião, quando eles apareceram. Veio um cara correndo, brandindo na mão os contratos assinados por eles. Passei os olhos pelos papéis. Diziam cinquenta mil, mas em troca pediam três filmes, e cada um deles por esse preço. Pensei depressa e respondi que se eles me reembolsassem o preço de minhas passagens eu aceitaria. Ele pegou as passagens da minha mão antes mesmo de eu terminar de falar. No dia seguinte, fui ao escritório de Gold e disse que eu tinha ouvido dizer que ele queria me pedir desculpas. Ele levou aquilo na brincadeira, e apertamos as mãos.

Durante todo o tempo em que trabalhei no *Ovelhinhas*, eu mal via Juana. Na hora em que eu saía do estúdio, lá pelas sete ou oito horas, ela já tinha ido à escola noturna. Eu jantava sozinho, depois ia buscá-la, e a gente beliscava alguma coisinha no Derby ou em outro lugar. Aí já era hora de ir para casa e dormir. Escutem o que estou dizendo, a gente trabalha para burro num estúdio de cinema, não acredite em lorotas. Ela ainda estava dormindo quando eu saía de manhã cedo e, à noite, era a mesma coisa outra vez. Mas, naquela semana que tirei de folga, a gente deu uns passeios e comprei umas roupas para ela. Compramos quatro ou cinco vestidos, um casaco de pele e mais alguns chapéus. Ela adorava o casaco de pele. Era pele de *vison*, e ela acariciava o casaco do mesmo jeito que acariciava a orelha de touro. E Juana ficava linda no casaco. Mas não conseguia de jeito nenhum pegar o jeito de usar os chapéus. Eu e a vendedora conseguimos arranjar alguns poucos que pareceram ficar direito, um chapéu de feltro marrom macio que combinava com vestidos normais e que também combinava com o casaco, um chapéu grande e meio transparente para usar de noite, um pequeno para rodar por aí, de manhã, ou ir à escola noturna, e mais dois ou três que combinavam com o que a vendedora chamava de roupas esporte, o tipo de traje que as mulheres usam na praia. Mas Juana jamais conseguiu enfiar na cabeça qual chapéu combinava com qual vestido. A gente se arrumava para ir à praia e ela saía do quarto com um vestido branco, sapato branco, bolsa branca e o chapéu de noite grande e molenga na cabeça. Ou então ela se arrumava para sair à tarde com um vestido de usar na rua, o casaco de pele e um dos chapéus esporte. E eu penava um bocado discutindo com ela para trocar o chapéu e colocar o certo.

— Mas o chapéu é muito bonito. Eu gosto.

— É bonito, mas não se pode usar um chapéu de noite quando a gente vai à praia. Fica engraçado. Está errado.

— Mas por quê?

— Não sei por quê. Acontece é que não se pode fazer isso.

— Mas *eu* gosto.

— Bem, você não pode apenas acreditar no que estou dizendo?

— Eu não entendo.

E então aconteceu uma coisa que, para mim, foi o fim

de Hollywood, o fim de tudo o que tinha a ver com Hollywood, e para sempre. Talvez vocês não saibam o que significa ser um ator famoso em Hollywood. Bem, é como ser o jóquei vencedor no Grande Prêmio, só que muito pior. Você não pode aparecer em nenhum lugar sem que alguém venha logo convidar para uma festa, ou pedir que você autografe uma folha de papel para uma criança que está doente em casa, ou que forneça um texto para um jornal de bairro, ou cante em algum banquete para um executivo do estúdio. Uma parte dessas coisas eu tinha de fazer. Mas quando terminou o filme *Paul Bunyan*, e eu estava esperando que algumas cenas fossem refilmadas, recebi um telefonema de Elisa Chadwick, que contracenava comigo no filme, pedindo que eu fosse a uma festinha na casa dela na noite seguinte, só para uns poucos amigos, e será que eu não poderia também cantar? Ela me pegou de repente, sem eu esperar, e não consegui pensar em nada que pudesse responder. Balbuciei algo sobre ter um compromisso, ia levar uma senhora para jantar, e ela começou a gorgolejar que eu devia levar essa senhora também à sua festa. Sim, é claro que eu a levaria. Ela estaria à nossa espera por volta das nove horas.

Eu nem sabia o que Juana ia dizer, mas ela quis ir.

— Ah, sim. Eu gosto, muito mesmo. Essa senhorita Chadwick, eu já vi, no cinema. É muito bonita.

No dia seguinte, de manhã cedo, fui chamado para refilmar uma cena e esqueci a tal festa até voltar para casa. Juana estava no chuveiro, se preparando para ir. Naquela altura, eu tinha um terno de noite de Hollywood e vesti aquela roupa, fui para a sala e esperei. Meia hora depois, lá veio ela, e senti uma pontada no fundo do estômago. Juana tinha saído sozinha e comprado um vestido especial para a festa. Vocês sabem qual é a ideia de um vestido de festa de uma garota mexicana? É um vestido de seda branca, todo coberto de flores vermelhas, uma rosa vermelha no cabelo e sapatos brancos com fivelas feitas de imitação de diamante. Só Deus sabe onde ela foi encontrar aquela fantasia. Parecia Ramona numa tarde de domingo. Abri a boca para dizer que estava tudo errado, mas tomei-a em meus braços e abracei-a bem forte. Vejam bem, aquilo era tudo para mim. Ela queria usar um *rebozo* vermelho em vez de um chapéu. Era noite, não era preciso usar chapéu, então falei que estava tudo bem. Mas, quando ela vestiu o *rebozo*, o conjunto ficou ainda pior. Aqueles *rebozos* são feitos à mão, mas são de algodão, como tudo o mais no México. Eu odiaria dizer a vocês qual era o aspecto dela com aquele vestido, aqueles sapatos e aquele xale de algodão em cima da cabeça.

Chadwick travou comigo uma batalha de piadinhas quando nós entramos, mas quando viu Juana, o sorriso congelou-se em sua cara e seus olhos ficaram iguais aos de uma cobra. Tinha vinte ou trinta pessoas lá, e ela nos levou para nos apresentar, mas não andou conosco pelo salão. Ficou parada ao nosso lado, perto da porta, martelando os nomes com voz dura. Então fez Juana sentar, trouxe-lhe um drinque, colocou alguns cigarros ao seu lado e só. Não chegou mais perto dela nem uma vez, assim como nenhuma outra mulher. Fiquei sentado no outro lado do salão e num instante todos ficaram à minha volta, sobretudo as mulheres, com uma tagarelice ao estilo de Hollywood, sempre bem alto e quase tudo sem graça nenhuma. Eles não alcançam o autêntico estilo de Hollywood senão depois que conseguem praguejar como esfoladores de mulas e mascatear a última piadinha porca criada em algum estúdio de filmagem. Eu respondia na mesma moeda, mas ficava de olho em Juana. Pensava no jeito suave como ela falava e em como ela nunca falara um palavrão em toda a sua vida, e pensava na maneira digna como ela se mantinha parada, enquanto era apresentada às pessoas, e na maneira espalhafatosa como as outras se portavam. E senti uma coisa apertando dentro da minha garganta. Quem eram eles para deixarem Juana sozinha com um drinque e um maço de cigarro Camels?

George Schultz, que tinha feito a orquestração para *Bunyan*, foi até o piano e começou a tocar.

— Não está com vontade de cantar, garoto?

— Estou louco para cantar.

— Um pouco de *La traviata*?

— Claro.

— Muito bem, pode mandar.

Ele tocou a introdução de *Di Provenza il mar*. Mas tinha uma coisa me sufocando dentro da garganta. Fui até Juana.

— Vamos. É melhor a gente ir para casa.

— Você não canta?

— Não. Vamos.

— Ei, cadê você? É a deixa para sua entrada.

— Não vou entrar.

— Que diabo está acontecendo?

Saímos, vestimos nossos agasalhos, e Chadwick veio atrás de nós até a porta.

— Parece que não gostaram muito da festinha, não é?

— Não muito.

— É mútuo. E da próxima vez que vier, não me apareça com uma piranha mexicana vagabunda que...

Foi a única vez que uma mulher levou de John Howard Sharp um murro no meio dos cornos. Ela berrou, e três ou quatro caras vieram lá de dentro, uns atletas de cinema, todos loucos para defender a coitadinha e mostrar como eram durões. Recuei um passo para esperar o ataque deles. Queria que viessem para cima de mim. Eu estava rezando para que viessem para cima de mim. Não vieram. Peguei Juana pelo braço e comecei a andar na direção do carro.

— Isso não vai acontecer outra vez, meu bem.

— Eles não gostam de mim, Hoaney?

— Pelo jeito, não.

— Mas por quê?

— Não sei por quê.

— Faço alguma coisa errada?

— Nadinha. Era a mais charmosa que tinha lá.

— Não entendo.

— Você não deve nem se dar ao trabalho de tentar entender. Mas, se alguma vez eles vierem com mais alguma tirada dessas para cima de você, me avise. É só isso que você tem de fazer. Apenas me avise.

Fomos ao Golondrina. É um restaurante mexicano na rua Olvera, uma espécie de Pequeno México que surgiu em Los Angeles, com *mariachis*, cerâmica, feijões saltadores, utensílios em imitação de prata e todo o resto. Se ela havia se aprontado toda só para mim, eu devia a ela uma boa noitada, mesmo que eu tivesse de virar a cidade inteira pelo avesso para proporcionar isso a ela. E Juana teve sua noitada. Nunca havia ido lá, mas, assim que a viram, todos vieram correndo para ela, e falaram, e riram, e ela estava de volta à sua casa. O casal que se apresentava no palco improvisou uns versos no meio da letra da música, em homenagem a ela, e Juana tirou a flor dos cabelos e jogou para o palco, e eles fizeram uma dança com a flor e ainda representaram uma comédia para ela. A comédia deles é uma porção de piadas cretinas de *cucaracha*, com muita coçação de barriga, muito revirar de olhos e muito estalo de dedos, mas para Juana aquilo era bastante engraçado e portanto era engraçado também para mim. Foi a primeira vez que tive um sentimento de simpatia em relação ao México.

Então eu cantei. Um grande astro do cinema é um acontecimento em qualquer lugar, mas um mexicano nunca faz nada de modo forçado, nem deixa a gente perceber que está nos olhando. Tive de pedir um violão eu mesmo, mas depois disso recebi um grande aplauso. Cantei para ela, e para a garota que se apresentava no palco, e castiguei uma música que os dois dançaram, e depois todos cantamos juntos "Golondrina". Eram mais de duas horas quando saímos de lá. Quando fomos para a cama, segurei-a em meus braços e, muito depois de Juana ter adormecido, me veio uma raiva enorme da maneira como a haviam tratado. Naquela altura, eu já sabia que detestava Hollywood e só estava esperando a hora certa para dar no pé dali para sempre.

Segundo o contrato, eles tinham três meses para me chamar para o filme seguinte e, na maneira como contamos o tempo, isso queria dizer algum dia até 1º de abril. Foi pouco antes do Natal que recebi o telegrama da agente de Nova York dizendo que ela havia recebido a informação confidencial de que o Metropolitan estava interessado em mim, e perguntava se eu, por favor, *por favor*, a autorizava a levar adiante as negociações. Comecei a gritar feito um louco.

— Hoaney, por que está gritando assim?

— Leia isto aqui! Você tem ido à escola. Aqui está uma coisa boa para você praticar. Leia só e veja o que você perdeu durante todo esse tempo.

— O que é "Met"?

— É apenas a melhor companhia de ópera de todo o mundo, só isso. A maior de Nova York, e eles querem me contratar. Querem que eu vá para lá! Ela nunca me mandaria um telegrama desses se não tivesse sabido de alguma coisa quente. Afinal, uma chance de voltar à minha carreira de verdade, e aqui estou eu amarrado a um contrato cretino para fazer mais dois filmes que eu detesto, que não merecem ser feitos, que...

— Por que faz esses filmes?

— Estou preso a um contrato, já disse. Tenho de fazer.

— Mas por quê?

Tentei explicar o conceito de contrato para ela. Não era possível. Os índios nunca ouviram falar em contrato. Eles não tinham contratos sob o reinado de Montezuma e desde então nunca se importaram com o assunto.

— A empresa de cinema, você ganha dinheiro para eles, não é?

— Muito. Não devo nenhum centavo a eles.

— Então está certo, você vai, não é?

— Certo? Alguma vez eles me deram alguma coisa, por menor que fosse, que eu não tivesse de arrancar na marra? Por acaso me dariam uma xícara de café se eu não tivesse enchido as burras deles com minha bilheteria? Por acaso eles têm o mínimo respeito pela minha carreira de cantor? Esse caso não tem nada a ver com o que é certo ou errado. Tem a ver com uns riscos de tinta acima de uma linha pontilhada.

— Então, para que você fica? Por que não vai cantar nesse tal Met?

Isso bastou. Se não estava certo, que tudo fosse para o inferno. Um contrato era só uma coisa que provavelmente a gente nem conseguiria mesmo ler. Olhei bem para Juana, estava deitada na cama coberta apenas por um *rebozo*, no meio do corpo, e entendi que eu estava olhando através de um intervalo de dez mil anos, mas me bateu a ideia de que talvez o pessoal de dez mil anos atrás não fosse tão bobo quanto eu sempre havia pensado. Bem, por que não? Pensei em Malinche, e em como ela pôs Cortés no topo do mundo, e como a estrela dele se apagou quando achou que não precisava mais dela.

— É uma ideia.

— Acho que você vai cantar nesse tal Met.

— Não fale tão alto.

— Sim.

— Você é uma garota linda e formidável.

No dia seguinte, dei um pulo ao edifício Taft e consultei um advogado. Ele suplicou que eu não fizesse nenhuma bobagem.

— Para começo de conversa, se você fugir ao contrato, eles podem perturbar sua vida de tal modo que mal vai poder sair de casa sem que algum miserável empurre para cima de você uma intimação, com uma nota de um dólar lá dentro, para você comparecer perante o juiz. Você sabe o que isso significa? Sabe o que essas intimações fizeram com a vida de Jack Dempsey? Custaram a ele um título de campeão de boxe, nada menos que isso. Podem processar você. Podem deixar você totalmente tolhido por mandados judiciais. Podem deixar você com vontade de nunca ter ouvido falar na justiça nem em nada desse tipo de coisa.

— Para isso existem advogados, não é?

— Certo. Você pode obter um advogado lá em Nova York e ele pode até segurar um pouco as pontas para você. E vai lhe cobrar uma fortuna. Mas você não pode contratar tantos advogados quanto eles.

— Escute, eles podem vencer? É só isso o que quero saber. Podem me obrigar a voltar? Podem me impedir de trabalhar?

— Talvez não possam. Quem sabe? Mas...

— É só isso o que quero saber. Se eu tiver alguma chance de vencer, vou embora daqui.

— Espere, não vá tão depressa. Talvez eles nem tentem nada. Talvez achem que é uma estratégia ruim. Mas o X da questão é o seguinte: você abandona esse contrato e o seu nome vai para a lama em Hollywood, e para sempre...

— Isso não me importa nem um pouco.

— Ah, importa sim. Como pode saber que vai se dar bem no mundo da ópera de verdade?

— Já estive lá antes.

— E já teve de sair também, pelo que eu soube.

— Perdi minha voz.

— Pode acontecer de novo. É isso o que quero dizer. Da maneira como Gold está pondo você nas alturas, Hollywood é uma segurança para você, a coisa mais segura que pode haver, durante um bom tempo. Para ele, não faz diferença se sua voz for embora ou não. Ele compra outra voz. Põe alguém dublando você...

— Não, comigo ele não vai fazer nada disso.

— Quer pelo amor de Deus parar de falar em arte? Estou falando de grana. Estou dizendo que, se seus filmes estourarem para valer, ele fará qualquer coisa. Vai agir direito com você. Vai arranjar as coisas de modo que tudo fique bem para o seu lado. E acima de tudo ele vai lhe pagar muito bem! Mais do que qualquer companhia de ópera jamais poderá pagar a você! Vai ser um baita prejuízo para você romper esse contrato, *mas*...

— Mas o quê?

— Ele só trata bem de você enquanto você seguir as regras. Assim que começar a pisar na bola e usar de malandragem, não só ele como todos os empresários do cinema em Hollywood vão virar o polegar para baixo, e isso vai ser o seu fim no mundo do cinema. Não existe nenhuma lista negra. Ninguém manda o nome de ninguém para uma lista. Eles apenas ouvem falar e basta. Posso citar alguns nomes para você, se faz questão, nomes de rapazes talentosos feito você, que acharam que podiam ignorar um contrato em Hollywood, e posso lhe contar o que aconteceu com eles. Essa turma do cinema, todos se odeiam uns aos outros, não param de cortar a garganta uns dos outros, o tempo todo, mas, quando acontece uma coisa feito essa, eles agem com uma solidariedade que chega a comover. Escute, já falou com Gold?

— Pensei em falar com você primeiro.

— Está muito bem. Então ainda não houve nenhum dano. Agora, antes de você fazer qualquer gesto precipitado, quero que fale com ele. Pode ser que não haja nenhum problema. Pode ser que ele queira que você cante no Met, só para dar uma valorizada no seu passe. Ele pode muito bem voltar atrás quanto ao contrato, pelo que a gente sabe. Vá lá e fale com ele, veja o que você consegue arranjar. Depois do almoço, volte e fale comigo.

Assim, lá fui eu conversar com Gold. Ele queria falar sobre os quatro tentos que havia marcado na partida de polo do dia anterior. Quando entramos no assunto que me interessava, ele balançou a cabeça.

— Jack, eu sei o que é bom para você, ainda que você não saiba. Fico o tempo todo atento aos sinais que estão no ar, é meu trabalho saber das coisas, e todo mundo por aí vai lhe dizer que Rex Gold não comete erros. Jack, a ópera acabou.

— O quê?

— Acabou, chegou ao fim, ponto final. Claro, eu fui ao Metropolitan quando estive na Costa Leste semana passada, vi a *Tosca*, a mesma ópera da qual introduzimos uma música no *Bunyan*, e lamento muito dizer a você que eles também chuparam meu sangue para me ceder os direitos. Mas o que foi que eu vi lá? Bem, meu caro, vou lhe dizer uma coisa, a gente pôs aquela turma no chinelo. A sequência do nosso filme é tão melhor do que o trabalho deles, nota contra nota, produção contra produção, que a comparação chega a ser ridícula. A ópera está morta. E por quê? Os filmes tomaram conta e fizeram algo tão melhor que eles não vão mais poder se aguentar, e fim de papo. A ópera está seguindo o mesmo caminho do teatro. Os filmes simplesmente riscaram essas coisas do mapa.

— Bem... antes que a ópera morra de uma vez, eu gostaria de cantar uma última temporada. E não acho que o selo do Metropolitan vá fazer mal à minha reputação, mesmo nos filmes.

— Vai ser sua ruína.

— Como?

— É o que estou lhe dizendo. A ópera está acabada.

Os filmes de ópera estão acabados. O público está de saco cheio disso. E por quê? Porque eles não têm material novo. Montaram Puccini mil vezes seguidas, montaram *La bohème* e *Madame Buttlerfly* tantas vezes que a gente teve de desencavar a *Tosca* para você cantar no *Bunyan*, e depois que você tiver cantado seu Puccini, o que vai sobrar para fazer? Nada. Está acabado, sumiu. Não se consegue material novo.

— Bem... há mais uns dois ou três compositores.

— Sim, mas quem é que quer ouvir?

— Quase todo mundo, menos um bando de fanfarrões de Kansas City que acham que Puccini é clássico, como eles dizem.

— Ah, então você não gosta de Puccini?

— Não muito.

— Escute, se quer descobrir quem é o melhor pintor do mundo, o que é que você faz? Tenta comprar um quadro dele. Depois vê quanto tem de pagar. Muito bem, se quiser descobrir quem é o melhor compositor do mundo, tente comprar alguma música dele. Sabe o que me cobraram só pela concessão dos direitos daquela cena da *Tosca* que você cantou? Quer saber? Espere, vou pegar os recibos. Vou lhe mostrar. Você nem vai acreditar.

— Escute, Puccini foi o item de venda mais importante daquela editora musical durante muitos anos, todo mundo no ramo da ópera sabe disso muito bem, e isso não tem nada a ver com a qualidade dele. O que aconteceu foi que Puccini veio depois das leis de direitos autorais, e também porque desde o início ele foi manipulado por caras como você, para conseguir cada centavo que se pudesse arrancar das músicas dele. Se você está descobrindo isso agora, isso pode provar que você não sabe nada sobre ópera, mas não prova nada sobre Puccini.

— Por que você acha que caras como eu pagam muito por ele?

— Provavelmente porque você sabe tão pouco sobre

ópera que não consegue imaginar mais nada. Se tivesse me deixado ajudar naquele roteiro, eu teria arranjado umas músicas que não iam custar nada para você.

— Bela hora para me dizer isso.

— Não interessa. Você conseguiu a *Tosca* e está muito bem. Estou falando é de uma licença pelo resto da temporada para eu cantar no Met.

— E eu estou falando do que é bom para os meus astros. Não adianta nada discutir sobre compositores, Jack. Talvez você saiba o que é bonito, mas eu sei o que vende. E estou lhe dizendo que a ópera acabou. Estou lhe dizendo que, daqui para a frente, você deve ficar longe dela. Do jeito como estou produzindo você, a gente vai pôr essa sua voz nas alturas, e o que vamos fazer com ela? Usá-la em músicas populares. O gênero que você canta melhor do que qualquer outro neste ramo. O gênero de música que as pessoas querem ouvir. Canções de lenhador, canções de vaqueiro, canções da montanha, *jazz*... Você não pode mudar isso! É o que eles querem! Nada desse trá-lá-lá! Meus Deus, isso até machuca os ouvidos! É coisa de museu. Escute, Jack: de agora em diante, você tem de esquecer que um dia já cantou na ópera. Você tem de descer ao rés do chão! Ir lá embaixo, onde eles querem! Está entendendo, Jack? Está entendendo?

— Estou entendendo.

— O que foi que Gold disse?

— Disse que não.

— Eu tinha um palpite de que era isso o que ele achava. Estava falando com ele no telefone agora mesmo, sobre um outro assunto, e como quem não quer nada conduzi a conversa até seu caso, de um jeito que ele não desconfiasse que havia algo entre nós, mas ele não faz mesmo nenhum segredo da posição dele. Bem, podia até parecer que estou do lado de Gold. É duro admitir, mas não dá para brigar com ele.

— Se eu fizer isso, o que vai acontecer com minha reputação?

— Lama. L-A-M-A, lama.

— Em Hollywood?

— Sim, em Hollywood.

— É o que eu queria saber. Quanto lhe devo?

Quando voltei para casa, havia mais quatro telegramas dizendo que a coisa estava no ponto, se eu quisesse ir, e também havia um recado de um telefonema de Nova York. Olhei para o relógio. Eram três horas. Liguei para o aeroporto. Tinha dois lugares no avião das quatro e meia. Ela chegou.

— Bem, Juana, aqui estão eles, leia só. O *abogado* diz que não, mil vezes não. O que vou fazer?

— Você canta a *Carmen* nesse tal Met?

— Não sei. Provavelmente.

— Sim, eu gosto.

— Muito bem, então. Vamos fazer as malas.

9

Fiz minha estreia na ópera *Lucia de Lammermoor*, de Donizetti, logo depois do Ano-Novo, cantei o repertório padrão durante um mês e comecei a dar duro. Era uma sensação boa estar de volta à italianada. Então consegui minha grande chance quando me inseriram numa temporada de três dias da ópera *Don Giovanni*. Tive de fazer das tripas coração para convencer o pessoal a deixar que eu cantasse a serenata à minha maneira, com um violão de verdade, e tocar eu mesmo o violão, sem a orquestra. A partitura pede um bandolim de mentira, e a música está composta assim, mas eu detesto instrumentos de mentira para usar em cena, e detesto representar uma cena em que eu tenha de segurar um instrumento de mentira. Não há jeito de evitar que pareça uma palhaçada. Ganhei uns pontos quando argumentei que o violão era uma tradição, que Garcia fazia assim, mas perdi toda essa vantagem quando alguém do Departamento de Gosto resolveu que um violão ia ficar muito parecido com o Roxy e, por um dia, tudo voltou à estaca zero. Aí consegui que Wurlitzer tomasse meu partido. Mandaram um instrumento que era uma beleza. Era um violão escuro, sem enfeites vistosos, sem pérolas, sem níquel nem realces de nenhum tipo, e tinha um timbre que dava vontade de comer com uma colher. Quando cantei com o violão, a questão ficou logo resolvida.

Eu queria elevar a canção um meio-tom, para que eu pudesse tocar numa escala com três bemóis, mas não deu. A música está composta na escala de dois sustenidos, a pior que existe para um cantor, sobretudo o fá sustenido agudo no final, que pega um barítono pelo pé e faz o cantor soar áspero e amarrado. O fá sustenido não está na partitura, mas é uma tradição e a gente tem de cantar. Só Deus sabe por que Mozart fez a musica nesse tom, a única explicação é que a escala de dois sustenidos é a melhor para o bandolim, e Mozart deixou que o cantor se virasse sozinho, só para poder usar aquele acompanhamento.

Mas afinei a orquestra antes de começar o ato e fiz isso estritamente na escala original. Fiz mais duas mudanças enquanto estava cantando. Entre os versos, dei um passo mais para perto do balcão. No final, virei as costas para a plateia, avancei para ficar bem embaixo do balcão e cantei o final, não para o público, mas para a atriz. No fá sustenido, em vez de encobrir a nota e cortá-la depressa, cantei em *messa di voce*, talvez a coisa mais difícil que se pode pedir a um cantor. A gente começa em *piano*, passa para *fortissimo*, recua para *piano* e termina. Meu timbre não ficou redondinho, mas ficou limpo, e eu não me saí nada mal. A plateia aplaudiu aos gritos, os *bravos* se espalharam pelo teatro inteiro, e isso foi o início dessa conversa que vocês andam lendo por aí, que eu fui o maior desde Bispham, um cantor da mesma estatura de Scotti e todo o resto. Bem, eu tinha a mesma estatura de Scotti, ou assim espero. Agora já esqueceram como Scotti era ruim na verdade. Ele sabia cantar, e foi o maior ator que eu já vi em cena, mas sua voz era apenas sofrível. O detalhe em que eles não prestaram a menor atenção, que mencionaram como se não fosse nada mais do que um acessório de momento, foi o violão. Pode-se falar do violino, do piano e da orquestra, e eu também não tenho nada contra nenhum deles. Mas um violão tem em si o luar.

Don Giovanni, *As bodas de Fígaro*, *Thais*, *Rigoletto*, *Carmen* e *La traviata*, com um sucesso cada vez maior, o meio de fevereiro já estava chegando, e ainda nenhuma notícia de Gold. Nenhuma intimação, nenhum telefonema, nada. O filme que eu deveria fazer em seguida era o de Ziskin. Vi no jornal que ele andava pela cidade, e naquela noite eu o vi no Lindy's, mas nos escondemos e fomos para outro lugar. Ele tinha a mesma cara de bobo que sempre teve, e comecei a dizer a mim mesmo que ele ainda não tinha aprontado o roteiro e que eu talvez vencesse por decurso de prazo.

A transmissão de rádio do rio Hudson até o cabo Horn, isto é, pelas três Américas, era uma coisa em que o pessoal do rádio vinha trabalhando havia um ano, e Deus sabe quantos ministros, embaixadores e intermediários tiveram de ajudar, porque a maioria das estações de rádio ao sul do Rio Grande pertence aos governos, assim como as rádios canadenses. Então, depois que conseguiram acertar tudo, tiveram a maior mão de obra para vender o horário, porque pediam um valor muito alto, e todos os países tinham de receber sua cota. Por fim conseguiram vender para o Panamier. O carro era fabricado sobretudo para exportação, e a cadeia internacional de rádio fornecia aquilo de que eles precisavam. A questão seguinte era: quem eles iam pôr no ar naquela hora, agora que já tinham vendido o horário? Tinham oito nomes na lista, os maiores do ramo, começando com Grace Moore e terminando comigo. Subi umas duas posições quando lhes disse que sabia cantar música popular em espanhol. Não sabia, mas achei que tinha na minha cama a pessoa certa para me ensinar. Então veio a estreia de *Paul Bunyan*, e eu fui para o topo da lista. Não sei dizer o que o filme tinha de mais. Entendam bem, para mim, filme nenhum presta para nada, para nada mesmo, mas aquele filme era alegre e deixava a gente com vontade de querer ver de novo. A história não fazia nenhum sentido, mas talvez exatamente por ser tão sem pé nem cabeça é que a gente tinha de rir. Num trecho lá no meio, eles mostravam a parada festiva da Macy's, promovida um mês antes do Natal, com um monte de balões em forma de bichos indo para a Broadway. Um dos balões era uma vaca e, quando eles soltam os balões e oferecem prêmios para quem os encontrar, aquele balão vai flutuando até Saskatchewan e desce no meio das árvores, perto de um campo de lenhadores. E aí o lenhador, que sou eu, aquele que disse para a turma que ele era o autêntico Paul Bunyan, diz que aquela é Fofura, a Grande Vaca Azul que desceu do céu para lhes fazer uma visita de Natal. Então ele sobe numa árvore e canta para a vaca, e os lenhadores cantam também, e, acreditem se quiser, o negócio funciona. Então, quando o sol baixa e eles veem o que é Fofura na verdade, sobem na árvore atrás do sujeito e lincham o cara, mas alguém por acidente encosta um charuto na vaca e ela explode com tamanho estrondo que todas as árvores que eles deveriam cortar caem inteiras sobre a terra e aí resolvem que a vaca era mesmo a grande senhora Fofura.

Isso ratificou minha posição na cadeia de rádio, e eles aceitaram na mesma hora quando eu lhes disse como deviam montar o espetáculo radiofônico para poder vender carros.

— A gente abre com a maior buzina que der para encontrar, a mais barulhenta, em cinco tons e com efeitos múltiplos, e, caso vocês achem que isso não tem importância, eu lhes digo que já estive lá na terra deles e sei o que precisam mostrar para aquela gente, se querem vender carros. Tem de ter uma tremenda buzina: no início, no meio e no fim, tem de ter uma senhora buzina. Eu pego o tom da buzina e saio logo cantando a "Golondrina", para dar o toque local, e misturo com "My pal Babe", para agradar aos canadenses. Eu mesmo vou compor essa pequena miscelânea de canções, e isso vai ser nossa marca. Então a gente repete, põe o anunciante no ar e, depois que ele parar, a gente entra com tudo. Vamos apresentar canções mexicanas breves, depois damos meia-volta e apresentamos algumas canções franco-canadenses, então alguma coisinha americana ligeira, quando chega de novo a hora do anunciante. Em seguida a gente mostra um pouco de ópera e vamos levando assim durante o tempo que a gente tiver, e também qualquer coisa cômica que vocês quiserem mostrar, tudo bem, mas cuidado com o tanque de gasolina, a pintura, a velocidade e o baixo consumo de combustível. E pronto, está feito. Deixem de fora os freios, a suspensão e tudo isso. Eles nunca ouviram falar dessas coisas e vocês só vão perder tempo. O melhor é deixar que eu escreva essas inserções e depois mandem os anunciantes traduzirem. E, antes de tudo, mais uma vez: toquem essa buzina.

Eles montaram um programa do jeito que eu disse, e fizemos uma gravação numa manhã, num estúdio de rádio, com a orquestra da estação de rádio, depois fomos para uma sala de audição e mostramos. Deu um bom efeito. O cara da publicidade gostou, o representante do Panamier morreu de rir com aquilo.

— Pegou uma boa velocidade, entende o que estou dizendo? "Abram caminho para o Panamier Oito, ele vem vindo pela estrada!", é o que o programa diz. E a canção-tema é um encanto. Cerca por todos os lados e não deixa ninguém escapar. Pessoal, acho que a gente conseguiu uma coisa para arrebentar. Está pronto. Chega de *se*, e de *mas*, e de *quem sabe*.

Comecei a me sentir bem. Por que eu queria aquela cadeia de rádio? Porque ia me pagar mil dólares por semana. Porque me tratavam bem. Porque eu tive aquele fracasso e podia voltar ao México. Porque me fazia rir. Porque eu podia mandar um alô para o capitão Conners, onde quer que ele estivesse, ouvindo seu rádio. Em outras palavras, por nenhum motivo. Eu só queria, e pronto.

Isso aconteceu lá pelo início de março, e o programa iria ao ar dali a três semanas, assim que conseguissem publicar anúncios nos jornais por tudo quanto é lado e arranjassem mais vagões de carga para fazer as entregas dos automóveis. Naquela altura, eu já tinha iludido a mim mesmo com a certeza de que Ziskin jamais iria terminar seu roteiro e que eu podia esquecer tudo a respeito de Hollywood pelo resto da vida. Depois que deixei o pessoal do rádio naquele dia, fui dormir e acordei para ir ao teatro de ópera cantar a matinê de *Lucia de Lammermoor*. Havia um mensageiro lá, com uma carta registrada de Gold, dizendo para eu me apresentar no dia 10 de março. Fiquei meio distraído naquele dia e perdi a deixa de uma entrada.

Minha reação foi não fazer absolutamente nada, a não ser obter o endereço de um advogado em Radio City especializado em grandes causas do mundo teatral. Três dias depois, recebi um telegrama da Associação de Atores de Cinema dizendo que, como eu não tinha apresentado nenhuma resposta à notificação de Gold, o caso fora apresentado a eles, e diziam que eu estava preso por um contrato legítimo e que, a menos que eu tomasse as providências para cumpri-lo de imediato, eles seriam obrigados a agir conforme seus estatutos e seu acordo com os produtores. Não prestei atenção nem numa coisa nem em outra.

Na manhã seguinte, enquanto eu ensaiava no piano um dueto de *La traviata* com uma nova soprano que estavam lançando, uma secretária veio à sala de ensaios e pediu-me que fizesse a gentileza de ir imediatamente a uma suíte do Empire State Building para tratar de um assunto importante. Perguntei à soprano se ela se importava de continuar o ensaio depois do almoço. Quando cheguei ao Empire State Building, fui levado a um escritório grande, com paredes forradas de madeira de sequoia, com uma tabuleta que indicava "Sr. Luther, privativo". O senhor Luther era um velho num terno cinzento, com paletó de aba comprida na parte de trás, bochechas vermelhas feito as de uma mocinha e olhos azuis cor de ágata. Levantou-se, apertou minha mão, disse como apreciava meu canto, disse que meu Marcello lhe fazia lembrar Sammarco, e depois entrou no assunto.

— Senhor Sharp, recebemos uma comunicação de um certo senhor Gold, Rex Gold, informando que tem um contrato com o senhor e que qualquer compromisso profissional de sua parte após o dia 10 de março sofrerá uma ação legal da parte dele. Não sei que ação legal ele tem em mente, mas achei que seria bom que o senhor viesse aqui e, se pudesse, me explicasse o que ele quer dizer, se é que o senhor sabe.

— O senhor é o advogado da companhia de ópera?

— Não normalmente, é claro. Mas às vezes, quando alguém está na Europa, encaminham as coisas para mim.

— Bem... eu tenho um contrato com Gold.

— Para filmes, eu suponho.

— Sim.

Expliquei-lhe a situação e deixei muito claro que eu estava farto de filmes, com ou sem contrato. Ele ouviu e sorriu, e pareceu entender perfeitamente por que eu queria cantar na ópera e tudo o mais.

— Sim, posso entender isso. Entendo muito bem. E, é claro, tendo em vista o sucesso que estamos alcançando com o senhor por aqui, eu sem dúvida hesitaria em tomar qualquer atitude ou lhe dar qualquer conselho que nos levasse a perder o senhor no auge da temporada. É claro, um telegrama sem o apoio de nenhum outro documento não basta para que tomemos uma decisão e, de fato, não estamos obrigados a tomar conhecimento de contratos feitos por nossos cantores antes que um tribunal examine o caso ou, de algum modo, nos obrigue a fazer algo. Mesmo assim...

— Sim?

— O senhor recebeu algum comunicado do senhor Gold, além de sua carta de notificação?

— Nada. Recebi na verdade um telegrama da Associação de Atores de Cinema. Mas foi só isso.

— A... como se chama mesmo?

Eu tinha o telegrama no bolso e mostrei-lhe. Ele se levantou e começou a caminhar em volta do escritório.

— Ah... o senhor é membro da Associação?

— Bem... todo mundo que trabalha no cinema é.

— É uma afiliada da Equidade, não é?

— Não tenho certeza. Acho que sim.

— Não sei qual é o procedimento deles. Organizou-se há pouco tempo, não ouvi falar muito a respeito. Mas confesso, senhor Sharp, isso torna a situação bastante embaraçosa. Contratos, processos na justiça... Não ligo para essas coisas. Afinal, é para isso que estou aqui, não é? Mas eu relutaria muito em dar qualquer conselho que pusesse a empresa em qualquer tipo de atrito com a Federação de Músicos. O senhor entende o que está em questão aqui, não é?

— Não, não entendo.

— Como estou dizendo, não conheço os procedimentos da Associação de Atores de Cinema, mas se eles levarem a questão aos músicos e se nós tivermos em nossas mãos alguma confusão pelo fato de o senhor cantar aqui antes de ter resolvido sua situação com seu próprio sindicato... Bem, senhor Sharp, eu tenho verdadeiro horror só de pensar. Os músicos têm o sindicato mais inteligente, cooperativo e sensato que existe, mas, apesar disso, qualquer desavença que surja no auge da temporada...!

— Isso significa o quê?

— Não sei. Quero pensar a respeito.

Saí, comi um sanduíche, tomei um café e voltei para a sala de ensaios. Tínhamos acabado de começar quando a mesma secretária veio e disse que o pessoal da rádio queria eu fosse lá de imediato, que era tremendamente importante, e que eu devia ir, por favor, o mais depressa possível. A soprano fez uma cena que chegou a levantar bolhas no verniz do piano. No quesito palavrões e grosserias criativas, acho que sua coloratura é a melhor do meio musical. Fui para a rua, tentei adivinhar onde ficava a parte alta e onde ficava a parte baixa da cidade. Pensei em Jack Dempsey.

Estavam todos lá, o homem da publicidade, o homem do Panamier, os homens da cadeia de rádio, todo mundo, e a coisa estava pegando fogo. Tinham recebido um telegrama de Gold, proibindo-os de usar "My pal Babe", ou qualquer parte da música, senão seriam processados com todo o rigor, e avisava que não podiam me usar também. O homem do Panamier estava furioso feito um bicho. Eu ouvi tudo e comecei a ficar com raiva.

— Do que diabo ele está falando? Vocês podem usar essa música. Não conheço muita coisa de leis, mas sei o suficiente...

— Não podemos usar! Não podemos usar nem uma nota! É dele! E aqueles anúncios já foram para os duzentos jornais mais importantes. Temos de cancelar tudo por telegrama, temos de arranjar um programa novo inteirinho... Meu Deus, por que não nos contou sobre isso? Por que nos deixou começar tudo, sabendo que tinha um contrato?

— Não podem aguentar as pontas até hoje à noite?

— Para quê? Pode me dizer? Para quê?

— Até eu falar com um advogado.

— Você acha que não falei com um advogado? Acha que não falei com Gold por telefone três vezes hoje, enquanto tentava descobrir onde você havia se metido? E eu já anunciei a porcaria! Já anunciei a maldita canção-tema! "Golondrina", "My pal Babe"... Não é de virar o estômago? E ainda anunciei você também, John Howard Sharp, El Panamier Trovador... Não é de deixar a gente de estômago virado? Vá embora, pelo amor de Deus...

— Podem esperar? Só até esta noite?

— Tudo bem, vou esperar. Por que não?

O advogado ficava cinco andares abaixo, no mesmo edifício. Não tinha as paredes do escritório forradas com madeira de sequoia. Era só um escritório comum, e ele era um cara pequeno e enérgico chamado Sholto. Expus todo o problema para ele. Recostou-se na cadeira, deu uns dois telefonemas e começou a falar.

— Sharp, você não tem onde se apoiar. Fez um contrato, um contrato que qualquer júri vai considerar perfeitamente legítimo, e a única coisa que você pode fazer é cumprir o contrato. Sua consciência estética pode até ganhar uns pontos por preferir a ópera ao cinema, mas sua consciência moral não vai ganhar ponto nenhum se você descumprir um contrato só porque quer. Pelo que eu entendo, essa empresa de cinema contratou você quando ainda era um pé de chinelo, pôs você nas alturas, e agora você quer deixá-los na mão. Não estou dizendo que você não possa dar uma surra neles diante de um tribunal. Ninguém pode prever o que um júri vai decidir. Mas você já será de novo um pé de chinelo antes mesmo de o julgamento começar. O mundo do espetáculo é uma gigantesca rede, Gold conhece esse mundo dos pés à cabeça, por dentro e por fora, de todos os ângulos, e você não tem a menor chance. Está amarrado. Tem de voltar e fazer o tal filme.

— Abandonar tudo de uma hora para outra, agora que estou tomando embalo, voltar para lá e fazer um filme só porque aquele pamonha acha que a ópera está morta?

— O que está tentando me dizer? Mais um filme como esse *Bunyan* e você vai poder entrar em qualquer companhia de ópera do mundo e cantar o que bem entender. Você está se tornando um chamariz para um público tão grande que nenhum cantor em um milhão consegue levar para dentro de um teatro. Será que você não tem a cabeça no lugar? Esses musicais são filmes de massa. Correm o mundo todo. Fazem de você uma pessoa famosa do Peru à

China, da Noruega à Cidade do Cabo, do Panamá ao Suez, ida e volta. Você acha que as companhias de ópera não sabem disso? Acha que o Metropolitan não sabe disso? Acha que toda essa comoção que você causou é só um tributo ao seu fá sustenido em *Pagliacci*? Conversa!

— Não cantei o *Pagliacci*.

— Tudo bem, *O trovador*.

— E é isso o que tem a me dizer?

— E não basta?

Eu me senti tão mal que nem me dei ao trabalho de voltar ao escritório da cadeia de rádio. Desci, peguei um táxi e fui para casa. Estava começando a nevar. Tínhamos sublocado um apartamento mobiliado num grande edifício residencial na rua Vinte e Dois, Leste, perto do Parque Gramercy. Juana gostou de lá porque havia uns tapetinhos de índio que lembravam um pouco o México, e por seis semanas tínhamos sido mais felizes lá do que já fui em qualquer época de minha vida. Juana estava de cama, gripada. Ela jamais conseguiu meter na cabeça como é o clima em Nova York. Sentei perto dela e dei as notícias.

— Pois é, tudo acabou. Vamos voltar para Hollwood.

— Não, por favor. Eu gosto de Nova York.

— Dinheiro, Juana. E todo o resto. Vamos voltar.

— Mas por quê? A gente tem tanto dinheiro.

— E nenhum lugar para cantar. Amanhã, nem uma simples boate vai querer me contratar. Sindicatos. Mandados judiciais. Contratos.

— Não, vamos ficar em Nova York. Você pega o violão, vai ser um *mariachi*, só você, Hoaney. Canta para mim.

— Temos de voltar.

Sentei ao lado dela, e Juana ficou passando os dedos em meus cabelos. Não falamos nada durante um bom tempo. O telefone tocou. Ela fez um gesto para eu deixar o telefone tocar. Se eu não tivesse atendido, toda a nossa vida teria sido diferente.

10

Winston Hawes, diziam os jornais, era um dos músicos mais importantes de seu tempo, um maestro que sabia de fato ler uma partitura, o homem que tinha feito mais pela música moderna do que qualquer outra pessoa, desde Muck. Ele era tudo isso, mas nunca entendeu direito qual era sua importância. Havia alguma coisa errada na maneira como ele encarava a música, alguma coisa doentia, assim como as multidões que a gente via sempre nos concertos dele, mas o que era isso, eu só posso dizer mais menos para vocês. Em primeiro lugar, não sei direito de que tipo de gente ele provém, em segundo lugar não conheço música tanto assim. Ele era rico, e nas pessoas ricas há algo diferente do resto de nós. Eles têm uma noção presunçosa de sua relação com o mundo e com tudo o que encontram pela frente. Tive um vislumbre desse aspecto dele certa vez em Paris, quando dei uma passada numa loja de arte para olhar uns quadros que atraíram minha atenção. Um cara entrou, um americano, e começou a papaguear sobre preços. E a maneira como o tal cara falava me abriu uma visão nova do tipo de gente que ele era. Não ligava para a arte, do jeito que eu ou vocês fazemos, como uma coisa para ver e sentir. Ele queria *possuir*. Winston Hawes era assim a respeito da música. Transformava a música numa prostituta. A gente ia aos concertos dele, mas não assistia a seus ensaios, não o via prender os músicos uma hora além do tempo previsto, pagando hora extra, só porque tinha uma passagem da trompa de que ele gostava e queria que fosse repetida várias vezes... não para ensaiar a passagem, mas por causa do que a música fazia a *ele*. E a gente não saía com ele depois do ensaio e o via todo trêmulo, e não o ouvia falar como se sentia depois de tocar aquilo. Winston Hawes era como uma mulher que vai aos concertos porque lhe transmitiam as vibrações certas, ou a faziam sentir-se melhor, ou produziam sei lá que efeito em seu espírito tapado. Tudo bem, vocês podem achar que é maluquice comparar Winston Hawes com alguém assim, mas estou lhes dizendo que, apesar de toda a sua perícia técnica, garanto a vocês que ele tinha muito mais dessa palerma gorducha do que de Muck. Aquela mulher estava dentro dele, cachorrinho poodle, diamantes, limusine, desprezo, crueldade e todo o resto, e não deixem que sua reputação pública engane vocês. A mulher também tem uma reputação pública, contanto que solte bastante dinheiro para todos os lados. No jornal, ele era comparado a Stanford White, mas garanto a vocês que pôr Winston Hawes na mesma categoria que Stanford White era um sacrilégio.

Não se pode possuir a música do mesmo modo que um quadro, mas se pode possuir um bom bocado dela. É possível ser dono de um compositor quando se paga a ele um patrocínio para compor uma peça de encomenda. É possível ser dono de uma plateia que veio ouvir essa música, se é que vão ouvir alguma coisa. É possível ser dono da orquestra que toca essa música, e também do cantor que a canta. Encontrei Winston Hawes pela primeira vez em Paris. Não o conheci em Chicago. Veio da porcaria de uma família tão rica que eu nunca cheguei nem a uma milha de onde eles moravam. E eu não o procurei, nem mesmo em Paris. Um dia apareceu em meu apartamento, sentou-se ao piano, tocou algumas canções que estavam ali na partitura e disse que eram lixo, o que era verdade. Então se levantou e perguntou-me se eu gostaria de cantar com a turma dele. Fiquei muito empolgado. Ele tinha começado com sua Petite Orquestra um ano antes, eu tinha ido a uma porção de seus concertos, e não pensem que não eram bons. Tinha começado com trinta músicos, mas agora já estava com mais de quarenta. Ele atacava em toda parte, pegava músicos das orquestras de ópera, dos conjuntos de música de câmara, e pegava quem queria, porque pagava duas vezes mais do que qualquer outro. Ele mesmo bancava o déficit, e entre seus músicos não havia nenhum que não fosse capaz de tocar quartetos com Heifetz. O que eles conseguiam realizar com a música, sobretudo com a música moderna, era fazê-la soar duas vezes melhor do que o próprio compositor havia imaginado. Winston estava com um material que queria que eu cantasse, tudo ainda manuscrito. Uma parte eram canções italianas antigas que ele tinha desencavado, nas quais eu teria de fazer uma coloratura em barítono que já estava fora de moda havia cem anos; como ele sabia que eu era capaz de cantar aquilo, não sei. Outra parte era uma suíte composta pelo músico que tocava a primeira viola de sua orquestra e que nunca fora apresentada. Era um material difícil, uma música que sem as mais exatas nuances de tom nunca chegaria a existir. Mas ele me concedeu seis ensaios — podem contar nos dedos, seis ensaios, uma coisa que, falando assim, ninguém acredita. O custo não significava nada para ele. Quando a gente apresentou aquela música, cantei com os instrumentos de sopro como se eu fosse um dos fagotes, e a reação foi tremenda. Fiz Picquot, o primeiro viola, levantar e agradecer os aplausos, antes de eu mesmo agradecer, e tudo correu como uma história que se conta nos livros.

Nessa parte da história, eu não estaria dizendo a verdade se não admitisse que foi uma aventura na música que jamais esquecerei. Cantei quatro vezes para ele, e cada vez era uma coisa nova, uma coisa cheia de vida, e com um desempenho melhor do que eu mesmo podia pensar que era capaz. Sua batuta tinha vida. De alguns maestros, a gente recebe o ritmo feito o aperto de mão de um coveiro, mas ele não era assim. Incutia o tempo da música na gente como um hipnotizador, e a gente começava a decifrar aquilo aos poucos; mesmo assim, tudo ficava sob um controle perfeito. Esta é a palavra para lembrar: perfeito. A perfeição é uma coisa que nenhum cantor jamais conseguiu, mas sob sua regência a gente chegava o mais perto da perfeição que se pode chegar.

Assim foi o começo e, pouco depois, me dei conta do que ele queria de verdade. Sobre o que ele queria e o que ele obteve, vocês vão descobrir em breve, e não vou contar nada além do que for preciso. Mas agora eu gostaria de deixar isto bem claro: não era o que eu queria. O que eu representava para ele e o que ele representava para mim eram duas coisas diferentes, porém, mais uma vez, eu não estaria dizendo a verdade se não admitisse que ele representava muita coisa para mim. Ele costumava entrar em meu camarim no Comique enquanto eu estava no banho e me falava sobre alguma coisinha que eu tinha feito, algo de que ele tinha gostado, ou às vezes sobre algo de que não tinha gostado. Se ele estivesse dando um concerto no mesmo horário, talvez tivesse ouvido só uma parte do último ato, mas sempre tinha alguma coisa para me dizer. Vocês acham que isso não significava nada para mim? Cantar é um trabalho gozado. A gente vai lá e agradece os aplausos, e é tão emocionante que quando a gente volta para o camarim quer cantar mais, soltar a voz, até sacudir os vidros das janelas, só para liberar a torrente formada pela emoção. A gente volta lá e ouve os outros, em especial os tenores, e a gente até pensa que todos ficaram malucos. Mas essa emoção provém só de uma aparência, de uma multidão que mal conseguimos enxergar e que jamais conhecemos, e aí a gente fica de um tal jeito que seria capaz de dar qualquer coisa a qualquer um, para um único sujeito, que soubesse explicar o que a gente está tentando fazer, um cara que adivinhasse nosso pensamento, sem que a gente tivesse de dizer nada, que fosse capaz de apreciar a gente com a cabeça, e não com a palma das mãos. E, vejam bem, não poderia ser qualquer um. Tinha de ser uma pessoa que a gente respeitasse, alguém que a gente conhecesse.

Comecei a esperar por essa visita. Então, em pouco tempo, eu já estava cantando para ele e para mais ninguém. A gente conversava, ia para um café enquanto eu comia, depois dava um pulo no apartamento dele na Place Vendôme e fazia uma autópsia da minha apresentação. Depois, aos poucos, ele começava a fazer sugestões. Então comecei a visitá-lo de manhã, e ele me alertava a respeito de algumas coisas erradas que eu vinha fazendo. Era o melhor professor do mundo, não tinha ninguém igual. Então ele começou a desmontar minha forma de representar, e remontou-a. Foi ele que me curou de todos aqueles gestos operísticos que aprendi na Itália. Mostrou-me que a boa representação operística consiste no mínimo possível de movimentos, todos calculados para produzir algum efeito e todos feitos para serem importantes. Falou-me sobre Scotti e como cantava o prólogo do *Pagliacci*, antes de passar a cantar tão mal que não puderam mais usá-lo no *Pagliacci*. Scotti fazia um gesto. No final do andante, ele estendia a mão, depois a virava com a palma para cima. Só isso. Dizia tudo. Ele me ensinou todo um novo arsenal de gestos, feitos com naturalidade, e me fez praticar durante horas, cantando *sotto voce*, sem usar nenhum gesto. É uma coisa difícil de fazer, ficar parado, num palco frio, e conseguir acertar. Mas fiquei tão afiado que eu conseguia. E fiquei tão afiado que eu podia esperar, ganhar tempo, e só mostrar o que eu tinha a mostrar quando eu estava pronto, não antes. Comecei a me sair melhor em papéis cômicos, como Sharpless e Marcello. Deixando de lado todos aqueles efeitos fáceis, eu podia esperar a hora certa e arrancar risos que antes jamais conseguia. Acabou que eu ficava com ele de manhã, ao meio-dia e à noite, e dependia dele como um viciado depende de droga.

Então perdi a voz de repente e, quando meu dinheiro acabou, tive de ir embora de Paris. Ele teve um ataque por causa disso, queria bancar minhas despesas, mostrou-me suas contas para provar que uma mesada para mim não ia causar nem um arranhão em sua renda. Mas foi aquele ataque que me revelou o tipo de situação a que as relações entre nós tinham levado e me fez ver que eu precisava mesmo me separar dele. Fui para Nova York. Tentei achar alguma coisa para fazer, mas não tinha nada que eu soubesse fazer, exceto cantar, e eu não podia cantar. Foi aí que aquele empresário me enrolou com a conversa de que, por pior que eu cantasse, no México daria certo, e lá fui eu.

Eu tinha lido em algum jornal que ele havia desfeito sua orquestra em Paris, mas eu não sabia que ele estava começando sua Pequena Orquestra em Nova York, até chegar lá. Isso me deixou nervoso. Fui sozinho ver seu primeiro concerto, só para poder dizer que tinha visto, no caso de um dia topar com ele. Foi a mesma multidão que ele havia arrebanhado em Paris, roupas mais caras que as que se viam até numa estreia de filme em Hollywood, mulheres de cabelo grisalho com cortes sóbrios e homens de paletó de linho branco, moças fitando os olhos umas das outras, sem se importar com o que a gente pensava, rapazes atrás de homens, conversas em voz alta e agitada no saguão, todo mundo saindo de casa com alguma coisa que não se atreveria a mostrar em nenhum outro lugar. A primeira peça do programa era algo para cordas, de Lalo, que eu já tinha ouvido antes com sua orquestra, e fui embora logo depois disso. No dia seguinte, quando vi a crítica no jornal, virei a página depressa. Não queria ler.

Eu tinha recebido um bilhete dele depois que cantei *Don Giovanni* e devolvi-o na mesma hora, só com uma palavra escrita, "Obrigado", e minhas iniciais. Não quis escrever no meu próprio papel de cartas, do contrário ele ia saber onde eu estava morando. Tive uma sensação gozada ao pedir o papel de carta da companhia de ópera. Fiquei com medo de não responder, por receio de que ele pudesse descobrir por quê.

Essa era a situação quando eu estava sentado junto de Juana e o telefone tocou. Ela fez um gesto para que eu deixasse tocar, e eu a obedeci por um tempo, só que eu ainda não tinha telefonado para o pessoal do Panamier e sabia que teria de fazer isso, mesmo que não tivesse nada para dizer. Atendi. Mas não era do Panamier. Era Winston.

— Jack! Seu velho patife! Onde é que você se meteu?

— Bem... andei meio ocupado.

— Eu também, tão ocupado que até sinto vergonha. Detesto ficar ocupado. Gosto de ter tempo para meus amigos. Mas neste momento estou livre feito um passarinho, tenho uma bonita lareira acesa ao meu lado e você pode pegar um táxi e dar um pulo até aqui, não importa onde esteja... Só consegui seu telefone, e ainda me deu a maior mão de obra conseguir esse número... Venha até aqui. Mal posso esperar até rever você.

— Puxa... acho que seria ótimo, mas tenho de voltar a Hollywood imediatamente, amanhã, pelo visto, e isso quer dizer que estarei ocupado me preparando para deixar a cidade. Não vejo como eu poderia ter tempo para fazer uma visita.

— O que está dizendo? *Hollywood*?

— Pois é, Hollywood.

— Jack, está brincando.

— Não, agora virei um astro do cinema.

— Sei disso. Vi seus filmes, os dois. Mas agora você

não pode voltar para Hollywood. Puxa, vai ficar cantando para *mim*, durante um mês, a partir de hoje. Já organizei todo o seu programa. Não há o que discutir.

— Não, eu preciso ir.

— Jack, nem parece você. Não vá me dizer que ficou tão importante que não pode desocupar uma noite para conceder a um diletante e à sua orquestra...

— Pelo amor de Deus, não seja tolo.

— Agora sim parece você. O que está acontecendo?

— Nada, só o que eu já lhe disse. Tenho de voltar para lá. Não que eu queira. Detesto fazer isso. Tentei me livrar disso de tudo quanto é jeito, mas estou amarrado e não tenho escapatória.

— Agora parece ainda mais você. Noutras palavras, você está encrencado.

— Pois é.

— Pegue um táxi e venha para cá. Conte tudo para o papai.

— Não, desculpe. Não posso... Espere um instante.

Ela estava me puxando, tentando pegar o fone. Pus a mão sobre o fone.

— Sim, você vai.

— Não quero.

— Você vai.

— Ele é só um cara que... eu não quero ver.

— Você vai, você está melhor, Juana está com o nariz escorrendo muito, entupido.

— Eu fico aqui e assoo o seu nariz, não vai ficar entupido.

— Hoaney, você vai. Muita gente telefonou hoje, o dia inteiro. Você não estava, você tem de falar, não sentir mal. Agora vai. Vou dizer que você saiu. Não sei aonde foi. Você vai, depois a gente conversa, mais tarde, você e eu. A gente pensa o que fazer.

— Tudo bem, onde você está? Vou dar um pulo aí.

Ele estava num hotel afastado do Central Park, no vigésimo segundo andar do arranha-céu. A recepção me disse para subir. Lá fui eu, achei sua suíte, toquei a campainha e não houve resposta. A porta estava aberta e eu entrei. Havia uma sala de estar ampla, com janelas dos dois lados, e assim se podia ver tudo até o centro e mais além do East River. Havia um piano de cauda numa extremidade, uma vitrola grande do lado oposto, partituras empilhadas por todo lado e um fogo alto na lareira. Abri a porta que dava para o restante da suíte e chamei, mas não veio resposta. E então, num segundo, ele apareceu, veio aos saltos do corredor dos elevadores, num paletó puído, camisa de flanela e as calças surradas que sempre vestia. Se a gente o visse no Central Park, daria um trocado para ele.

— Jack! Como vai? Fui lá embaixo para recebê-lo, mas me disseram que tinha acabado de subir! Me dê seu casaco! Me dê um sorriso, pelo amor de Deus! Esse bronzeado do sol do México deixou você com a maior cara de Otelo!

— Ah, soube que andei pelo México?

— Sei! Fui até lá para trazer você de volta, mas você já tinha ido embora. Que ideia foi essa, se esconder de mim?

— Ah, andei trabalhando.

Um minuto depois, eu estava numa poltrona grande, diante da lareira, com uma garrafa de vinho do Porto branco, de que eu sempre gostei, e um montinho de biscoitos amanteigados ingleses. Ele estava à minha frente, com suas pernas compridas enganchadas numa espécie de candelabro ou algo assim, e já estávamos no maior papo. Ou pelo menos ele estava. Winston sempre começava pelo meio e saiu falando sobre *Don Giovanni*, sobre uma apojatura que eu estava usando em *Lucia*, sobre o motivo por que as partituras antigas não eram cantadas da forma como foram escritas, sobre um novo flautista que ele tinha trazido de Detroit, sobre minha manobra com a capa em *Carmen*, tudo isso misturado. Mas não por muito tempo. Logo Winston entrou no assunto que interessava.

— Que história é essa de Hollywood?

— É como eu lhe disse. Estou amarrado pela porcaria de um contrato e tenho de ir para lá.

Contei tudo para ele. Eu já tinha contado para tanta gente que naquela altura eu já sabia tudo de cor, e consegui ser muito rápido.

— Então, esse sujeito... Gold, foi esse o nome que você falou?... é a chave de todo esse rolo?

— Ele mesmo.

— Então está tudo bem. Fique aí mesmo e espere um pouco.

— Não, se você vai fazer alguma coisa, eu vou embora!

— Falei para você ficar aqui. Papai vai estar ocupado.

— Com o quê?

— Aí está seu vinho do Porto, aí estão seus biscoitos, aí está a lareira acesa, aí está a mais linda neve que vi este ano, e tenho as seis grandes aberturas de Rossini na vitrola, *Semiramides*, *Tancredo*, o *Barbeiro*, *Guilherme Tell*, a *Ladra* e a *Italiana*, que acabaram de chegar de Londres, tocadas de forma esplêndida, e, quando você tiver terminado de ouvir, eu já estarei de volta.

— Perguntei aonde você vai.

— Puxa vida, você tem de estragar minha cena? Estou representando o Papai. Vou entrar em cena. E quando o Papai entra em ação, é a Frota Britânica. Beba seu Porto devagar. Escute Rossini. Pense nos rapazes que eram castrados para cantar as missas do velho sacana. Seja o papa. Eu vou falar com o almirante Dewey.

— Almirante Beatty.

— Não, eu sou o capitão Gridley. Estou pronto para atirar.*

(*) Refere-se a altos oficiais da Marinha de guerra dos Estados Unidos envolvidos na guerra contra a Espanha, nos últimos anos do século XIX. E à famosa ordem que Dewey deu a Gridley: "Atire quando estiver pronto". (N. T.)

Ligou a vitrola e pôs Rossini para tocar, serviu o vinho e saiu. Tentei escutar a música, mas não consegui. Levantei e desliguei a vitrola. Foi a primeira vez em minha vida que deixei Rossini de lado. Fui até as janelas e fiquei olhando a neve. Alguma coisa me dizia para cair fora dali, voltar para Hollywood, fazer qualquer coisa, menos me envolver com ele outra vez. Em menos de vinte minutos, ele voltou. Ouvi que estava entrando e me enfiei de volta na poltrona. Não queria que me visse preocupado.

— Fiquei espantado quando vi que você tinha perdido aquela nota em *Lucia*. Não *sentiu* que ela estava ali? Não viu que a nota *tinha* de estar ali?

— Dane-se *Lucia*. Qual é a novidade?

— Ah. Eu tinha até esquecido. Bem, você vai ficar, é claro. Continua com a ópera, faz esse programa de rádio idiota em que se meteu, canta para mim, faz seu filme no verão. E pronto. Está tudo arranjado. Agora, de novo, Jack, sobre aqueles recitativos antigos...

— Escute, é uma questão de negócios. Quero saber...

— Jack, você é tão grosseiro. Não posso brandir minha varinha mágica? Não posso fazer um pouco de minha magia? Se você quer saber mesmo, acontece que sou dono de um banco, ou minha família um tanto enfadonha controla um banco. Eles vivem me contrariando, mas às vezes se mostram úteis, de um modo baixo, porco. E o banco, mediante algumas ações arrestadas para garantir créditos, fundos e outras coisas... Ora, dane-se tudo isso.

— Continue. O banco controla o quê?

— A companhia cinematográfica, seu bobalhão.

— E aí?

— Escute, estou falando de Donizetti.

— E eu estou falando de um filho da puta chamado Rex Gold. O que você fez?

— Falei com ele.

— E o que ele disse?

— Bem... eu não sei. Nada. Não esperei para ouvir

o que ele ia dizer. Eu lhe disse o que ele tinha de fazer e pronto.

— Onde está seu telefone?

— Telefone? Para quem vai telefonar?

— Tenho de ligar para a cadeia de rádio.

— Quer ficar aí parado e escutar o que estou tentando lhe dizer sobre apojaturas, para que não me crie problemas toda vez que cantar alguma coisa composta antes de 1905? Serviçais do banco estão telefonando para a cadeia de rádio. É para isso que eles servem. Estão fazendo serão, telefonando para outros serviçais em Radio City e obrigando que eles façam serão também, o que muito me agrada, enquanto eu e você gozamos nosso ócio pecaminoso aqui e ficamos olhando a neve cair ao crepúsculo, e conversamos sobre as notas de ornamento em Donizetti, que continuarão a ser cantadas muito tempo depois que a companhia cinematográfica, o banco e o os serviçais estiverem mortos e esquecidos em suas sepulturas. Está entendendo?

Sua preleção sobre apojaturas durou quinze minutos. Era uma coisa que eu vivia esquecendo a respeito dele, sua ligação com o dinheiro. Sua família consistia numa irmã velha e solteira, um irmão que era coronel da Guarda Nacional em Illinois, outro irmão que morava na Itália e alguns sobrinhos e sobrinhas, e eles tinham tanto a ver com aquela fortuna quanto bonecos de palha. Era *ele* quem dirigia tudo, *ele* controlava o banco, *ele* fazia uma porção de outras coisas que ele fingia não se dar o trabalho de fazer porque era artístico demais. De uma hora para outra, uma ideia bateu em minha cabeça.

— Winston, estou sendo tapeado.

— Tapeado? Do que está falando? Quem tapeou você?

— Você.

— Jack, eu lhe dou minha palavra de honra, a maneira como você cantou aquilo...

— Pare com essa encenação besta sobre *Lucia*, chega! Claro que cantei errado. Aprendi o papel antes de saber qualquer coisa sobre estilo, e fazia cinco anos que eu não cantava essa ópera, quando no mês passado tive de cantar, e não me dei o trabalho de estudar de novo a partitura, e foi só isso, nada mais, dane-se esse assunto. Estou falando de outra coisa. Você sabia de tudo quando me telefonou.

— Ora, é claro que sabia.

— E acho que foi você quem me pôs nesta situação.

— Eu...? Não seja tolo.

— Eu sempre achei muito estranhas as ideias do tal de Gold sobre ópera, e sobre mim, e todo o resto. Qualquer outra pessoa iria *querer* que eu fosse cantar na ópera, para me projetar mais ainda. O que você sabia sobre isso?

— Jack, aí já é melodrama mexicano.

— E essa tal viagem que você fez? Ao México?

— Fui lá. Um lugar horroroso.

— Por minha causa?

— Claro.

— Por quê?

— Para pegar você pelo cangote do seu pescoço duro e arrastá-lo para fora de lá. Eu... achei um violoncelista que tinha visto você. Eu soube que você andava esmolambado. Não gosto que você fique esmolambado. Desgrenhado pode ser, mas não com manchas no paletó.

— E sobre Gold?

— Eu pus Gold no comando daquela companhia cinematográfica porque é o pior imbecil que eu já conheci na vida e achei que era o cara perfeito para fazer filmes. Eu estava certo. Transformou o investimento numa mina de ouro. Em breve poderei ter setenta e cinco músicos e a Pequena Orquestra será uma dessas fantasias que tanto me agradam. Jack, *você precisa* de fato pôr a nu minhas pequenas tramoias? Você conhece todas elas muito bem. Será que não podemos apenas olhar para elas? Afinal de contas, são tramoias simpáticas.

— Quero saber mais a respeito de Gold.

Ele se aproximou e sentou no braço de minha poltrona.

— Jack, por que eu iria tapear você?

Não consegui responder, e não consegui olhar para ele.

— Sim, eu sabia de tudo. Não mandei Gold fazer o papel de idiota, se é o que você quer saber. Eu não precisei fazer isso. Eu já sabia, e assim produzi mais uma de minhas pequenas tramoias. Não posso querer que meu Jack seja feliz? Tire da cara esse ar aborrecido. Não foi um belo passe de mágica? Gridley não venceu a fortaleza com seus canhões?

— Sim.

Cheguei em casa mais ou menos às oito horas. Entrei correndo com um sorriso forçado na cara, disse que estava tudo bem, que Gold havia mudado de ideia, que nós íamos ficar, e que íamos sair para comemorar. Ela se levantou, assoou o nariz, vestiu-se e saímos para um restaurante da moda, na parte alta da cidade. Foi um crime arrastar Juana para fora de casa numa noite como aquela, do jeito como ela estava, mas eu tinha medo de que, se não fosse para um lugar onde houvesse música, eu ia acabar bebendo muito e ela veria que eu estava fingindo, que eu estava tão arrasado por dentro como um homem com ressaca.

Durante uma semana ou dez dias, não o encontrei, e o primeiro programa de rádio me deu uma sensação boa. Mandei uma saudação para o capitão Conners e, na manhã seguinte, veio uma advertência. Estavam rigorosamente proibidas mensagens para particulares. Eu apenas ri e pensei em Thomas.* Também veio uma advertência por

(*) John Charles Thomas era um barítono que terminava todas as suas apresentações no rádio com um "Boa noite, mamãe". Em 1936, leis federais americanas proibiam a transmissão de mensagens pessoais em emissoras públicas. (N. T.)

causa daquele "Boa noite, mamãe", disseram que ele não podia fazer isso. Mas ele continuou e fez. Naquela tarde, chegou um radiograma do navio *S.S. Port of Cobb*: FOI PROGRAMA DE NOVELISTAS DE RÁDIO MAS GOSTEI ABRAÇO VOCÊ E ABRAÇO PEQUENA CONNERS. Portanto, é claro, eu tinha de ir correndo para casa com aquilo.

Fiz algumas gravações, cantava três vezes por semana na ópera, fiz mais um programa de rádio e, quando dei por mim, vi que tinha virado uma instituição doméstica, nome, cara, voz e tudo, desde a baía de Hudson até o cabo Horn, ida e volta. Os jornais dos chicanos, os jornais canadenses, os jornais do Alasca e todos os outros jornais começavam a chegar, e eu estava estampado em todos eles, com comentários sobre o programa de rádio, fotos do carro, fotos de mim. As chamadinhas que escrevi para o carro deram certo, a buzina deu certo, tudo deu certo, e assim eles tiveram de fretar mais navios para atender às encomendas. Aí tive de preparar o programa do concerto de Winston e comecei a encontrá-lo todos os dias.

Eu não precisava encontrá-lo todos os dias para preparar o programa. Mas ele apareceu em meu camarim certa noite, da maneira como fazia antes, e foi pura sorte estar chovendo e Juana ainda estar abatida por causa da gripe e ter resolvido ficar em casa. Em geral, quando eu cantava, ela estava presente, e sempre vinha aos bastidores me encontrar. Havia uma multidão de caçadores de autógrafos lá atrás e, em vez de deixá-los do lado de fora enquanto eu trocava de roupa, como eu costumava fazer, deixei-os entrar e assinei tudo o que empurravam na minha direção, escutei as mulheres dizerem que tinham vindo de longe, lá de Aurora, só para me ouvir cantar, e deixei Winston esperando. Quando saímos do teatro, pedi desculpas pela demora e disse que eu não podia fazer nada.

— Não venha nunca mais aqui. Não estamos em Paris. Deixe que eu vá ao seu hotel na manhã seguinte e lá a gente faz a autópsia.

— Eu vou adorar! É um encontro marcado.

Pela maneira rápida como ele respondeu, e pelo fato de jamais ter me perguntado onde eu morava nem ter tomado nenhuma iniciativa de vir me visitar, me veio a ideia de que ele sabia tudo sobre Juana, assim como soubera tudo a respeito de Gold. Aí comecei a ter aquela sensação nervosa que nunca me largava, tentando imaginar qual seria o próximo lance de Winston.

Eu não sabia o que ia fazer com Juana na noite do concerto de Winston. Ela já conseguia ler os jornais, tinha visto o anúncio e me perguntou a respeito. Agi como se fosse apenas mais um trabalho, e Juana não deu maior atenção ao assunto. Sua gripe tinha melhorado e não havia possibilidade nenhuma de ela ficar em casa por aquele motivo. Pensei em contar a ela que era um concerto particular e que eu não podia levá-la, mas sabia que não ia dar certo. Ao tomar o táxi, disse a Juana que, como não teria de trocar de roupa depois do espetáculo, seria melhor que ela não fosse aos bastidores. A gente se encontraria no restaurante russo que ficava do lado. Então eu poderia cair fora depressa e a gente se livraria da multidão de cumprimentos. Mostrei a ela o restaurante e Juana respondeu que estava tudo certo, em seguida ela foi para a entrada do teatro e eu fui para a porta lateral.

Quando cheguei aos bastidores, quase desmaiei ao descobrir o que ele tinha armado. Eu ia cantar dois números, o primeiro era uma ária da ópera *O cerco de Corinto*, de Rossini, para a primeira parte do programa, e o outro era "Mandalay" de Walter Damrosch, para a segunda parte. Chiei com aquela "Mandalay", porque achei que não tinha nada a ver com um concerto sinfônico. Mas, quando ele me fez repassar a canção, tive de admitir que pertencia a uma categoria diferente da "Mandalay" de Speaks, ou da "Mandalay" de Prince, ou de qualquer outra das "Mandalays" de salão de bar. É um pequeno poema sonoro em si mesmo, uma autêntica obra musical, sem nenhum verso ruim, sobre as empregadas domésticas, e cada verso diferente de todos os outros. Um motivo para a composição nunca ter sido apresentada em cena é demandar um coro masculino completo, mas é claro que o custo não era obstáculo para Winston. Juntou um coro e ensaiou até que eles cuspissem sangue, obteve um efeito do tipo canção-dos-barqueiros-do-Volga-desfalecendo — o efeito que ele queria, no fim —, e, quando eu já tinha ensaiado com eles duas ou três vezes, tínhamos na mão uma atração de verdade.

Mas o que Winston estava planejando era pôr todo o coro para marchar em fileiras cerradas sobre o palco, antes que eu entrasse, e eu tive de dar um tremendo chilique para detê-lo. Esbravejei e xinguei, disse que aquilo iria matar minha entrada, me recusei a prosseguir se ele não desistisse. Falei que eles tinham de ir entrando no palco com a orquestra, após o intervalo, e tomar seus lugares sem marcha nenhuma. Mas eu não estava pensando em minha entrada. O que eu temia era que aquele coro de vinte e quatro homens, marchando num concerto de Winston Hawes, fosse provocar uma gargalhada tão mortífera que daria a Juana uma dica do que toda aquela história significava, afinal.

Dei uma espiada na plateia por trás da cortina, antes de começar o espetáculo, e avistei Juana. Estava sentada entre um casal idoso e um crítico, e me pareceu que ela não ia poder ouvir nenhum comentário. No intervalo, espiei de novo. Ela continuava sentada ali, bem como o casal. Juana tinha metido discretamente um chiclete na boca e estava mascando, portanto até ali tudo parecia estar correndo bem.

O coro vestia fraque e peitilho branco, e os cantores entraram do jeito que eu havia pedido, e nada aconteceu. A orquestra tocou uma canção e Winston saiu. Ele brincou comigo por causa de meu ataque nervoso, e respondi com mais brincadeiras. Contanto que tudo ficasse sob controle, eu não me importava. Então lá fui eu. Não sei se foi o que Damrosch compôs, ou se foi a maneira como Winston regeu, ou se foi o timbre dos metais, sei lá o que foi, mas antes mesmo de a introdução das cordas terminar, a gente já estava em plena Índia. Comecei a cantar e me saí bem. Exagerei um pouco no segundo verso, mas não muito. Os outros versos eu cantei direito, e a atmosfera de templo oriental melhorou cada vez mais. Quando chegamos ao fim, com o som do coro morrendo aos poucos por trás de mim, enquanto eu me destacava acima deles com o fá agudo, o resultado era digno de se escutar, acreditem no que estou dizendo. A plateia aplaudiu aos berros. Tinha sido um programa de música moderna, a maior parte um tanto desconjuntada, e aquela era a primeira peça que o público ouvia que de fato acertava um soco em suas costelas. Voltei duas vezes ao palco para agradecer os aplausos, fiz o coro se levantar, saí, e a plateia me chamou de volta ao palco. Então Winston fez uma coisa imprevista, e que ele jamais faria com mais ninguém na face da Terra, senão comigo. Ele resolveu bisar a música.

Um bis é uma coisa que a gente faz mecanicamente, só Deus sabe por quê. A gente já cantou uma vez, já ganhou a parada, e na segunda vez a gente canta com a boca, mas a cabeça já voltou para casa. Cantei tudo de novo, arranquei de novo todas as risadas que tinha conseguido provocar antes, fiz todo o percurso sem nenhum tropeço. Mandei o mi bemol, o coro me acompanhou. Mandei o fá, e meu coração parou. Naquele momento, acima daquele coro, estava era o padre de Acapulco, o cara da igreja, cantando para chamar a tempestade, rezando aos resmungos a missa solene, para que a cara presa na cruz parasse de olhar para ele.

— Quem é aquele homem?

Estávamos num táxi, indo para casa, e a voz dela foi como um sussurro que a gente escuta quando a cascavel sacode seu chocalho.

— Que homem?

— Acho que você sabe.

— Nem sei do que você está falando.

— Você tem ficado com um homem.

— Fico com uma porção de homens. Vejo homens o tempo todo. Tenho de ficar com você o tempo todo? Do que diabo está falando?

— Não estou falando dos homens que você vê o dia todo. Estou falando do homem que você ama. Quem é esse homem?

— Ah, quer dizer que sou veado, é isso?

— Sim.

— Bem, muito obrigado. Eu não sabia.

Era uma noite quente, mas por causa do fraque eu tinha de vestir um casaco. Eu tinha sentido um calor dos diabos o tempo todo, mas naquela hora gelei. Senti frio e estremeci por dentro. Olhei para os postes elétricos passando pela Terceira Avenida; dava para sentir enquanto ela olhava para mim com aqueles olhos pretos, duros, que pareciam me atravessar. Saímos do táxi e subimos para o apartamento. Coloquei o chapéu de seda dentro do armário, guardei o casaco com ele, acendi um cigarro, tentei me livrar daquela sensação. Juana apenas ficou sentada na ponta da mesa. Usava um vestido de gala que havíamos comprado numa das melhores lojas da cidade e a capa do toureiro. A não ser pela expressão em seu rosto, ela parecia algo saído de um livro.

— Por que mente para mim?

— Não estou mentindo.

— Mente. Estou olhando para você. Sei que mente.

— Já menti para você?

— Sim. Em Acapulco, uma vez. Você sabia que ia embora, e me disse que não. Quando quer, você mente.

— Já falamos sobre isso. Eu tinha a intenção de ir embora, e você sabia disso. Mentir foi só o jeito de resolver a situação de um modo mais fácil. Depois descobri o que você significava para mim, eu não menti. Foi só isso... O que foi que deu em você? Estava prontinha para ir para a cama com o maior filho da mãe...

— Eu não minto.

— E o que isso tem a ver com Acapulco?

— Sim, é a mesma coisa. Agora você ama o homem, você mente.

— Eu não... Meu Deus, eu *pareço* ser assim?

— Não. Não parece. A gente se conheceu no Tupinamba, não foi? Você não parecia de um jeito que eu gosto. Aí você fez *lotería* por mim, e perdeu *lotería*. E pensei, que bonito. Ele perdeu, mas gostou tanto de mim que fez *lotería*. Depois mandei *muchacha* com endereço, e fomos para casa, onde eu morava. Mas aí eu sei. Quer saber como eu sei?

— Não sei, não me interessa. Não é verdade.

— Sei quando você canta. Hoaney, eu era uma garota da rua, amava homens por três pesos. *Muchacha* bobinha, não sabe ler, não sabe escrever, não entende nada dessas coisas. Mas de homem, *tudo*... Hoaney, esses homens que amam outros homens sabem fazer tudo, muito espertos. Mas não sabem cantar. Não têm um *toro* na voz alta, não tem nenhum *grrr* que assusta a pequena *muchacha*, faz o coração bater depressa. Parecem mulheres velhas, uma vaca, um padre.

Ela começou a andar pela sala. Minhas mãos estavam úmidas e meus lábios, dormentes.

— Aí o *político*, ele diz que tenho de montar uma casa, e eu penso em você. Penso, quem sabe com homens assim, diferentes de *muchacha*, não tem problema. A gente foi para Acapulco. Veio a chuva, a gente entrou na igreja. Você me possuiu. Eu não queria, pensei em *sacrilegio*, mas você possuiu. Ah, muito *toro*. Eu gosto. Penso, talvez Juana se enganou. Aí você canta, ah, meu coração bateu muito rápido.

— É só uma questão de *toro*, não é?

— Não. Você me pede para ir com você. Eu vou. Amo você muito. Não penso em *toro*. Só um pouco. Aí em Nova York eu sinto, sinto uma coisa engraçada. Penso que você pensa em *contrato*, essa coisa toda. Mas não é a mesma coisa. Hoje à noite eu sei. Não tenho engano. Quando você ama Juana, você canta bem, muito *toro*. Quando você ama homem... Por que mente para mim? Acha que eu não *escuto*? Acha que eu não *sei*?

Mesmo que Juana tivesse me dado uma surra de chicote, eu não poderia responder a ela. Começou a chorar e conteve o choro. Foi para o outro cômodo e saiu de lá pouco depois. Tinha trocado de roupa e posto um chapéu. Levava a mala numa das mãos e o casaco de pele na outra.

— Não moro com homem que ama outro homem. Não moro com homem que mente. Eu...

O telefone tocou.

— Ah!

Ela correu e atendeu.

— Sim, está aqui.

Veio de lá com os olhos em chamas e os dentes brancos expostos atrás de algo que ficava entre o riso e o escárnio.

— Senhor Hawes.

Não falei nada e não me mexi.

— Sim, o senhor Hawes, o *director.* — Soltou uma gargalhada cortante e fez a mais incrível imitação de Winston que se pode imaginar, o jeito de andar, a batuta, e todo o resto, de tal modo que a gente quase pensava estar diante dele, em pessoa. — Sim, o seu queridinho está no telefone, fale com ele, por favor.

Como fiquei ali parado, ela pulou em cima de mim feito um tigre, me sacudiu até que senti meus dentes batendo uns nos outros e depois correu para o telefone.

— O que o senhor quer com o senhor Sharp, por favor?... Sim, sim, ele vai lá... Sim, muito obrigado. Até logo.

Voltou outra vez.

— Agora, por favor, vá. Ele tem festa, quer muito ver você. Agora, vá para o queridinho. Vá! Vá! Vá!

Ela me sacudiu com força outra vez, derrubou-me da cadeira, tentou me arrastar pela porta afora. Agarrou de novo a mala e o casaco de pele. Corri para o quarto, me joguei na cama, cobri a cabeça e as orelhas com o travesseiro. Eu queria abafar todas as coisas horríveis que ela havia me mostrado, o lugar em que ela havia rasgado a cortina que encobria toda a minha vida, o que ela havia puxado lá do fundo e que tinha estado lá o tempo todo. Fechei os olhos com toda a força, continuei apertando o travesseiro contra as orelhas. Mas uma coisa continuava a me retalhar por dentro, não importava o que eu fizesse. Era a barbatana daquele tubarão.

Não sei por quanto tempo fiquei ali. Mais tarde, estava deitado de costas, olhando para o vazio. Lá fora estava o maior silêncio, tudo parado, exceto a luz do holofote de um prédio da rua Catorze que não parava de rodar. Fiquei dizendo a mim mesmo que Juana tinha enlouquecido, que a voz é uma questão de palato, cavidades nasais e garganta, que Winston tinha tão pouco a ver com o que acontecera comigo em Paris quanto o cenário do palco. Mas lá estava aquilo outra vez, recomeçando do mesmo jeito de antes, e eu sabia que ela havia contado minha história com todas as letras, nota por nota, do modo como estava escrito na grande partitura, e que nenhum travesseiro nem nada no mundo poderia abafar. Fechei os olhos e estava afundando em ondas, enquanto algo que vinha de baixo me cobria. O pânico me dominou, então. Não ouvi Juana sair e chamei por ela. Não veio resposta. Minha cabeça logo voltou para debaixo do travesseiro e eu devo ter dormido, porque acordei com o mesmo sonho horrível, eu estava debaixo da água, afundando, e aquela coisa vinha por cima de mim. Sentei-me e lá estava ela, na beirada da cama, olhando para mim. Lá fora, estava cinzento.

— Meu Deus, você está aqui.

Mas uma espécie de soluço escapou quando falei isso, e então estendi o braço e segurei a mão dela.

— É tudo verdade.

Ela chegou perto, sentou-se bem ao meu lado, afagou meu cabelo, segurou minha mão.

— Me conte. Você não mente, eu não brigo.

— Não há nada para contar... Todo homem tem cinco por cento disso, se encontra alguém que traz isso à tona, e eu encontrei, foi só isso.

— Mas você amou outro homem, antes.

— Não, é o mesmo, aqui, em Paris, em toda parte, o mesmo filho da mãe que tem sido a maldição da minha vida.

— Agora dorme. Amanhã você me dá algum dinheiro e eu vou embora para o México...

— Não! Não entende o que estou tentando dizer para você? Não dá! Eu detesto isso! Tenho vergonha disso, tentei me desfazer disso, eu tinha esperança de que você nunca descobrisse, e agora acabou mesmo!

Eu tinha Juana em meus braços. Ela começou a afagar meus cabelos de novo, olhando nos meus olhos.

— Você me ama, Hoaney?

— Não sabe disso? Sim. Se eu nunca falei, foi porque... É preciso dizer? Se a gente sente, não vale muito mais?

De repente ela se desvencilhou de mim, puxou o vestido para baixo dos ombros, soltou o sutiã e empurrou o mamilo em minha boca.

— Come. Come muito. Faz o grande *toro*!

— Agora eu sei que minha vida toda vem daí.

— Sim, come.

11

Não saímos da cama por dois dias, mas não foi como na igreja. Não ficamos embriagados e não rimos. Quando sentíamos fome, ligávamos para o restaurante francês no fim da rua e eles traziam alguma coisa. Quando ficávamos deitados e conversávamos, eu lhe contava mais detalhes, até que meu baú se esgotou e eu não tinha mais nada para pôr para fora. Como eu havia parado de mentir, ela não parecia mais surpresa, nem chocada, nem nada desse tipo de coisa. Olhava para mim com seus olhos grandes e pretos, fazia que sim com a cabeça e às vezes falava alguma coisa que me fazia pensar que ela entendia muito mais do assunto do que eu ou do que a maioria dos médicos. Então eu a tomava em meus braços e depois a gente dormia e eu sentia uma paz que havia anos não experimentava. Todos aqueles chiliques medonhos das últimas semanas se acabaram e, às vezes, quando ela estava dormindo e eu não, eu pensava na igreja, na confissão, e no que isso devia representar para as pessoas que têm um grande peso na alma. Eu tinha me afastado da igreja muito antes de ter qualquer peso na alma, e aquela história de confissão, para mim, na época, era só um pé no saco. Mas agora eu entendia, entendia uma porção de coisas que nunca tinha entendido. E acima de tudo entendia o que uma mulher podia significar para um homem. Antes, ela era um par de olhos, e uma forma, uma coisa para me deixar excitado. Agora, ela parecia algo para eu me apoiar, de onde eu podia extrair alguma coisa que nada mais poderia me dar.

Pensei nos livros que eu tinha lido sobre o culto da terra, e como a terra era sempre chamada de Mãe, e nada disso fazia sentido para mim, mas aqueles peitos grandes e redondos faziam todo sentido, quando eu punha minha cabeça sobre eles e eles começavam a tremer, e eu também começava a tremer.

Na manhã do segundo dia ouvimos os sinos da igreja e lembrei que eu tinha de cantar no concerto de domingo à noite. Levantei, fui ao piano e soltei algumas notas agudas. Só estava experimentando, mas nem precisava. Soaram como veludo. Às seis horas, nos vestimos, comemos alguma coisa e fomos lá. Eu estava escalado num trecho do *Rigoletto*, no segundo ato, com um tenor, um baixo, uma soprano e uma mezzo, todos eles em experiência na temporada de primavera. Eu me saí bem. Quando chegamos em casa, vestimos os pijamas de novo e peguei o violão. Cantei para ela a canção da estrela-d'alva, *Träume, Schmerzen*, coisas assim. Jamais gostei de Wagner, e ela não entendia nenhuma palavra de alemão. Mas a música tinha terra, chuva e noite, e combinava com nosso estado de ânimo. Juana ficou parada, de olhos fechados, e eu cantei a meia-voz. Em seguida, peguei a mão dela e ficamos juntos, parados.

Passou uma semana e eu continuava sem ter nenhum sinal de Winston. Ele deve ter me telefonado umas vinte vezes, mas ela atendia sempre e, quando era ele, Juana apenas dizia que eu não estava, e desligava. Eu não tinha nada a dizer para ele, a não ser adeus, e não ia dizer isso porque não queria representar aquela cena. Então, um dia, quando estávamos voltando da rua — tínhamos ido tomar o café da manhã —, mal pusemos o pé para fora do elevador, lá estava ele, no fim do corredor, observando os carregadores trazerem móveis para dentro de um apartamento. Olhou para nós, piscou os olhos, em seguida veio correndo em nossa direção, com a mão estendida.

— Jack! É você mesmo? Puxa, que coincidência mais incrível!

Senti meu sangue gelar com medo do que Juana podia fazer, mas ela não fez nada. Quando aconteceu de eu não notar sua mão estendida, ele passou a abanar a mão e gesticular, tagarelando sobre a coincidência, sobre o fato de ele ter acabado de alugar um apartamento naquele mesmo prédio, e ali estávamos nós. Juana sorriu.

— É, muito gozado.

Parecia não haver nada a fazer, senão apresentá-lo, e foi o que fiz. Ela estendeu a mão. Ele a segurou e curvou-se. Winston disse que estava feliz em conhecê-la. Juana respondeu *gracias*, disse que havia assistido a seu concerto e era uma honra conhecê-lo. Dois verdadeiros modelos de boas maneiras encontraram-se no corredor dos elevadores naquele dia, e era incrível a quantidade de veneno por trás das gentilezas.

A porta do elevador de carga abriu e veio mais mobília pelo corredor.

— Ah, vou ter de mostrar a eles onde colocar. Entrem, vocês dois, venham dar uma olhada no meu humilde casebre.

— Fica para outro dia, Winston, a gente...

— Sim, *gracias*, eu gosto.

Entramos, e ele tinha um dos apartamentos na ala sul, a maior do prédio, com uma sala de estar do tamanho de uma sala de concerto, quatro ou cinco dormitórios e banheiros, quartos de empregados, escritório, tudo o que se pode imaginar. As coisas de que eu me lembrava de Paris estavam ali, tapetes de chão e de parede, móveis, tudo custava uma fortuna, e mais um monte de coisas que eu nunca tinha visto. Quatro ou cinco caras de macacão estavam parados em volta, à espera de que lhes dissessem onde colocar sua carga. Winston não dedicava a mínima atenção a eles, exceto para orientá-los com um gesto da mão, como se fossem um bando de contrabaixistas. Sentou-nos no sofá, puxou uma cadeira para si e desandou a falar sobre como estava farto de morar em hotéis, como havia desistido de encontrar um apartamento de que gostasse, e então de repente achou aquele lugar e, por mais maluco que fosse aquilo, ali estava ele no mesmo prédio que a gente.

Ou não morávamos ali? Respondi que sim, na outra ponta do mesmo corredor. Todos rimos: ele voltou-se para Juana, perguntou se ela não era mexicana. Ela disse que sim, e Winston falou sobre sua viagem até lá e sobre o país maravilhoso que era o México, e tenho de dar o braço a torcer, pois ele achou mais coisas lá do que eu vi em seis meses. Vocês talvez estejam pensando que ele deixou de fora o motivo de ter ido para lá. Não fez isso. Contou que foi ao México para me trazer de volta. Juana riu e disse que ela me encontrou primeiro. Ele riu. Foi a primeira vez que surgiu um mínimo lampejo nos olhos dos dois.

— Ah, tenho de mostrar meu grilo a vocês!

Levantou-se de um pulo, agarrou uma machadinha e começou a despedaçar um pequeno caixote. Depois levantou um bloco de pedra rosada um pouco maior do que uma bola de futebol americano, e mais ou menos do mesmo formato, só que entalhado e polido na forma de um grilo, com as pernas encolhidas por baixo do corpo e a cabeça coberta pelas patas dianteiras. Juana soltou um gritinho e começou a manusear o objeto.

— Olhe só isso, Jack. Não é maravilhoso? Puro asteca, pelo menos quinhentos anos de idade. Trouxe do México comigo e detestaria ter de contar a você o que fui obrigado a fazer para poder retirá-lo do país. Olhe bem a simplificação dos detalhes. Se o escultor Paul Manship tivesse feito isso, teriam dito que era um exemplo radical de seu trabalho. A linha da barriga é puro Brancusi. É tão moderno quanto um avião aerodinâmico, e mesmo assim algum índio fez isso muito tempo antes de ter visto um homem branco.

— Sim, sim. Me faz sentir muito nostálgica.

Então veio o autêntico toque de Hawes. Ele pegou o objeto, avançou cambaleante até a lareira e colocou-o ali.

— Para a minha lareira!

Ela se levantou para ir embora, e eu também.

— Bem, crianças, vocês sabem agora onde eu moro e quero encontrá-los muitas vezes.

— Sim, *gracias*.

— E, ah!, assim que eu tiver me instalado, vou dar uma festinha, e vocês sem dúvida virão...

— Bem, eu não sei, Winston, ando muito ocupado...

— Ocupado demais para a minha festinha? Jack, Jack, Jack!

— *Gracias, señor* Hawes. Talvez a gente venha.

— Talvez? Claro que virão!

Eu estava muito abalado quando entramos em nosso apartamento.

— Escute, Juana, vamos cair fora desta lixeira, e vamos cair fora bem depressa. Não sei qual é a jogada que ele está armando, mas não há nenhuma coincidência. Ele se mudou para ficar perto da gente e a gente tem de ir embora.

— A gente vai e ele vai também.

— Então a gente se manda outra vez. Não quero ver esse cara.

— Por que foge?

— Não sei. Me deixa... nervoso. Quero ficar num lugar onde eu não tenha de vê-lo, não tenha de pensar nele, não tenha de sentir que ele está perto.

— Acho que a gente fica.

Vimos Winston mais duas vezes naquele dia. A primeira, por volta das seis horas, quando ele tocou a campainha e nos chamou para ir jantar, mas eu estava cantando e disse que íamos jantar mais tarde. E depois, quando tínhamos voltado para casa, após a meia-noite, ele apareceu com um garoto chamado Pudinsky, um pianista russo que ia tocar em seu próximo concerto. Disse que iam ensaiar alguma coisa e nos convidou para ver. Respondemos que estávamos cansados. Ele não discutiu. Pôs o braço em volta de Pudinsky e foram os dois embora. Enquanto trocávamos de roupa, pudemos ouvir o piano. O garoto tocava muito bem.

— Agora estou entendendo qual é o plano dele.

— Sim. Plano muito gozado.

— Aquele garoto. É para me deixar com ciúmes.

— *Está* com ciúmes?

— Não. Ciúmes... Do que diabo está falando? Que diferença faz para mim com quem ele fique, contanto que eu fique livre? Acontece é que me deixa nervoso. Eu... eu preferia que ele estivesse em outro lugar. Preferia que nós estivéssemos em outro lugar.

Ela ficou deitada por muito tempo, apoiada num cotovelo, olhando para mim, de cima a baixo. Em seguida me beijou e foi para sua cama. Já era dia quando adormeci.

No dia seguinte Winston ficou entrando e saindo uma porção de vezes, e também no outro dia, e no posterior. Comecei a perder as deixas para minhas entradas, o primeiro sinal de que alguma coisa está errada com o cantor. A voz estava em forma e eu estava me saindo de modo convincente, mas o ponto começou a sacudir o dedo para mim. Foi a primeira vez que isso aconteceu na minha vida.

Uma semana depois veio o convite para a festinha de boas-vindas. Tentei escapar, falei que tinha de cantar naquela noite, mas Juana sorriu e disse *gracias*, nós iríamos sim, e Winston passou os braços em volta dela, e até parecia que os dois eram grandes camaradas, mas eu conhecia os dois feito a palma da minha mão e sabia muito bem que tinha alguma coisa por trás daquilo, de ambos os lados. Depois que Winston saiu, fiquei irritado e quis saber por que diabo ela ficava o tempo todo me empurrando para aquela situação.

— Hoaney, com esse homem, não adianta nada a gente fugir. Ele vê que você não liga, então talvez ele pare. Ele sabe que você tem medo, aí ele nunca para. A gente vai sim. A gente ri, se diverte, não liga... Você liga?

— Pelo amor de Deus, não.

— Acho que liga, um pouco. Acho que fica... como vocês dizem... enfezado.

— Ele me deixa enfezado, está certo, mas não por essa razão. É só que eu não quero ter mais nada a ver com ele.

— Então você liga. Talvez não muito, como ele quer. Mas você tem medo. Quando você não ligar mais nada, ele para. Agora... a gente não foge. A gente vai, você canta, é simpático, não dá a menor bola. E pode ver, vai dar certo.

— Se tenho de fazer isso, eu faço, mas detesto.

Portanto, nós fomos. Eu estava cantando o *Fausto* e me saí tão mal que quase fui furado pela espada na cena do duelo. Mas às dez e meia já tinha me lavado, fomos para casa e trocamos de roupa. Dessa vez, não foi nenhum vestido branco de flores. Ela pôs um vestido de noite verde-garrafa e, por cima, a capa de toureiro, e aquela seda amarela e roxa bordada, deslizando por cima do tafetá verde, produzia um rumor que dava para ouvir de longe. Digo a vocês que todas aquelas cores por cima da pele cor de cobre claro de Juana era uma verdadeira pintura. Vesti o fraque com peitilho branco, mas não pus casaco nem nada e, mais ou menos às onze e quinze, a gente saiu de casa e percorreu todo o corredor dos elevadores.

Quando chegamos, estava rolando a pior festa de gente travestida que já se viu no mundo. Havia uma multidão deles ali, garotas com roupas masculinas a rigor, feitas sob medida, com o cabelo bem curto e maquiagem azul nos olhos, dançando com outras garotas vestidas do mesmo jeito, rapazes com batom nos lábios, pestanas postiças, também dançando com outros rapazes, e pelo menos três garotas em vestidos de noite que a gente tinha de olhar com muita atenção para ter certeza de que não eram garotas coisa nenhuma. Pudinsky estava ao piano, mas não tocava Brahms. Tocava jazz. A coisa toda me deu um mal-estar na barriga na hora em que olhei, mas engoli em seco e tentei agir como se estivesse contente de estar ali.

Winston vestia um paletó púrpura com uma faixa de seda em lugar da gravata e nos levou para dentro como se tudo aquilo fosse para nós. Apresentou-nos, serviu bebidas, e Pudinsky martelou o prólogo do *Pagliacci*, eu avancei um passo e cantei, e plantei na cara o melhor sorriso de palhaço que consegui achar. Enquanto ainda estavam todos aplaudindo, Winston virou-se e passou a dedicar suas atenções a Juana. Ela ainda não tinha tirado a capa, Winston a levantou de seus ombros e começou a ter um ataque de deslumbramento com a capa. Todo mundo se aproximou para ver e, quando ele soube que era uma capa de toureiro de verdade, não queria saber de mais nada senão que Juana contasse para todos os detalhes interessantes de uma tourada. Eu me sentei e tive a sensação de que aquilo não era sincero, de que alguma coisa estava para acontecer. Lembrei-me de Chadwick e pensei se aquilo não seria alguma jogada para deixar Juana em apuros. Mas não era. Winston não fez nada, a não ser pôr os braços em volta de Pudinsky toda vez que me via olhando para ele. Pôs Juana na berlinda, pediu que explicasse todos os procedimentos de uma tourada; ela pegou a capa para explicar melhor e soube ser muito engraçada, e ele também. Ninguém conseguia, melhor do que Winston, fazer uma mulher mostrar suas qualidades, quando era isso o que ele queria. Dali a pouco, alguém gritou:

— E como é que um homem estuda para ser toureiro, é isso o que eu queria saber.

Winston se pôs de joelhos diante de Juana.

— Sim, por favor, conte para nós. Quais são os exercícios práticos de um toureiro?

— Ah, eu explico a vocês.

Todo mundo se sentou, e Winston ficou de cócoras aos pés dela.

— Primeiro, o garoto, ele quer ser toureiro, sim? Todo garoto quer ser toureiro.

— Eu sempre quis. Ainda quero.

— Então, vou dizer como faz. Acha um burro bonito, sabe o que é um burro?

— Um pequeno jumento, algo assim, não é?

— Sim. Pega um pequeno jumento, corta duas folhas grandes de agave, sabe o que é agave, sim? Tem folha grande, muito grossa, muito pontuda...?

— A babosa?

— Sim. Amarra a folha na cabeça do pequeno jumento, faz um chifre grande, feito um touro...

— Espere um instante.

Uma mulher pegou uma fita, Winston arrancou ramos de uma samambaia e, com a fita e os ramos da samambaia, amarrou chifres na própria cabeça. Então ficou de quatro diante de Juana.

— Continue.

— Sim. Assim mesmo. Você está bem igual a um jumento.

Isso despertou uma gritaria geral. Winston levantou os olhos, soltou um coice e deu um berro de jumento. Foi mais engraçado do que parece, contado assim.

— Aí você pega um pauzinho para ser a *espada*, e um trapo vermelho, para ser a *muleta*, e fica treinando com o jumento.

Alguém arranjou uma bengala com castão de prata e ela pegou a bengala, a capa, e os dois começaram a encenar uma tourada no meio do assoalho. O resto das pessoas dava gritos esganiçados a essa altura, enquanto eu ficava sentado, imaginando o que diabo ia acontecer. Soou a campainha. Alguém foi até a porta, voltou e tocou em meu ombro.

— Telegrama para o senhor, senhor Sharp.

Fui até a porta.

Harry, um dos funcionários da portaria, estava lá e me estendeu um telegrama. Eu abri. Não tinha nada, a não ser uma folha em branco dentro de um envelope.

— O mensageiro ainda está lá embaixo? Ele só entregou uma folha em branco.

Harry fechou a porta do apartamento. Ainda dava para ouvir as pessoas lá dentro, berrando com a tourada.

— Deixe-me falar depressa, senhor Sharp, para que o senhor volte logo para lá antes que alguém pense alguma coisa. Eu tinha de trazer um telegrama para parecer uma coisa normal... Tem um homem lá embaixo, à espera do senhor. Eu disse que o senhor estava fora de casa. Ele foi ao seu apartamento, depois voltou lá para baixo e está lá agora.

— No saguão?

— Sim, senhor.

— O que ele quer?

— Senhor Sharp, Tony fez três telefonemas para este morador novo, o senhor Hawes. Todos para o serviço de imigração. Tony lembra o número de um ano atrás, quando o irmão dele veio da Itália. Tony acha que o homem é da polícia federal e veio levar a senhorita Montes embora.

— Tony está de serviço?

— Eu e ele estamos. Volte logo para dentro, senhor Sharp. Antes que esse Hawes desconfie de alguma coisa.

Tire ela de lá e faça ela apertar o botão da campainha do elevador duas vezes. Eu ou Tony vamos levá-la embora pelo porão, e então o senhor enrola o tal sujeito por um tempo até ela ficar a salvo. Tony acha que o pessoal dele vai dar cobertura para a moça. São todos fãs do senhor.

Eu tinha um maço de dinheiro no bolso. Tirei-o e puxei uma nota de dez.

— Dê isso para Tony. Amanhã mando mais. Ela vai descer daqui a pouco.

— Sim, senhor.

— E obrigado. Muito mais do que sou capaz de dizer.

Voltei para dentro do apartamento. Tomei o cuidado de mostrar que estava enfiando o telegrama em meu bolso quando entrei. Winston levantou-se de um pulo do local onde estava dando pinotes no chão e se aproximou.

— O que é, Jack?

— Só uns cumprimentos de Hollywood.

— Ruim?

— Um pouco.

— Bem, o que é? Eu adoraria tirar aqueles filhos da mãe da cama e dizer para onde eles têm de ir.

— Não vai acordar aquela turma a esta hora, esse é que é o problema. São só dez horas, no fuso horário de lá. Dane-se, depois a gente conversa. E chega dessa tourada também. Vamos dançar.

— Vamos dançar mesmo. Ei, professor! Música!

Pudinsky começou a batucar mais um pouco de jazz, as pessoas se agarraram umas às outras e eu agarrei Juana.

— Agora, ponha um sorriso na cara. Tenho uma coisa para contar a você.

— Sim, aqui está um sorriso bonito.

Num instante, deixei tudo bem claro.

— Esse tal de Pudinsky é só uma cortina de fumaça. Ele apresentou uma denúncia anônima contra você, então você vai ser levada para a ilha Ellis, depois Winston espera que eu peça ajuda a ele, e aí ele vai mover céus e terras... e não vai conseguir. Você vai ser mandada para o México.

— E aí ele pega você.

— É o que ele está pensando.

— É o que eu penso também.

— Pode parar com isso e...

— Por que está tremendo?

— Tenho muito medo dele, é por isso. Escute bem...

— Sim, escuto.

— Saia daqui, rápido. Invente algum pretexto para ele achar que você vai voltar. Troque de vestido, faça a mala, o mais rápido que puder. Se a campainha tocar, fique parada e não atenda. Vá ao elevador, toque duas vezes a campainha e os rapazes lá debaixo vão cuidar de você. Não me telefone. Amanhã vou ao seu encontro por intermédio de Tony. Tome este dinheiro.

Eu tinha o dinheiro espremido na palma da mão e introduzi na parte de trás de seu vestido.

— E, mais uma vez, depressa.

— Sim, depressa.

Juana foi até Winston. Estava sentado com Pudinsky, as folhas de samambaia ainda nos cabelos.

— Você quer fazer tourada *de verdade*, sim?

— Estou seco para fazer isso.

— Espere. Eu trago as coisas. Volto já.

Winston a levou até a porta e depois voltou para falar comigo.

— Garota adorável.

— É, ela é tudo de bom.

— Sempre falei que existem duas nações sob cada bandeira, masculina e feminina. Eu não daria a menor bola para nenhum homem mexicano, mas as mulheres são maravilhosas. Como são cretinos os pintores deles, com toda aquela beleza à sua volta, ainda desperdiçam seu tempo com a guerra, o socialismo, a política. A arte mexicana não passa de uma coleção de capas da revista *New Masses*.

— Seja lá o que for, eu não gosto.

— Quem pode gostar? Mas, se eles pudessem pintar o rosto dela, isso seria muito diferente. Goya poderia fazer isso, mas aqueles extremistas ilustres não. Bem... eles não sabem o que estão perdendo.

Fui para o outro lado, sentei-me e vi as pessoas dançando. Naquela altura, já estavam meio bêbadas, e o clima estava ficando bastante escrachado. Eu gostaria de ter combinado algum sinal com os rapazes lá embaixo para saber se ela já havia ido embora. Não fiz isso, e então tudo o que podia fazer era ficar ali e esperar. Eu ia esperar até que dessem pela falta de Juana, aí daria um pulo no apartamento para buscá-la, depois voltaria e diria que ela não estava se sentindo bem e tinha ido dormir. Tudo isso tomaria um certo tempo, para dar a ela uma certa dianteira, mas eu tinha de levar adiante a cena armada por ele.

Eu tinha olhado a hora em meu relógio de pulso quando ela saiu. Era uma hora e sete minutos. Depois de um tempo interminável, escapuli para o banheiro e olhei de novo. Era uma hora e onze minutos. Juana tinha saído fazia quatro minutos: voltei e fiquei sentado outra vez. Pudinsky parou e todos gritaram, pedindo mais. Ele disse que estava cansado. A campainha tocou. Winston abriu e comecei a pensar num pretexto, no caso de ser o detetive. Quem entrou foi Juana. Não tinha mudado de roupa. No braço, trazia a capa, na mão, a espada, e na outra, a orelha.

Eles estavam um pouco de saco cheio de tourada, mas quando viram a orelha cortada começaram a gritaria outra vez. Passaram a orelha de mão em mão e apalparam, cheiraram e disseram "Caramba!". Winston pegou-a, ergueu-a até a cabeça e sacudiu, os outros riram e bateram palmas. Winston ficou de quatro no chão outra vez e soltou um bramido. Juana riu.

— Sim, agora você não é mais jumento. Touro grande.

Ele bramiu de novo. Eu estava ficando tão nervoso que até tremia. Cheguei perto dela.

— Leve essa tralha embora. Estou cheio de touradas, e essa orelha fede. Leve isso de volta para onde você pegou e...

Estiquei a mão para apanhar a orelha. Winston esquivou-se. Ela riu e nem me deu atenção. Alguma coisa me acertou em cheio na barriga. Quando me virei para ver entendi que um dos veados em roupas de mulher tinha me cutucado forte com um cabo de vassoura.

— Saia do meu caminho! Sou um picador! Sou um picador sobre o seu cavalo branco!

Mais uns dois ou três deles correram para pegar vassouras, ou cabos de esfregão, ou sei lá o que era, para representarem o papel de picadores, e começaram a galopar ao redor de Winston, enquanto o cutucavam. Toda vez que tocavam Winston, ele bramia. Juana puxou a espada e estendeu a capa sobre ela, como se fosse a muleta. Winston começou a atacar, apoiado nos joelhos e sobre uma das mãos, pois ainda segurava a orelha com a outra mão e a sacudia. Pudinsky começou a castigar a música da cena de tourada da ópera *Carmen*. O barulho era tão grande que nem dava para a gente ouvir os próprios pensamentos. Fui até o piano e inclinei-me nele, de costas para o instrumento, à espera de que ela terminasse aquela palhaçada e eu tivesse outra chance de fazer Juana sair.

De repente, Pudinsky parou de tocar e aquele "Ooh!" se espalhou pelo salão. Virei-me. Ela estava ali parada, de pé, feito uma estátua, do jeito como ficam na hora de matar, com o lado esquerdo voltado para Winston, a espada na mão direita, na altura dos seus olhos, apontada diretamente para ele. Na mão esquerda, abaixada na frente dele, Juana segurava a capa. Winston estava lá, quieto, olhando para a capa, e sacudindo a orelha para a capa. Pudinsky começou a tocar acordes tristes no piano.

Winston resfolegou duas ou três vezes, depois ergueu os olhos para ela, como se quisesse uma dica do que devia fazer. Então ele pulou para cima e para trás, mas um sofá barrou seu caminho. Um homem gritou. Eu pulei para segurar o braço da espada, mas era tarde demais. Aquele golpe da espada não é uma coisa em câmera lenta, como vocês podem pensar pelo que a gente lê nos livros. É como um raio e, antes que eu pudesse entender o que tinha acontecido, a ponta da espada estava saindo pelas costas do sofá, o sangue espumava na boca de Winston, e Juana estava em cima dele, falando para ele, rindo, dizendo que o detetive estava lá embaixo à espera dele, para levá-lo para o fundo do inferno.

Passou feito um raio em meu pensamento aquela imagem da multidão nas *novilladas* que se derrama do sol, puxa o rabo do touro moribundo, grita para ele, dá pontapés em seu corpo, cospe, e tentei dizer a mim mesmo que eu tinha me ligado a uma selvagem, que aquilo era uma coisa horrível. Não adiantou. Eu queria rir, aplaudir, gritar *olé*! Eu sabia que estava presenciando a coisa mais formidável que tinha visto em toda a minha vida.

12

Juana cuspiu no sangue, recuou e pegou a capa. Por um segundo, tudo o que se podia ouvir era Pudinsky ofegante ao piano e babando numa agonia de pavor. Então todos correram desembestados para a porta, a fim de sair antes que a polícia chegasse. Brigavam uns com os outros para sair na frente, as mulheres xingavam os homens, os veados berravam feito mulheres, e, quando chegaram ao corredor dos elevadores, nem esperaram o elevador. Desceram em bandos pela escada, alguns caíram, e dava para ouvir como xingavam mais ainda, e se ouviam os berros, o baque das pessoas se chutando no caminho. Ela chegou perto de mim e ficou de joelhos junto à cadeira onde eu me havia sentado, com o corpo dobrado para a frente.

— Agora ele não pega. Adeus, e lembre Juana.

Beijou-me, levantou-se de um pulo e correu para fora. Fiquei ali sentado, ainda olhando para aquela coisa espetada no sofá, com a cabeça pendurada para trás e o sangue já secando na camisa. Pudinsky ergueu a cabeça, que estava enterrada nas mãos, viu aquilo, soltou um gemido e correu para um canto, onde baixou a cabeça e desatou mais soluços. Peguei um tapete para jogar em cima do corpo de Winston. Então alguma coisa se revolveu na minha barriga e cambaleei até o banheiro. Eu não tinha comido nada desde a tarde, mas começou a sair de mim uma coisa branca; mesmo depois que meu estômago ficou vazio, continuaram as ânsias de vômito e uns sons horríveis saíam de dentro de mim, causados pelo ar que aquilo forçava para fora. Vi minha cara no espelho. Estava verde.

Quando saí, havia dois guardas no apartamento, e quatro ou cinco veados, e uma das garotas em roupa de homem e um outro sujeito de chapéu-coco. Se aquele era o detetive que estava à espera de Juana e ele agarrou algumas daquelas pessoas na hora em que estavam saindo, isso eu não sabia. Quando os guardas me viram, fizeram um gesto para eu ficar afastado, e um deles foi telefonar. Em pouco tempo, mais dois guardas apareceram, e dois detetives, e dali a pouco o apartamento estava entupido de policiais. Havia um sujeito que parecia ser um médico e um outro que parecia um fotógrafo da polícia. Fosse ou não, o sujeito armou um tripé e começou a estourar flashes e jogar as lâmpadas queimadas no vaso de samambaia. Pouco depois, um policial se aproximou de mim e eu, ele e um detetive saímos. Eu não tinha trazido nenhum sobretudo, mas não falei nada sobre isso. Eu não sabia se tinham pegado Juana, nem se ela havia ido embora, e eu temia que, se eu pedisse que me deixassem ir ao meu apartamento, eles fossem me acompanhar e encontrassem Juana lá. Descemos pelo elevador. Harry correu para nós. Quando chegamos ao saguão, havia mais guardas ali, falando com Tony.

Entramos no carro da polícia, fomos à Segunda Avenida, depois pegamos a rua Lafayette e dali até o centro, para um lugar que parecia uma delegacia de polícia. Saímos do carro, entramos, e os policiais me levaram para uma sala e me mandaram sentar. Um deles saiu. O outro ficou e pegou um jornal vespertino que estava sobre a mesa. A gente deve ter ficado ali durante uma hora; ele lia o jornal e nenhum de nós falou nenhuma palavra. Depois de mais um tempo, perguntei se ele tinha um cigarro. Deu-me um maço sem levantar os olhos para mim. Fumei e ficamos ali sentados durante mais uma hora. Lá fora, começava a amanhecer.

Lá pelas seis horas, um detetive entrou, sentou-se e fitou-me por um tempo. Então começou a falar.

— Estava lá ontem à noite? Naquele apartamento do Hawes?

— Sim, estava.

— Viu quando foi morto?

— Vi.

— Por que ela o matou?

— Isso eu não sei.

— Vamos, você sabe. Ou está querendo me enrolar?

— Já disse, eu não sei.

— Você morava com ela?

— Sim.

— Então que história é essa de dizer que não sabe? Por que ela matou o sujeito?

— Não tenho a menor ideia.

— Ela era ilegal neste país?

Entendi que Tony havia contado o que sabia.

— Isso eu não tenho como dizer. Talvez fosse.

— E o que é que você pode me dizer?

— Tudo o que sei vou contar para vocês.

Ele ficou esbravejando durante um minuto sobre como podia me fazer contar tudo para ele, mas isso foi um erro. Me deu tempo para pensar. A presença de uma imigrante ilegal era um modo de ele poder me deixar enrolado e me deter, se quisesse, e eu sabia que o único jeito de eu ser útil para Juana era sair de lá. Eu não sabia se eles tinham apanhado Juana ou não, mas não ia adiantar nada eu ficar atrás das grades. Continuei olhando para o policial, pensando nos registros de entrada em meu passaporte. Quando ele recomeçou a me fazer perguntas, eu já tinha tudo pronto e achei que podia arriscar uma mentira.

— Então você vai parar de enrolação. Se vier de novo com essa conversa de que não pode me dizer, eu acabo com você. Vamos lá. Ela era uma ilegal, não era?

— Já disse que não sei.

— Não foi você quem a trouxe?

— Não.

— O quê? Você não foi ao México?

— Sim, fui.

— Não trouxe a mulher de lá?

— Não. Conheci em Los Angeles.

— Como você voltou?

— Peguei um ônibus em Nogales, peguei uma carona até San Antonio e de lá peguei outro ônibus para Los Angeles. Eu a conheci uma semana depois disso, no bairro mexicano. Depois comecei a trabalhar no cinema, e a gente ficou morando junto. Aí ela veio comigo para Nova York.

Vi que eu tinha dado uma bobeira com essa história, por causa da possível acusação de tráfico de escravas brancas. Ele sacou logo a brecha e contra-atacou, antes mesmo de eu terminar de falar.

— Quer dizer que você a trouxe para Nova York.

— Não, ela mesma pagou sua passagem.

— O que está querendo me dizer? Não falei que já era hora de parar de enrolação?

— Tudo bem, pergunte para ela, então.

Aí os olhos dele piscaram. Tive o rápido pressentimento de que eles não tinham apanhado Juana.

— Pergunte para ela, é só isso o que tenho a dizer. Não seja bobo. Não ando por aí pagando a passagem de uma mulher qualquer de Los Angeles para Nova York. Eu também conheço a Lei Mann.

— Quem apresentou a denúncia contra ela?

— Isso eu não sei.

— Ora, deixe disso...

— Já disse que não sei. Escute, se você parar com esse papo absurdo, vou contar o que sei e talvez isso ajude vocês, sei lá. Mas pode parar agora mesmo com essa conversa fiada de quinta categoria, senão eu também começo a mexer meus pauzinhos e vocês não vão gostar nem um pouco.

— O que quer dizer com isso?

— Sabe o que eu quero dizer. Não estão falando com um pistoleiro de fundo de beco. Tenho meus amigos, sacou? Não estou pedindo nenhum favor. Mas exijo meus direitos, e vou obter.

— Tudo bem, Sharp. Desembuche.

— Fomos à festa, ela e eu.

— Sei, aquela festa de travestis é um lugar gozado para um cara feito você ir parar.

— Ele era um veado, mas também era um músico, e eu trabalhei para ele, e quando ele nos convidou para a festa de boas-vindas...

— Você é veado?

— Está começando de novo, é?

— Vá em frente, Sharp. É só para conferir.

— Então a gente foi à festa. Não demorou e um dos rapazes apareceu e...

— Um dos veados?

— Um dos porteiros. E fiquei sabendo que tinha um cara lá embaixo me esperando, querendo falar comigo. Descobri que Hawes tinha feito três telefonemas no mesmo dia para o Departamento de Imigração...

— Então foi *ele* que denunciou a garota?

— Já disse que não sei. Eu não queria correr nenhum risco. Contei para ela o que os rapazes me disseram e tentei tirar Juana de lá. Disse para ela ir embora, e ela foi, mas depois voltou com aquela espada, e eles recomeçaram com aquela brincadeira de tourada que estavam fazendo antes...

— É, a gente já sabe de tudo isso.

— E ela acabou com ele. E ele bem que mereceu. Por que diabo ele tinha de se meter...

— Por que ele denunciou a mulher?

— Isso eu também não sei. Uma ou duas vezes, ele tentou me dizer que viver com uma garota daquele jeito não ia fazer nenhum bem para minha carreira, que ia me prejudicar...

— Sua carreira de cantor?

— Isso mesmo.

— E o que ele tinha a ver com isso?

— Ele tinha muito a ver com isso. Eu não cantei só aqui em Nova York. Estou sob contrato com uma companhia cinematográfica de Hollywood e ele controlava essa empresa de cinema, ou pelo menos me falou isso, e ele tinha medo...

— O código de ética dos estúdios?

— É isso aí.

— Ah, agora saquei. Vá em frente.

— Isso é tudo. Não foi só uma questão de moralidade, acredite no que estou dizendo, nem de amizade ou qualquer coisa assim. A questão era dinheiro, e medo de que a Lei Mann fosse estragar a carreira de um dos seus grandes astros, esse tipo de coisa. Muito bem, ele atacou a pessoa errada. Ela acabou com a raça dele e agora vamos deixar que ele fique em paz, contando os lucros das suas ações de primeira linha.

O policial me fez mais algumas perguntas e depois saiu. Até onde eu podia ver, tinha me saído bem. Tinha arranjado um motivo para ela que pelo menos fazia algum sentido, a tentativa de Winston nos separar, e a situação ficaria ainda muito melhor depois que eu e ela nos casássemos, como eu sabia que íamos fazer antes de o caso ir a julgamento. Mantive de fora da questão aquilo que de fato existia entre mim e Winston. Eu até contaria isso, se fosse trazer algum benefício para Juana, mas sabia que bastava uma insinuação mínima do assunto para destruir tudo e acabar com a vida dela. Afinal de contas, eu tinha conseguido um certo respaldo com a questão da Lei Mann e da entrada ilegal no país, e eles não podiam provar o contrário, a menos que ela dissesse alguma coisa diferente, e eu sabia que nunca iam conseguir arrancar nada de Juana. Por volta das sete horas, me deram alguma coisa para comer, e esperei a próxima jogada deles.

Lá pelas oito horas, veio um guarda com uma de minhas malas de viagem, com roupas. Significava que tinham ido ao apartamento. Eu ainda estava em trajes de festa e comecei a trocar de roupa.

— Tem um banheiro por aqui?

— Está bem, a gente leva você lá. Quer um barbeiro?

Tudo o que eu tinha no bolso, depois de ter dado a ela o dinheiro, eram umas moedas, mas contei o que tinha. Dava uns dois dólares.

— Certo, pode chamar.

Ele saiu, e o guarda que tinha ficado de vigia me levou ao banheiro. Havia um chuveiro ali, então tirei a roupa, tomei um banho e vesti outras roupas. O barbeiro chegou e fez minha barba. Coloquei as roupas de festa dentro da mala. Tinham trazido também um chapéu, e eu o vesti. Em seguida fomos para a sala de onde eu tinha saído.

Um pouco depois das nove horas, eu ainda estava quebrando a cabeça para ver o que eu podia fazer e me veio a ideia de chamar um advogado. Lembrei-me de Sholto.

— Eu queria dar um telefonema. Posso?

— Pode dar só um telefonema.

Saímos para o corredor, onde havia uma fileira de telefones na parede. Procurei o número de Sholto, disquei e ele atendeu.

— Ah, alô, eu estava achando que você ia ligar. Estou vendo que se meteu numa pequena encrenca.

— Pois é, e preciso de você.

— Vou já para aí.

Dali a meia hora, ele apareceu. Escutou o que eu disse. O que eu podia contar para ele, com o guarda ali do nosso lado, era que eu queria sair de lá, mas parecia que isso era tudo o que ele queria saber.

— Na certa, é só uma questão de pagar a fiança.

— Por que eles me mantêm preso? Você sabe?

— Testemunha material.

— Ah, entendo.

— Assim que eu arranjar um fiador... quer dizer, a menos que você mesmo queira pagar.

— Quanto é?

— Não sei. Mas meu palpite é que fique aí por volta de cinco mil.

— Qual é o jeito mais rápido?

— Ah, o dinheiro fala mais alto.

Ele pegou um cheque em branco, assinei um cheque de dez mil.

— Tudo bem, isso vai dar para cobrir. Acho que daqui a uma hora a gente vai poder dar um jeito nisso.

Por volta das dez horas, o advogado estava de volta. Ele, o guarda e eu fomos ao tribunal. Levou uns cinco minutos. Um assistente do promotor público estava lá; determinaram uma fiança de dois mil e quinhentos e, depois que Sholto acertou as contas, saímos e pegamos um táxi. Ele me passou o resto do dinheiro, em notas de cem dólares. Devolvi a ele dez notas.

— Honorários.

— Muito bem, obrigado.

A primeira coisa que eu queria saber era se eles tinham apanhado Juana. Quando Sholto disse que não, peguei um jornal vespertino que um garoto sacudiu na frente da janela do táxi para me vender. A notícia estava estampada na primeira página inteira, com meu retrato e a foto de Winston, mas nenhuma foto dela. Já deu para respirar um pouco. Até onde eu podia lembrar, Juana não tinha tirado nenhuma foto desde que entrara no país. Foi uma coisa de que a gente havia se esquivado. Havia uma seção recontando a história da carreira de Winston, outra falando sobre mim, e a parte principal que contava o que tinha acontecido. Tudo o que eu havia contado ao detetive estava ali; a grande manchete de oito colunas chamava Juana de "a matadora da espada" e dizia que ela estava sendo "procurada". Eu ainda estava lendo quando o táxi parou em Radio City.

Quando subimos ao escritório de Sholto, comecei recapitulando o que eu tinha falado para o detetive, o papo sobre a entrada ilegal no país e tudo o mais, e por que eu tinha dito isso, mas logo ele me interrompeu.

— Escute, vamos deixar as coisas claras. Seu advogado não é seu parceiro numa conspiração para enganar a polícia. O advogado é seu representante perante a justiça, com o propósito de garantir a você todos os direitos que a lei lhe oferece, e seu caso, ou o caso dela, ou seja lá de quem for o caso, será defendido da melhor forma possível. O que você contou para o detetive não é da minha conta e, neste momento, é muito melhor que eu não fique sabendo de nada a respeito disso. Quando chegar a hora certa, vou pedir as informações, e é melhor você me dizer a verdade. Mas, por ora, prefiro não saber de nenhum falso testemunho que você tenha feito. Daqui em diante, pelo visto, um plano excelente, em se tratando de lidar com a polícia, seria não falar nada.

— Entendi.

Sholto ficou andando pelo escritório, então pegou o jornal e observou-o por um tempo, depois andou mais um pouco.

— Há uma coisa que preciso avisar a você.

— Sim. O que é?

— Fiquei com a impressão de que consegui tirar você de lá com uma facilidade excessiva.

— Não fiz nada.

— Se eles quisessem manter você lá, podiam lhe fazer duas ou três acusações, ao que parece. Todas passíveis de fiança, mas mesmo assim poderiam ter mantido você lá por um bom tempo. Poderiam ter criado muita dificuldade. Além disso, a fiança foi absurdamente baixa.

— Não vejo aonde você quer chegar.

— Eles ainda não a prenderam. Podem estar com ela nas mãos, escondida em alguma delegacia do Bronx, podem estar segurando ela lá sem dizer nada, por receio de que ela peça um habeas corpus, mas não acho que seja nada disso. Eles ainda não prenderam Juana e é bem possível que tenham deixado você sair para tentar localizá-la por seu intermédio.

— Ah, agora entendo o que você quer dizer.

— Vai voltar para seu apartamento?

— Não sei. Acho que vou.

— Você vai ser vigiado. Na certa vão ficar na sua cola dia e noite. Seu telefone deve estar grampeado.

— Eles podem fazer isso?

— Podem, e fazem mesmo. A esta altura já deve haver um aparelho de escuta, lá na sua casa, e eles são muito bons em inventar lugares para esconder essas maquininhas sem que a gente consiga descobrir ou desconfiar. É um apartamento grande, e isso facilita muito as coisas para eles. Não sei quais são os planos dela, e pelo visto você também não. Mas a situação está feia para o lado dela. Se for presa, farei tudo o que puder para ajudar, mas aviso a você que a situação não é nada boa. É muito melhor que ela não seja localizada... Tome cuidado!

— Vou tomar.

— O grande perigo é que ela telefone para você. Faça o que fizer, no instante em que ela telefonar, avise logo que eles estão escutando tudo.

— Não vou esquecer.

— Você está sendo usado como isca.

— Vou ficar de olho.

Quando cheguei à rua Vinte e Dois, um bando de repórteres estava lá e fiquei atolado no meio deles durante uns dez minutos. Achei melhor responder de algum modo a suas perguntas e me livrar deles do que ficar com aquela turma no meu pé o dia inteiro. Quando subi ao apartamento, o telefone estava tocando; era um jornal me oferecendo cinco mil dólares em troca de um texto assinado em que eu contaria o que soubesse sobre o caso e sobre ela. Respondi que não queria e desliguei. O telefone começou a tocar de novo; liguei para a recepção e pedi que não transferissem mais nenhuma ligação para minha casa nem deixassem ninguém subir. A campainha da porta tocou. Atendi, eram Harry e Tony, prontos para me dizer o que sabiam. Saquei uma nota de cem dólares quando eles começaram a falar, entreguei-a e então lembrei a recomendação sobre um aparelho de escuta escondido no apartamento. Saímos para o corredor dos elevadores e ali eles falaram aos sussurros. Ela não foi embora logo depois que aquilo aconteceu. Juana foi ao apartamento, fez a mala, trocou de roupa e, cinco ou dez minutos depois, tocou duas vezes a campainha do elevador, como eu tinha dito para ela fazer. Tony já estava no elevador a postos, o tempo todo, à espera dela, e abriu a porta, puxou-a para dentro e os dois desceram para o porão. Saíram pelo beco dos fundos e, quando chegaram à rua Vinte e Três, Tony chamou um táxi para ela, e Juana foi embora. Foi a última vez que a viu e não contou nada disso para a polícia. Enquanto fazia isso, Harry estava no balcão da recepção e nem ele nem o cara do Departamento de Imigração prestaram muita atenção quando viram o bando de veados indo embora. Harry e Tony não sabiam como os guardas descobriram o que tinha acontecido, mas achavam que os veados tinham esbarrado com um policial na rua, ficaram apavorados e acharam melhor contar logo de uma vez, ou alguma coisa assim. Tony disse que os guardas já estavam no apartamento de Winston antes de Juana ir embora.

Os dois desceram e eu voltei para o apartamento. Com o telefone cortado, a casa estava muito sossegada, mas comecei a procurar o aparelho de escuta. Não consegui achar nada. Olhei pela janela, para ver se alguém estava vigiando o prédio, na rua. Comecei a achar que Sholto estava imaginando coisas.

Por volta das duas horas, fiquei com fome e saí. Os repórteres ainda estavam lá embaixo e quase me esmagaram, mas consegui pular para dentro de um táxi e disse ao motorista que seguisse para Radio City. Assim que ele chegou à Quarta Avenida, pedi que pegasse a Segunda Avenida outra vez e descemos por ela até o restaurante que ficava na esquina da rua Vinte e Três. Pedi alguma coisa para comer e anotei o número do telefone do restaurante. Quando voltei ao meu edifício, sussurrei para o rapaz da portaria que, se o senhor Kugler telefonasse, era para transferir a ligação para meu apartamento. Subi e telefonei para o restaurante.

— O senhor Kugler está?

— Espere na linha, vou ver.

Fiquei na linha, e dali a pouco ele voltou:

— Não, o senhor Kugler não está.

— Quando ele chegar, peça que ligue para o senhor Sharp. S-H-A-R-P.

— Sim, senhor. Eu aviso.

Desliguei. Dali a vinte minutos, o telefone tocou.

— Senhor Sharp? Aqui fala Kugler.

— Ah, alô, senhor Kugler. Sobre aqueles ingressos para a ópera que eu prometi ao senhor, receio que eu não posso atendê-lo por enquanto. O senhor deve ter lido no jornal que ando com certos problemas. Eu poderia deixar isso para a semana que vem?

— Ah, tudo bem, senhor Sharp. A qualquer hora que o senhor quiser.

— Lamento muito, senhor Kugler.

Desliguei. Tive certeza, então, de que Sholto sabia muito bem o que estava falando. Eu não conhecia nenhum senhor Kugler.

* * *

Harry continuou a me trazer novas edições dos jornais toda vez que chegavam às bancas e as cartas que estavam chegando para mim. Ainda não tinham prendido Juana. Acharam o motorista de táxi que a pegou na rua Vinte e Três. O motorista contou que levou Juana até o Battery Park, ela pagou a corrida com uma nota de cinco dólares e por isso ele teve de descer no metrô para pegar troco, e depois ela foi embora, levando a mala. Ele contou como Tony havia feito sinal para ele, e Tony fez mais uma viagem até a delegacia de polícia. O jornal dizia que a polícia estava levando em conta a possibilidade de ela ter se jogado no rio, por isso o rio poderia ser dragado. A correspondência que chegava para mim era uma porção de telegramas, cartas e cartões de tudo quanto é maluco que se possa imaginar, além de mensagens de fãs de ópera e de advogados de porta de cadeia. Mas alguns dos telegramas não vinham de malucos. Um vinha do pessoal da Panamier, dizendo que o programa de rádio ia ser temporariamente apresentado por outro artista. Um outro era de Luther, dizendo que sem dúvida eu ia preferir não me apresentar em nenhuma ópera até que acertasse toda a minha situação. A última edição vespertina trazia uma reportagem sobre Pudinsky. Senti minha boca gelar. Ele era a única pessoa que poderia saber a respeito de mim e Winston. Se sabia, não contou nada. Só contou como Winston era um sujeito bacana, um amigo leal, e defendeu-o da acusação de ter chamado o Departamento de Imigração. Ele disse que Winston só tinha em vista meu bem e meus interesses.

Saí para comer às sete horas, me esquivei dos repórteres de novo e comi um bife num restaurante da Broadway. Minha foto estava em todos os jornais da cidade, mas ninguém parecia notar minha presença. Uma razão era que a maioria das fotos tinha sido tirada quando eu estava em Hollywood, e eu tinha ganhado um bocado de peso desde então. Não estava propriamente gordo quando cheguei do México. Depois fiquei com um pequeno problema na vista e passei a usar óculos. Comi o que consegui, caminhei um pouco e, lá pelas nove horas, voltei para meu prédio. Durante todo o tempo em que caminhei, olhava para trás constantemente, para ver se estavam me seguindo. Tentei não fazer isso, mas não consegui evitar. No táxi, continuei a olhar para trás para ver o que estava atrás de nós.

Havia mais uma montanha de correspondência quando cheguei, mas não me dei ao trabalho de abrir. Li mais uma vez tudo o que os jornais tinham publicado; então não parecia haver mais nada a fazer senão ir para a cama. Deitado, primeiro tentei pensar e depois tentei dormir. Não consegui fazer nem uma coisa nem outra. Então, depois de um tempo, peguei mesmo no sono. Acordei com um suor frio, gemendo. O dia inteiro tinha sido uma espécie de delírio febril, entrando e saindo de táxis, fugindo de repórteres, tentando me livrar da polícia, caso estivessem na minha cola, e lendo e relendo os jornais. Agora, pela primeira vez, parecia que afinal eu me dava conta de nossa verdadeira situação. Juana era procurada por homicídio e, se fosse presa, seria torrada na cadeira elétrica.

O que me acordou na manhã seguinte foi o telefone. Harry estava no balcão da recepção.

— Sei que o senhor disse para não passar nenhuma ligação, senhor Sharp, mas tem um cara na linha que não para de telefonar para o senhor desde ontem e agora voltou a telefonar, diz que é amigo seu e que é importante, diz que tem de falar com o senhor e achei melhor avisar.

— Quem é ele?

— Não quer dizer, mas me mandou dizer para o senhor a palavra Acapulco, algo assim, e que o senhor ia saber o que era.

— Ponha o homem na linha.

Torci para que fosse Conners e, sem dúvida, quando ouvi aquele "É você, meu chapa?", entendi logo que era ele. Foi muito direto.

— Estou tentando falar com você. Telefonei, passei um telegrama, e telefonei mil vezes...

— Mandei cortar os telefonemas e nem abri a última leva de telegramas. Se eu soubesse que era você, teria atendido na mesma hora. Quero falar com você. Preciso ver você...

— Precisa mesmo. Tenho notícias.

— Pare! Não diga nada. Meu telefone está grampeado e tudo o que você disser será ouvido.

— Isso me passou pela cabeça. Foi por isso que me recusei a dar meu nome. Como posso ver você?

— Espere um instante. Espere um instante... Pode me telefonar em cinco minutos? Tenho de bolar um jeito...

— Em cinco minutos, tudo bem.

Desligou o telefone e tentei imaginar um modo de a gente se encontrar, sem que os canas na escuta do telefone soubessem onde seria. Não consegui bolar nada. Ele disse que tinha notícias e minha cabeça estava simplesmente rodando. Antes que eu conseguisse ter metade de uma ideia, ele ligou outra vez.

— E então, meu chapa, quais são as ordens?

— Não pensei em nada. Também estão me seguindo, esse é o problema. Espere um instante, espere um instante...

— Há uma coisa que pode dar certo.

— O que é?

— Lembra os números do compasso daquela serenata que cantou para mim, uma vez?

— Sim, claro.

— Escreva esses algarismos, os dois, um ao lado do

outro. Agora escreva os algarismos de novo, do mesmo jeito. Vai ter um número de quatro algarismos.

Levantei-me de um pulo, peguei uma caneta e escrevi os números no bloquinho de anotações. Era a serenata de *Don Giovanni* e o compasso era 6/8. Escrevi 6868...

— Tudo bem, já anotei.

— Agora subtraia desse número. — Deu um número para eu subtrair. Fiz a operação. — Esse é o número do telefone público onde eu estou. O localizador é Círculo 6. Procure um outro telefone público e ligue para mim de lá.

— Em vinte minutos. É só o tempo de eu trocar de roupa.

Troquei de roupa correndo, fui depressa até a drogaria e telefonei. Se eles estavam do outro lado da cabine, tentando escutar o que eu dizia, isso não me importava. Não podiam escutar o que eu estava ouvindo do outro lado da linha.

— É você, meu chapa?

— Sim. Quais são as notícias?

— Estou com ela. Vou partir com ela a bordo. Estou no início da rua Dezessete e vou soltar as amarras do navio à meia-noite de hoje. Se quiser vê-la antes de partirmos, suba a bordo um pouco depois das onze horas, mas tome cuidado para não ser visto.

— Como você a achou?

— Não achei. Ela me achou. Está a bordo desde ontem, você já saberia disso se tivesse atendido o telefone.

— Estarei aí. Vou agradecer pessoalmente a você.

Não perdi tempo andando pela rua; voltei para meu prédio e comecei a pensar. Conferi todas as coisas que eu tinha de fazer naquele dia, uma por uma, depois elaborei um pequeno programa de atividades em minha cabeça e escolhi o que tinha de fazer primeiro e o que tinha de fazer depois. Eu sabia que ia ser seguido e planejei tudo com base nisso. A primeira coisa que fiz foi ir à Estação Central e procurar os trens para Rye. Descobri que havia uma partida às dez horas daquela noite. Saí de lá, entrei numa loja e comprei agulhas e linha. Dali fui ao banco. Eu ainda tinha mais de seis mil dólares em notas de cem, só que eu precisava de mais. Saquei dez mil dólares, metade em notas de mil dólares, dois mil e quinhentos em notas de cem e o resto em notas de cinco e dez dólares, além de umas cinquenta notas de um dólar. Enfiei tudo nos bolsos e fui para casa. Lembrei-me das duas camisas que eu tinha vestido quando escapuli do hotel no México e achei que era uma boa usar o mesmo truque. Peguei dois pares de ceroulas, pus um par dentro do outro, costurei os fundilhos das duas ceroulas um no outro e depois estofei o vão com o dinheiro, tudo, menos as notas de um e algumas notas de cinco e dez, que enfiei nos bolsos. Vesti as ceroulas. Ficaram um pouco pesadas, mas dava para eu vestir minha calça por cima delas sem que nada ficasse visível. Tony subiu. A polícia tinha arrancado dele a maneira como havia chamado o táxi e Tony estava quase chorando porque tinha aberto o bico para a polícia. Eu lhe disse que isso não tinha a menor importância.

Quando chegou a hora do jantar, em vez de sair, pedi que trouxessem a comida. Então fiz as malas. Meti uma pilha de jornais e coisas pesadas dentro de uma mala de viagem e tranquei. Quando troquei de roupa, vesti uma calça de flanela cinzenta que eu tinha trazido de Hollywood e um suéter escuro por cima da minha camisa. Vesti um casaco e, por cima, um sobretudo. Peguei um chapéu cinzento, empurrei para um lado da cabeça. Olhei para mim mesmo no espelho e fiquei com o aspecto que eu queria ficar, um cara arrumado para fazer uma viagem. Depois de sacar o dinheiro, eu sabia que eles já esperavam por isso. Foi esse o motivo pelo qual planejei agir do modo como agi.

Às nove e meia, chamei Tony pelo telefone para levar minha mala para baixo e chamar um táxi, apertei sua mão e disse ao motorista que seguisse para a Estação Central. Dobramos na Segunda Avenida. Dois carros partiram perto da rua Vinte e Um; quando dobramos para o oeste na rua Vinte e Três, um carro se afastou do meio-fio e veio atrás de nós. Quando tomamos a Quarta Avenida, eles também tomaram. Quando chegamos à Estação Central, eles ainda estavam atrás de nós, e cinco caras saíram dos carros — nenhum deles olhou para mim. Dei minha bagagem para um carregador, fui até a bilheteria, comprei uma passagem para Rye, em seguida fui até a banca de jornais e comprei um jornal. Quando me misturei à multidão na ponta da rampa de embarque, comecei a ler. Três dos cinco homens também estavam ali, e todos liam jornais também.

O carregador me levou até a plataforma, mas não deixei que ele escolhesse o vagão. Eu mesmo fiz isso. Era um vagão para viagens locais, de uso comum, mas eu queria mesmo um vagão sem vestíbulo. Calhou de aquela ser a área de fumantes e portanto parecia estar tudo certo. Escolhi um banco perto da porta e continuei a ler o jornal. Os três caras sentaram mais à frente, porém um deles virou o banco ao contrário e sentou-se de modo a poder me vigiar. Eu nem levantei os olhos quando o trem partiu, não levantei os olhos quando paramos na estação da rua Cento e Vinte e Cinco, não levantei os olhos quando partimos de novo. Mas quando o trem tinha avançado uns dez metros, me levantei, deixei minha mala onde estava, dei três passos até a plataforma do vagão e pulei. Não parei mais. Voei até um táxi, pulei para dentro, mandei o motorista ir para a Estação Central e pisar fundo. Ele partiu de imediato. Fiquei de olhos bem abertos. Não havia ninguém atrás de nós, ninguém que eu pudesse ver.

Quando ele dobrou no Alto do Parque, dei um toque no vidro e falei que já estava muito tarde para meu trem, que ele devia ir para a Oitava Avenida, esquina com a rua Vinte e Três. O motorista fez que sim com a cabeça e tomou aquela direção. Tirei o chapéu, o sobretudo, o casaco e empilhei tudo no banco do táxi. Quando chegamos à esquina da Oitava Avenida com a rua Vinte e Três, saí do táxi, peguei uma nota de cinco dólares.

— Deixei umas coisas aqui no carro, dois casacos e um chapéu. Leve isso para a Estação Central e deixe lá no guarda-volumes. Deixe o recibo no balcão de informações, em meu nome, senhor Henderson. Não há pressa. A qualquer hora desta noite está bom.

— Sim, senhor. Sim, senhor.

Ele pegou a nota de cinco, deu um toque dos dedos no chapéu e partiu. Desci a pé a Oitava Avenida. Em vez de um cara vestido para viajar, eu agora era apenas um sujeito sem chapéu dando um passeio pela calçada numa noite de primavera. Dei uma olhada no relógio de pulso. Faltavam quinze para as onze. Voltei até a rua Vinte e Três e entrei num cinema.

Às onze e vinte saí, desci pela Oitava Avenida outra vez e dobrei a rua Dezessete. Não tive pressa, olhava as vitrines das lojas, espiava meu relógio de pulso. Quando dobrei na direção do cais, faltavam quinze para a meia-noite. Segui as placas indicativas até o navio *Port of Cobh* e subi a bordo. Ninguém me deteve. Lá no molinete, vi algo que me pareceu familiar. Subi até e lá e pus o braço nos ombros dele.

— Ela está na mesma cabine de antes... e você está atrasado.

Fui até lá, bati na porta e entrei. Estava escuro lá dentro, mas um par de braços me envolveu antes que eu tivesse fechado a porta, um par de lábios juntou-se aos meus, e eu tentei falar alguma coisa, não consegui, ela tentou falar alguma coisa e não conseguiu, e apenas ficamos sentados num dos beliches, abraçados.

Dali a pouco bateram na porta, e ele entrou.

— Agora você vai voltar. Por que não chegou mais cedo?

— Do que está falando?

— Vou soltar as amarras daqui a dois minutos.

— Solte as amarras logo, que inferno. Eu vou com ela.

— Não, Hoaney. Adeus, adeus, agora você está livre, lembre Juana, mas não vem. Não, agora tenho muito dinheiro, fico bem. Agora, beije, amo muito você.

— Eu vou com você.

— Não, não!

— Meu chapa, você não sabe o que está dizendo. Sozinha, ela pode sumir feito fumaça. Com você, ela está perdida.

— Eu vou com ela.

Ele saiu. Soou um sino no rebocador, e o navio se pôs em movimento. Olhamos para fora. Quando tomamos a direção no rio, estávamos voltados para o lado de Jersey. Passamos por Jersey e pouco depois saímos da cabine e o encontramos na ponte de comando. Estava na extremidade, olhando para o lado de Long Island. Falei alguma coisa, mas ele não prestou atenção e apontou. Um feixe de luzes estava voltado para nós.

— É um barco da polícia e está vindo bem na nossa direção.

Ficamos olhando, sem coragem para respirar. O barco veio, desviou-se de nós e seguiu para Staten Island. Ganhamos mais velocidade. A primeira ondulação de mar aberto levantou nosso nariz. Juana pôs a mão na minha e deu um pequeno apertão.

13

Chegamos à Guatemala antes que de fato soubéssemos o que teríamos de enfrentar, ou o que eu teria de enfrentar. A viagem até lá tinha sido um verdadeiro pesadelo, de roer as unhas, escutando todas as notícias do rádio que conseguíamos captar, para ver se já estavam em nosso encalço. Nesse meio-tempo, eu me entupia de comida e de cerveja a fim de ganhar mais peso, deixei o bigode crescer, arranquei uns fios das sobrancelhas para dar ao rosto uma fisionomia diferente e peguei muito sol para ficar bronzeado. Eu só pensava no rádio e no que o noticiário ia dizer sobre nós. Depois, em Havana, fiquei para lá e para cá feito um doido, no esforço de despistá-los. Achei uma alfaiataria e fiz uma encomenda urgente de roupas, depois achei uma pequena gráfica clandestina onde tratei de conseguir uma série de documentos falsos, todos em nome de Giuseppe Di Nola, nos quais ela figurava com o nome de Lola Dominguez Di Nola. Eu falo italiano feito um napolitano e me transformei num italiano mais rápido do que o alfaiate, o barbeiro e todos eles conseguiram terminar seu trabalho. Até onde eu podia dizer, tinha me saído muito bem e nenhum deles fazia a mínima ideia de quem eu era. Mas uma coisa não parava de me incomodar, lá no fundo, e era a saudação que eu tinha enviado para Conners naquele primeiro programa de rádio. Mais cedo ou mais tarde, eu sabia, alguém iria lembrar aquilo, iria conferir, e aí nós dois estaríamos ferrados. Eu queria estar a mil milhas daquele navio, em qualquer lugar onde o capitão parasse em seu caminho rumo ao Rio.

Eu precisava trabalhar depressa, porque tudo o que tínhamos era uma parada de três dias. Assim que meu primeiro terno ficou pronto, meti meus documentos falsos numa pasta e fui até um escritório da Pan American. Descobri que só precisávamos de um atestado de vacinação. O resto era uma questão de documentos de turista, que eles mesmos forneciam. Disse que tirassem as passagens e que eu levaria os atestados ao aeroporto pela manhã. Fui ao escritório da American Express e comprei cheques de viagem, em seguida fui ao navio e peguei Juana. Fiz Juana vestir algumas de suas roupas de Nova York e desembarcamos. Fomos para um hotelzinho perto de Prado. Conners não estava lá quando saímos e tive de rabiscar um bilhete para ele e chamar aquilo de uma despedida. Parecia uma coisa horrível ir embora daquele jeito, sem sequer um aperto de mão, mas eu tinha medo até de deixar o endereço do hotel com qualquer pessoa a bordo, por receio de que aparecesse algum detetive americano e algum dos homens do navio nos dedurasse. Até então, ninguém no navio nos conhecia. Tinha havido uma greve em Seattle e Conners formara uma tripulação inteiramente nova, até os oficiais. Transportou-nos como senhor e senhora Di Nola, e o senhor e a senhora Di Nola simplesmente sumiram.

Não havia médico no hotel, mas eles conheciam um médico e o chamaram, ele nos vacinou e nos deu os atestados. Às seis horas, mais ou menos, fui à alfaiataria e peguei os outros ternos. Ficaram bons, bem como os sapatos, as camisas e o resto das coisas que eu tinha comprado. Os paletós de tropical tinham duas fileiras de botões, um certo ar de Monte Carlo, o terno de risca fina tinha frisos brancos no colete e o terno cinzento vinha acompanhado por um colete de veludo preto. Os chapéus eram de feltro, um verde e o outro preto, com uma fita de panamá para combinar com os paletós de tropical. Os sapatos eram de dois tons. Na aparência, eu era tão italiano quanto Mussolini e fiquei surpreso de ver como eu me parecia com ele. Peguei a navalha e aparei os dois lados do bigode. Isso ajudou. Já era um bigode de duas semanas naquela altura, bastante preto, com uns toques grisalhos. Os pelos grisalhos me deixaram espantado. Eu não sabia que eles existiam.

Na manhã seguinte, nos dirigimos ao aeroporto, mostramos os atestados de vacinação e fomos aceitos. Pelas paradas da viagem, podíamos ganhar mais tempo indo para Vera Cruz e depois seguindo para o sul do que se fôssemos para a escala em Mérida. Tinha havido uma alteração nos voos, e aquilo ia nos fazer ganhar um dia. Eu não estava a fim de ficar no México nem uma hora além do que fosse estritamente necessário, então disse que daquele jeito estava bom para mim. Eu não fazia a menor ideia de para onde estávamos indo, só sabia que estávamos indo para bem longe de Havana, mas nossas passagens eram para a Guatemala. Aquilo parecia uma espécie de ponto final e, para continuar viagem a partir de lá, precisaríamos de mais documentos do que podiam nos fornecer em Havana. Ela começou a passar mal assim que o avião decolou e eu, a aeromoça e os pilotos achamos que estava enjoada. Mas quando ela continuou a passar mal depois que chegamos ao hotel em Vera Cruz, entendi que a causa tinha sido a vacina. Mas no dia seguinte ela estava bem e ficou olhando, pela janela do avião, para o país que sobrevoávamos. O golfo do México ficou debaixo de nós por um breve tempo, quando decolamos de Vera Cruz; depois, quando tomamos a direção de Tapachula, ficamos em cima do Pacífico. Eu tive de explicar tudo isso para ela. Juana nunca havia aprendido direito como eram os oceanos, e tive de fazer desenhos a caneta para ela, a fim de explicar como podíamos deixar um oceano para trás e passar para o próximo, quase sem dar tempo de olhar as fotos nas revistas. Acho que para Juana todos os países eram quadrados, feito uma plantação de feijão, com faixas de agave separando uns dos outros, e foi difícil para ela meter na cabeça que qualquer país, sobretudo o México, podia ser largo em cima e estreito embaixo.

Na Guatemala, seguimos do avião para a sala de desembarque, com um alto-falante bombardeando a valsa de *A viúva alegre* em cima da gente, enquanto uma garota índia descalça nos oferecia café. Depois de um intervalo, apareceu um americano num uniforme de aviador que me explicou, numa espécie de italiano estropiado, o que eu teria de fazer para seguir viagem, se era isso o que eu pretendia. Agradeci, pegamos nossa bagagem e fomos para o Palace Hotel. Então, fiquei pensando: por que precisamos seguir viagem até o fim? Por que o Chile é melhor do que a Guatemala? Nosso maior risco acontece toda vez que temos de apresentar documentos e, se até agora nos demos bem, por que não deixar as coisas como estão e montar nosso acampamento aqui mesmo? Não podíamos ficar no hotel, porque estava coalhado de americanos, alemães, ingleses e todo tipo de gente, e mais cedo ou mais tarde um deles me reconheceria. Tínhamos de alugar uma casa. Mandei-a lá embaixo, na recepção, para descobrir o que a gente tinha de fazer e, quando soubemos que não era preciso preencher nenhuma ficha na polícia, fomos para a rua e achamos uma casa para alugar. Era uma casa mobiliada, logo na esquina depois do hotel, o pardieiro mais triste em que já pus os olhos, com cadeiras de nogueira, sofás de crina de cavalo, conchas e cascas de coco esculpidas em forma de caveira, e tudo o mais que se pode imaginar. Mas tinha banheiro, e parecia que não íamos achar nada melhor. A proprietária era a senhora Gonzalez, e ela queria deixar bem claro que, na verdade, não precisava alugar a casa, que ela vinha de uma antiga família de plantadores de café e preferia morar fora da cidade, na beira do lago, por causa de sua saúde. Respondemos que compreendíamos muito bem e fechamos negócio por cento e cinquenta quetzales ao mês. Um quetzal equivale a um dólar.

Assim, dali a dois dias, mudamos para a casa. Éramos vizinhos de um casal de japoneses que não falava inglês, nem italiano, nem espanhol, e por isso conversávamos por meio de gestos, mas em compensação não havia meio de eles descobrirem grande coisa sobre nós. Eu praticava espanhol dia e noite, sem parar, para que eu e ela pudéssemos conversar na frente das pessoas sem usar o inglês, e eu tentava falar espanhol com um sotaque italiano, mas ainda não estava seguro de que estivesse dando certo. Com os japas, porém, a gente podia se sentir a salvo, em casa.

Assim, pudemos respirar um pouco melhor e começamos a entrar numa certa rotina. Durante o dia, a gente ficava descansando, em geral no quarto, no primeiro andar. De noite, a gente saía até o parque e escutava os músicos. Mas ficávamos sentados sempre distante do palco, num banco isolado. Depois voltávamos, borrifávamos o repelente de mosquitos no ar e íamos para a cama. Não havia mais nada para fazer, mesmo se achássemos que era uma coisa segura. A Guatemala é o Japão da América Central. Eles copiaram tudo. Pegaram a música mexicana, os filmes americanos, o uísque escocês, os petiscos alemães, a religião romana, e tudo de importado que se possa imaginar. Mas se esqueceram de pôr nisso tudo alguma coisa própria, deles mesmos, e o resultado é um lugar que a gente podia muito bem apostar que é Glendale, na Califórnia. É limpo, moderno, próspero e chato. E o clima contribui ainda mais para a gente descobrir como o lugar é chato. Chegamos lá em junho, no auge da estação chuvosa. Não é de esperar que chova na América Central, pelo que dizem nos livros, mas isso está errado. Chove demais, uma chuva fria, cinzenta, que às vezes dura dois dias sem parar. E aí, quando sai o sol, fica um calor tão sufocante que mal dá para respirar, e os mosquitos atacam. O ar derruba a gente como no México, ou quase. A Cidade da Guatemala fica quase a mil e seiscentos metros de altitude, e de noite vem aquela sensação de sufoco, de modo que a gente acha até que vai morrer se não trouxer para dentro do pulmão alguma coisa que se possa respirar.

Pouco a pouco, Juana mudou. Vejam bem, desde o dia em que partimos de Nova York, não tínhamos dito nenhuma palavra sobre Winston, nem sobre o que ela havia feito, se era certo ou errado, nem nada sobre o caso. O que estava feito estava feito, e a gente evitava o assunto. Falávamos sobre os japoneses, os mosquitos, por onde andaria Conners agora, coisas desse tipo, e, enquanto estávamos assustados com tudo, parecíamos mais próximos do que jamais havíamos sido. Mas depois que isso passou e começamos a nos iludir com a ideia de que estávamos seguros, ela começou a ficar tristonha e, de vez em quando, eu a surpreendia olhando para mim. Então me dei conta de que outra coisa da qual nunca falávamos era minha atividade de cantor. E aí, certa noite, quando começamos a descer a escada para sair de casa e ir ao parque, mecanicamente dei uma viradinha para o lado e comecei a soltar uma nota bem alta e forte, só por um segundo. Mas vi a expressão de pavor no rosto de Juana e abafei logo a nota. Ela escutou com atenção, para ver se os japas tinham ouvido alguma coisa. Pareciam estar na cozinha, portanto descemos a escada. Foi aí que me dei conta da situação em que eu estava. Durante a fuga, nem pensei em cantar. Mas lá, bem como em qualquer outro lugar ao sul do Rio Grande, na verdade, minha voz era uma coisa tão familiar como as bananas. Minha foto, vestido de lenhador, ainda estava estampada em todos as vitrines do Panamier; Pablo Buñan havia tocado na cidade um mês antes, até as crianças assoviavam a melodia de "My pal Babe". Eu não podia nunca mais cantar, a menos que quisesse mandar Juana para a cadeira elétrica.

Tentei não pensar no assunto e, contanto que eu pudesse ler ou fazer alguma coisa para desviar daquilo meu pensamento, eu não pensava mesmo. Só que não dá para ficar lendo o tempo todo e, à tarde, eu tinha muita vontade de que Juana acordasse de sua *siesta* para que a gente pudesse conversar, praticar espanhol, e para que eu conseguisse tirar aquilo da cabeça. Aí comecei a sentir uma dor na frente do nariz. Vejam bem, não era que eu ficasse pensando nas músicas bonitas que eu não podia mais cantar, nem nas músicas que o mundo não poderia mais ouvir cantadas por minha voz, nem nada desse tipo. Era mais simples do que isso, e também pior. Uma voz é uma coisa física e, se a gente tem uma voz, é como qualquer outra coisa física. Está dentro da gente e tem de sair. A única coisa que consigo comparar com isso é quando a gente fica muito tempo sem uma mulher, e aí a gente fica num tal estado que acha que, se não achar logo uma mulher, vai acabar doido. A frente do meu nariz é onde a voz se concentra, onde a gente sente aquele puxãozinho quando solta a voz para valer, e foi ali que eu comecei a sentir aquilo. Eu conversava, lia, comia, tentava esquecer o assunto, e a coisa ia embora de fato, mas depois voltava.

Então comecei a ter sonhos. Eu estava no palco e tocavam minha deixa para eu entrar, chegava a hora da minha entrada, eu abria a boca e não saía nada. Estava morrendo de vontade de cantar e não conseguia. Um murmúrio se espalhava pelo teatro, o maestro parava a orquestra, olhava bem para mim e começava a tocar minha deixa outra vez. Aí eu acordava. Certa noite, logo depois de Juana ter ido dormir, aconteceu uma coisa, e então conversamos sobre o assunto. Na América Central, há rádios por todo lado, havia três no terreno vizinho, nos fundos de nossa casa, e um deles me deixava doido o dia inteiro. Estava captando uma rádio de Londres e lá não tem nem sombra daquela besteirada de anúncios. *O barbeiro de Sevilha* tinha ido ao ar inteirinho, à tarde, só com duas breves interrupções, e à noite tocaram a terceira, a quinta e a sétima sinfonias de Beethoven. Então, lá pelas dez horas, um cara começou a cantar a serenata de *Don Giovanni*, a mesma coisa que eu tinha cantado para Conners em Acapulco, a mesma que eu tinha cantado na noite em que estreei no Metropolitan. O cantor era muito bom. Então, no final, ele fez o mesmo *messa di voce* que eu tinha feito. Eu meio que ri, no escuro.

— Ora, esse cara me ouviu cantar.

Juana não falou nada; depois percebi que ela estava chorando. Cheguei mais perto.

— O que aconteceu?

— Hoaney, Hoaney, você me deixa agora. Você vai. A gente diz adeus.

— Puxa... que ideia é essa?

— Você não sabe quem é aquele? Quem canta? Agora mesmo?

— Não sei. Por quê?

— Era você.

Ela se virou, começou a se sacudir com os soluços, e compreendi que eu tinha ouvido um de meus próprios discos, transmitido depois que o programa principal terminou.

— Ora, e daí? O que é que tem?

Mas minha voz deve ter soado um pouco abatida. Juana se levantou, acendeu a luz e começou a andar ao redor do quarto. Estava totalmente nua, da forma como dormia em todas as noites quentes, mas agora já não era mais nenhum modelo de escultor. Parecia uma velha, os ombros curvados para a frente, os pés meio abertos num passo arrastado, de pé chato, típico dos índios, os olhos sem brilho, fixos e voltados para a frente, feito dois pedaços de mármore, e o cabelo caindo reto por cima do rosto. Quando os soluços diminuíram um pouco, ela abriu a gaveta de uma escrivaninha, tirou de lá um *rebozo* cinzento e pôs por cima dos ombros. Em seguida, começou a andar em volta do quarto outra vez. Se ela tivesse um burro a seu lado, seria igual a uma bruxa qualquer, entre Mexicali e Tapachula. Ela começou a falar.

— Então. Você vai agora? Agora a gente diz *adiós*.

— Do que diabo está falando? Acha que vou abandonar você agora?

— Eu mato o homem, sim. Pelo que faz com você, pelo que faz comigo, eu tenho de matar ele. Eu entendo isso na mesma hora, naquela noite, quando eu sei que a *inmigración* está lá, eu tenho de matar ele. Pergunto para você? Não. Aí, o que eu faço? Sim? O que eu faço!

— Escute, pelo amor de Deus...

— O que eu faço? Diz para mim, o que eu faço?

— Que diabo, eu não sei. Você riu para ele, sei lá.

— Eu digo adeus. Sim, eu chego para você, digo lembra Juana, me beija uma vez, *adiós*. Sim, eu mato ele, mas depois é adeus. Eu sei. Eu digo assim. Lembra?

— Não sei. Você quer parar com essa história e...

— Aí você vem para o navio. Estou fraca. Amo você muito. Mas o que eu faço aí? O que eu digo?

— Adeus, eu acho. É só isso o que você sabe falar?

— Sim. Mais uma vez eu digo adeus. O *capitán*, ele também sabe, ele diz para você ir embora. Você não vai. Você vem. De novo, eu amo você muito, eu estou alegre... Agora, de novo. Três vezes eu digo para você ir embora. É o fim. Eu digo para você, *adeus*.

Juana não olhava para mim. Disparava aquelas palavras com os olhos fixos, fixados à frente, enquanto os pés a levavam para um lado e para o outro, naquele passo arrastado, deslizante. Abri a boca duas ou três vezes para protestar mais um pouco, mas não consegui, olhando para ela.

— Bem, e o que você vai fazer? Pode me dizer? Você sabe?

— Sim. Você vai embora. Você me dá dinheiro, não muito, mas um pouco. Aí eu trabalho, arranjo um trabalho, talvez *muchacha* de cozinha, ninguém me conhece, pareço qualquer outra *muchacha*, arranjo emprego fácil. Depois vou num padre, confesso meu *pecado*...

— Eu já esperava isso. Eu sabia que isso ia chegar. Pois bem, escute o que vou lhe dizer. Você confessa esse *pecado* e na mesma hora você está perdida.

— Não estou perdida. Dou dinheiro para a igreja, não vão me denunciar. Aí eu tenho paz. Aí, um dia, eu volto para o México.

— E quanto a mim?

— Você vai. Você canta. Você canta para o rádio. Eu escuto. Eu lembro. Você lembra. Talvez. Lembra a *muchacha* bobinha...

— Escute, *muchacha* bobinha, está tudo muito bem, exceto por um detalhe. Quando a gente se uniu, a gente se uniu para sempre, e...

— Por que diz isso? É o fim! Não consegue ver isso? É o fim! Você não vai, e aí? Eles me levam de volta. Eu sozinha, eles nunca vão achar. Você, sim. Eles me levam de volta, e o que fazem comigo? No México, talvez nada, só se ele fosse político. Em Nova York, eu sei, você sabe. Os soldados vêm, põem o *pañuelo* em cima dos olhos, me levam para o muro, atiram. Por que você faz essas coisas comigo? Você me ama, sim. *Mas é o fim!*

Tentei argumentar, levantei-me e tentei abraçá-la, fazê-la parar de andar para lá e para cá daquele jeito. Ela se desvencilhou de mim. Em seguida, mergulhou em sua cama e ficou lá, olhando fixo para o teto. Quando me aproximei, ela me rechaçou com a mão. A partir de então, Juana dormiu em sua cama e eu dormi na minha, e nada que eu pudesse fazer dobrava sua vontade.

Eu não a deixei, não podia deixá-la. Não era só que eu estava louco por ela. O que existia entre nós havia mudado completamente desde nossa partida. No início, eu pensava em Juana como ela havia falado, uma *muchacha* bobinha pela qual eu estava louco, que eu adorava tocar e com quem adorava dormir e brincar. Mas agora eu tinha descoberto que, em todas as coisas importantes de minha vida, Juana era mais forte do que eu, e eu tinha ficado num tal estado que precisava estar na companhia dela. Não teria adiantado nada deixar Juana. Eu acabaria voltando tão logo houvesse um avião para me trazer.

Durante uma semana, depois disso, ficávamos ali deitados à tarde, sem falar nada, e aí ela começou a trocar de roupa e sair de casa. Eu ficava deitado, tentando não pensar em cantar, rezando para ter forças de resistir, não encher bem o peito e soltar a voz. Então me passou pela cabeça aquela história de padres e comecei a suar frio, achando que Juana estava indo exatamente para lá. Um dia, eu a segui. Mas Juana passou direto pela catedral e fiquei com vergonha de mim mesmo, dei meia-volta e vim para casa.

Porém eu tinha de fazer alguma coisa comigo mesmo. Então, quando ela saía, passei a ir a partidas de beisebol. Tinha uma espécie de liga entre Manágua, Guatemala, San Salvador e outros lugares da América Central, e as pessoas ficavam tão empolgadas com as partidas como acontecia em Chicago com o campeonato nacional, xingavam o juiz e tudo o mais. Havia poucos ônibus e eu ia até lá a pé. Quanto menos pessoas para me olhar, melhor para mim. Um dia eu me vi observando o arremessador do time de San Salvador. Os jornais diziam que seu nome era Barrios, mas devia ser um americano, ou pelo menos tinha morado nos Estados Unidos, pelo seu jeito de se mexer. A maioria daqueles índios manipula a bola aos trancos e briga com ela de um tal modo que acaba cometendo mais erros do que dá para acreditar. Mas aquele cara tinha os movimentos do velho Lefty Gomez, solto, relaxado, todo o seu peso era canalizado para o arremesso, e a bola soltava fumaça, com mais força do que todos os outros juntos conseguiriam. Fiquei olhando bem para ele, observando aqueles gestos e, de repente, senti meu coração parar. Estaria voltando para mim, de novo, aquela coisa que tinha acontecido entre mim e Winston? Aquele rapaz lá embaixo estaria mesmo fazendo comigo coisas que nada tinham a ver com o beisebol? O fato de ela me pôr para fora de sua cama já estaria produzindo efeito?

Levantei-me e fui embora dali. Agora eu sei que era só uma questão nervosa, que quando Winston morreu esse capítulo terminou. Mas na ocasião eu não sabia. Tentei tirar aquilo da cabeça, não consegui. Não fui mais ver partidas de beisebol, mas aí, após umas duas semanas, comecei a pensar: vou cantar como padre outra vez? Vou abandonar tudo, nesta lixeira que Deus esqueceu, e depois perder minha voz de novo? Começou a se formar em minha cabeça uma obsessão, a ideia de que, se eu não tivesse uma mulher, eu estaria perdido.

Ela não ia mais comigo ver a banda tocar no parque. Juana ficava em casa e ia para a cama. Certa noite, quando saí, em vez de seguir para o parque, acenei chamando um táxi.

— *La Locha.*

— *Sí, señor, La Locha.*

Nas partidas de beisebol, eu tinha ouvido uns caras falarem sobre La Locha, mas não sabia onde ficava. Ficava na Décima Avenida, mas o bairro tinha um sistema diferente do que existia no México. Havia casas normais, com luzes vermelhas acima da porta, tudo conforme as normas. Toquei a campainha, e um índio me fez entrar. Os bordéis, eu suponho, são iguais no mundo inteiro. Havia um salão com uma vitrola de um lado, um rádio do outro e um piano mecânico no meio, com uma imagem das quedas do Niágara num vitral, na frente, que acendia toda vez que alguém punha uma moeda no piano mecânico. O papel de parede era cheio de rosas vermelhas e havia um balcão na ponta da sala. Por trás do balcão, havia uma pintura a óleo de uma figura nua e nas estantes embaixo dela havia pilhas e pilhas de latas compridas e quadradas. Quando um cara na Guatemala quer divertir as garotas para valer e deixá-las bem contentes, ele as entope de aspargo enlatado.

O índio me olhou de um jeito bem esquisito e, depois que ele voltou para a entrada, a mulher no balcão também me olhou assim. De início, achei que era por causa de minha maneira italianada de falar espanhol, mas depois me pareceu que tinha a ver com o chapéu. Um oficial do exército estava sentado numa mesinha, lendo um jornal. Estava de chapéu, e então eu lembrei e pus o meu na cabeça. Pedi *cerveza*, e três garotas entraram. Ficaram na beira do balcão e começaram a me paquerar. Duas eram índias, mas a outra era branca, e parecia ser a mais limpa. Pus meu braço em volta dela e as outras duas, depois que tomaram seus drinques, foram para junto do oficial. Uma delas ligou o rádio, e o oficial e a outra garota começaram a dançar. Minha garota e eu dançamos. Tenho de reconhecer que ela era bem bonita. Não devia ter mais de vinte e um ou vinte e dois anos, e, mesmo com o suéter e o vestido verde que usava, dava para ver que tinha formas muito boas. Mas ela não parava de brincar com minha mão e, a tudo o que eu dizia, ela só respondia com um pequeno guincho agudo, numa voz que me dava nos nervos. Perguntei seu nome. Disse que era Maria.

Dançamos outra vez, mas não havia o menor motivo para continuar com aquilo. Perguntei se ela gostaria de subir comigo, e ela me levou pela porta antes mesmo de a música terminar.

Fomos para o primeiro andar, ela me levou para um quarto e acendeu a luz. Era o mesmo velho quarto de prostituta de sempre, exceto por uma coisa. Na cômoda, havia uma foto autografada de Enzo Luchetti, um velho baixo com quem eu havia cantado anos antes, em Florença. Meu coração falhou uma batida. Se ele estava na cidade, isso queria dizer que eu tinha de ir embora dali, e bem depressa. Peguei a foto e perguntei quem era. Respondeu que não sabia. Outra garota havia usado o quarto antes, uma garota fina, que tinha morado na Europa, mas ficou *enferma* e teve de ir embora. Coloquei a foto no lugar e disse que parecia um italiano. Ela perguntou se eu não era italiano. Respondi que sim.

Então parecia não haver mais nada a fazer senão ir para a cama. Ela começou a tirar as roupas. Eu comecei a tirar as minhas. Ela apagou a luz e nos deitamos na cama. Eu não a queria, mas mesmo assim estava excitado, de um jeito esquisito, anormal, porque eu sabia que tinha de transar com ela. Não parecia possível que uma coisa pudesse terminar tão depressa e render tão pouco. Ficamos ali deitados e tentei falar com ela, mas não havia nada para dizer. Em seguida transamos de novo, e quando dei por mim já estava me vestindo. Dez quetzales. Eu lhe dei quinze. Aí ela ficou tremendamente simpática, mas era como ter uma cadelinha poodle que tenta pular no colo da gente. Cheguei em casa um pouco depois das dez horas, mas Juana estava dormindo. Tirei a roupa no escuro, deitei na cama e pensei que ia ter um pouco de paz. Logo depois, o maestro brandiu a batuta para mim e eu tentei cantar, tentei explicar a eles por que eu não conseguia. Quando acordei, aqueles berros ainda ecoavam em meus ouvidos, e Juana estava de pé, debruçada em cima de mim, me sacudindo.

— Hoaney! O que é isso?

— Foi só um sonho.

— Certo.

Ela voltou para a cama. Não só meu nariz, mas toda a minha cara estava doendo tanto que demorei duas horas para conseguir dormir de novo.

Daí em diante, fiquei como uma pessoa que convulsiona no estado febril, e quanto mais se debate, pior fica. Voltei lá todas as noites e, quando fiquei tão cheio de Maria que não conseguia nem olhar mais para ela, tentei as garotas índias, e quando fiquei cheio delas também passei a ir a outros lugares e experimentei outras garotas índias. Aí comecei a pegar garotas na rua, em bares, e as levava para hotéis baratos, afastados do parque. Ninguém me obrigava a preencher uma ficha de registro, e eu também não me oferecia para fazer isso. Eu pagava, levava a garota para o quarto e, lá pelas onze horas, deixava-a no hotel e voltava para casa. Aí voltei a ir a La Locha e recomecei a transar com Maria. Quanto mais eu transava com ela, mais vontade eu tinha de cantar. E durante todo aquele tempo só existia uma mulher no mundo que eu desejava de verdade, e era Juana. Mas Juana tinha virado gelo. Depois daquele pequeno lampejo, quando eu a acordei com meu pesadelo, ela voltou a me tratar como se mal me conhecesse. Falávamos, conversávamos sobre o que era preciso conversar, mas toda vez que eu tentava ir um pouco além, ela nem me dava ouvidos.

Certa noite, a orquestra começou a tocar a entrada do *Pagliacci*, e eu estava prestes a atravessar a cortina e encarar o maestro mais uma vez. Entretanto naquela altura eu já estava acostumado à situação, e acordei. Quando ia pegar no sono outra vez, me veio à cabeça um pensamento horroroso. Na verdade, eu não estava em casa. Estava na cama com Maria. Eu fiquei deitado, ouvindo Maria guinchar, dizendo que as chuvas iam parar em breve, que o tempo ia melhorar, e nisso devo ter adormecido. Naquela altura eu já era o cliente mais conhecido do bordel, e Maria deve ter apagado a luz e me deixado sozinho. Levantei-me de um pulo, acendi a luz e olhei para o relógio de pulso. Eram duas horas. Enfiei as roupas às pressas, deixei uma nota de vinte quetzales sobre a cômoda e desci a escada correndo. A coisa estava bastante animada no salão. O exército, o judiciário, o reino do café e o império da banana estavam todos presentes, as garotas estavam no maior fogo, os aspargos se derramavam em pencas e o rádio, a vitrola e o piano mecânico estavam todos tocando ao mesmo tempo. Eu nem parei. Havia uma fileira de táxis estacionados na porta, enchendo a rua toda. Pulei no primeiro que vi e fui para casa. Havia uma luz acesa no primeiro andar. Entrei e comecei a subir a escada.

No meio do caminho, senti que alguma coisa vinha na minha direção. Recuei um passo e me firmei, preparando-me para a pancada que ela ia me dar. Não fez isso. Passou depressa por mim, descendo a escada, e na penumbra eu vi que estava vestida para sair. Estava de chapéu vermelho, vestido vermelho, sapatos vermelhos, meias douradas e tinha ruge espalhado na cara, mas não me dei conta disso senão mais tarde. Só vi que ela estava arrumada feito uma garota festeira e desmiolada e, com um pulo, cobri seis degraus da escada para segurá-la na porta. Ela não gritou. Nunca gritava, nem falava alto, nem nada desse tipo de coisa. Cravou os dentes com força em minha mão e estendeu a mão de novo para abrir a porta. Eu a segurei de novo e lutamos como dois bichos. Então eu a joguei contra a porta, passei os braços em volta dela, por trás, e a levei para cima, enquanto seus calcanhares martelavam minhas canelas com toda a força. Quando chegamos ao quarto, eu a soltei e ficamos frente a frente, ofegantes, seus olhos como dois pontos de luz, minhas mãos escorregadias por causa do sangue.

— Que pressa é essa? Aonde está indo?

— Aonde acha que vou? Para Locha, de onde você veio.

Foi um tiro que acertou em cheio, bem entre os olhos.

Eu nem sabia que Juana tinha ouvido falar em La Locha. Mas fiz cara de bobo, o melhor que pude.

— O que é La Locha? Acho que não sei o que é isso.

— Então você mente de novo.

— Escute, eu nem sei do que você está falando. Saí para dar uma volta e me perdi, foi só isso.

— Você mente, agora mente mais uma vez. Acha que aquela garota não me conta do italiano maluco que vai toda noite? Acha que elas não me contam?

— Então é assim que você tem passado as suas tardes.

— Sim.

Ficou sorrindo para mim, dando tempo de a ideia me impregnar bem fundo. Fiquei pensando que devia matá-la; que, se eu era homem, tinha de agarrá-la pelo pescoço e sufocá-la, até sua cara ficar branca. Mas eu não queria matá-la. Em vez disso, meus joelhos ficaram trêmulos, eu me senti fraco, nauseado.

— Sim, é para lá que eu vou, acho uma pequena *muchacha* para me fazer companhia, uma pequena *muchacha* feito eu, para bater um bom papo e tomar uma xícara de chocolate depois da *siesta*. E o que essa pequena *muchacha* me conta? Só fala do italiano maluco, que vai toda noite, dá cinco quetzales de gorjeta. — E imitou a voz guinchada de Maria: — *Sí. Cinco quetzales.*

Eu estava derrotado. Depois que passei a língua pelos lábios até eles pararem de tremer, voltei à carga.

— Está bem. Mais uma vez, vou parar de mentir. Sim, eu fui lá. Agora, pare com esse espetáculo para que a gente possa conversar.

Ela desviou os olhos, e vi que os lábios *dela* começaram a tremer. Fui ao banheiro e comecei a lavar o sangue da mão. Queria que ela viesse atrás de mim e sabia que, se Juana fizesse isso, ia ceder. Mas ela não veio.

— Não! Chega de conversa! Você não vai embora, então eu vou! *Adiós*!

Juana desceu e saiu pela porta da frente antes que eu conseguisse chegar ao início da escada.

14

Corri para a rua na mesma hora em que um táxi apareceu na esquina. Gritei, mas ele não parou. Não havia nenhum outro táxi à vista e não achei nenhum até chegar à banca de jornais em frente ao hotel. Mandei o motorista me levar a La Locha. Naquela hora, já havia pelo menos uns vinte táxis estacionados por toda a rua, e a coisa estava pegando fogo em todas as casas. Não me saía da cabeça a ideia de que, mesmo se Juana tivesse ido lá, as garotas poderiam mentir para mim e eu não teria certeza de nada, a menos que desse uma busca em todo o local, e isso significava que iriam chamar a polícia. Fui até o primeiro táxi que estava estacionado e perguntei ao motorista se uma garota de vestido vermelho tinha entrado numa das casas. Ele disse que não. Dei um quetzal para ele e disse que, se ela aparecesse por ali, ele devia entrar no La Locha e me avisar. Fui falar com o motorista do táxi seguinte, e com o outro também. Dei um quetzal para uma dúzia de motoristas; portanto, dez minutos depois que ela desembarcasse de um táxi naquela rua, eu iria saber. Voltei para dentro do La Locha. Não tinha vindo nenhuma garota de vestido vermelho, disse o índio. Paguei bebidas para todos os empregados, sentei-me com uma das garotas e esperei.

Por volta das três horas, o judiciário começou a ir embora, depois o exército, e depois todo o resto das pessoas que não iam passar a noite toda ali. Às quatro horas, me puseram para fora. Dois ou três dos meus motoristas de táxi ainda estavam na rua e juraram que nenhuma garota de vestido vermelho, nem de nenhum vestido, de nenhuma cor, tinha entrado em nenhuma das casas da rua, durante toda aquela noite. Distribuí mais um punhado de quetzales, pedi a um deles que me levasse para casa. Juana não estava lá. Fui atrás dos japas. Custou uma hora de um espanhol enrolado e de muita gesticulação para eu descobrir o que eles sabiam, mas depois de um tempo consegui. Por volta das nove horas, Juana começou a fazer as malas. Aí chamou um táxi, pôs as malas no carro e partiu. Depois voltou e, quando viu que eu não estava em casa, saiu. Quando ela voltou pela segunda vez, por volta da meia--noite, estava de vestido vermelho e ficou andando para lá e para cá, no andar de cima, à minha espera. Aí eu cheguei e houve aquela comoção toda, e ela foi embora de novo, e não voltou mais.

Fiz a barba, limpei o sangue seco na mão, troquei de roupa. Lá pelas oito horas, tentei tomar café da manhã e não consegui. Por volta das nove, a campainha tocou. Havia um motorista de táxi na porta. Disse que alguns amigos dele contaram que eu andava atrás de uma senhora de vestido vermelho. Contou que ele havia levado a tal mulher no táxi e podia me levar para onde ela havia ido. Peguei meu chapéu, embarquei no táxi e ele me levou até um hotel barato, um daqueles onde eu mesmo tinha estado. No hotel, disseram que sim, uma senhora com aquelas características havia aparecido lá. Chegou no início da noite, trocou de roupa e saiu, depois voltou mais tarde e pediu que a acordassem de manhã cedo. Não se registrou na recepção. Por volta das sete e meia daquela manhã, saiu. Perguntei como estava vestida. Eles apenas encolheram os ombros. Perguntei se ela havia pegado um táxi. Responderam que não sabiam. Voltei para minha casa e tentei raciocinar. Uma coisa começou a chamar minha atenção. O fato de eu chegar tarde não foi o motivo de Juana ir embora.

Ela já tinha tudo pronto para ir embora, de um jeito ou de outro, e depois de partir acabou voltando, na certa para se despedir de mim. Aí, quando viu que eu não estava em casa, ficou magoada, foi de novo para o hotel, pôs o vestido vermelho e voltou para me ferir, dizendo que ia voltar para sua vida antiga. Se ela havia mesmo voltado, ou o que tinha feito, disso eu não tinha a mínima ideia.

Esperei o dia inteiro, e o dia seguinte também. Tinha medo de procurar a polícia. Eu poderia conferir num minuto o que havia acontecido dando um pulo no fim da Décima Avenida. Eles têm uma ficha para cada garota da rua, com seus dados e sua foto, e, se ela tivesse mesmo ido para lá, tinha de ter feito um registro. Mas a hora em que pus as pessoas na trilha de Juana deve ter sido o início do fim. E eu nem sabia o nome que ela estava usando. Até então, mesmo com os taxistas e com as pessoas do hotel, eu não tinha dado o nome dela nem o meu. Falei de Juana como uma garota de vestido vermelho, mas nem isso servia mais. Se eles não conseguiam lembrar como ela estava vestida quando deixou o hotel, era um sinal de que não estava de vermelho. Fiquei quieto, esperando, me maldizendo por ter dado a ela cinco mil quetzales em dinheiro, para o caso de alguma necessidade. Com essa quantia, Juana podia ficar escondida de mim durante um ano. E então me dei conta, pela primeira vez, de que com aquela soma Juana podia ir para qualquer lugar que quisesse. Podia sair da cidade.

Fui logo para uma das drogarias próximas, entrei numa cabine telefônica e liguei para a Pan American. Falei em inglês. Disse que eu era americano, que tinha encontrado uma senhora no hotel e prometera lhe dar umas fotos que eu tinha tirado dela, mas eu não a via fazia alguns dias e queria saber se ela havia deixado a cidade. Perguntaram o seu nome. Respondi que eu não sabia o nome dela, mas que podiam identificá-la por um casaco de pele que devia estar levando. Pediram-me que ficasse na linha. Em seguida, disseram que sim, o carregador se lembrava de um casaco de pele que havia carregado para uma senhora mexicana e que, se eu esperasse um pouco mais na linha, iam ver se conseguiam seu nome e seu endereço. Fiquei esperando outra vez. Então disseram que era uma pena, mas não tinham o endereço dela, porém o nome era senhora Di Nola, e havia partido no primeiro avião do dia anterior para a Cidade do México.

O México parecia exatamente o mesmo de antes, os burros, as cabras, as *pulquerías*, os mercados, mas eu não tinha tempo a perder com nada disso. Fui direto do aeroporto para o Majestic, um hotel novo que havia inaugurado depois que saí do México. Registrei-me como Di Nola e comecei a procurar por ela. Não fui à polícia, não fiz perguntas nem fiquei dando voltas pelas ruas, com medo de ser reconhecido. Apenas aluguei um carro, mandei o motorista ficar rodando e rodando e apostei na sorte, achando que mais cedo ou mais tarde eu veria Juana. Subi e desci a Guauhtemolzin, até que as garotas começaram a zombar de nós, toda vez que aparecíamos, e o motorista teve de acenar pela janela e dizer *postales*, para que elas ficassem quietas. Comprar cartões-postais parecia ser o álibi convencional para ficar espiando as garotas. Subimos e descemos todas as avenidas, onde a aglomeração de gente era enorme, e quanto mais os congestionamentos nos detinham, melhor para mim. Eu ficava com os olhos grudados na calçada. À noite, passamos por todos os cafés e, por volta das onze horas, quando os cinemas fecharam as portas, passamos diante deles na esperança de ver Juana saindo de algum filme. Eu não disse para o motorista o que eu queria, só lhe dizia aonde devia ir.

No fim daquele dia eu ainda não tinha achado o menor sinal de Juana. Falei para o motorista estar a postos às onze da manhã do dia seguinte, que era domingo. Começamos a ronda e mandei que ele fosse para o Parque Chapultepec, e tinha certeza que ia ver Juana. A cidade inteira vai lá toda manhã de domingo para ouvir os músicos, andar a cavalo, paquerar as garotas ou simplesmente caminhar. Rodamos durante três horas, passamos pelo zoológico, pelo coreto, pelos botes do lago, pelo chefe da polícia montada e sua filha, tantas vezes que ficamos meio tontos, e ainda não havia o menor sinal de Juana. De tarde, continuamos a busca, rodamos por toda a cidade, fomos a todos os lugares onde houvesse multidão. Não havia nenhuma tourada. A temporada das touradas ainda não havia começado, mas vasculhamos os bulevares, os subúrbios e todos os lugares que pude imaginar. O motorista perguntou se eu ia precisar dele depois do jantar. Respondi que não e pedi que viesse às dez da manhã. Aquilo não estava me levando a nada, e eu queria pensar bem para decidir o que fazer. Depois do jantar, fui dar uma volta na tentativa de imaginar alguma coisa. Cruzei com duas ou três pessoas que eu conhecia, mas eles não demonstraram interesse por mim. Eu havia partido do México como um americano grande, duro e com cara de esfomeado. Voltei como um italiano de meia-idade, com uma barriga tão grande que não lhe permitia ver os pés. Quando cheguei ao Palacio de Bellas Artes, estava todo iluminado. Fui até lá e pensei em ficar sentado num banco de pedra e prestar atenção na multidão que entrava. Mas quando cheguei perto o bastante para poder ler os cartazes, vi que estavam apresentando a ópera *Rigoletto* e me dominou uma sensação embriagante, estonteante, de que eu tinha de entrar e cantar, sair de minha decadência e mostrar para eles o que eu era capaz de fazer. Voltei e dobrei a esquina, rumo ao centro.

Do lado da bilheteria do estádio de touradas, há um café. Entrei no café, pedi um conhaque de damasco e sentei. Disse para mim mesmo que era melhor esquecer a vida de cantor, que o que eu tinha de fazer era encontrar Juana. O lugar estava bem cheio, e havia três ou quatro caras de pé, diante de uma das mesas junto à parede. Por trás deles, captei um fulgor vermelho, e minha boca ficou seca. Eles voltaram para sua mesa, e agora eu estava olhando bem para ela.

Ela estava com Triesca, o toureiro, e toda hora alguém vinha cumprimentá-lo, apertava sua mão e ia embora. Ela me viu e virou a cara depressa. Então Triesca me viu. Ficou olhando para mim, até que me reconheceu. Falou algo para Juana e riu. Ela fez que sim com a cabeça, continuou a olhar para o outro lado, com a cara tensa, e depois meio que riu. Aí Triesca olhou para mim com pena. Pela maneira como os dois agiam, percebi que não me associavam com Nova York, e talvez ele não soubesse nada do que havia ocorrido lá. Tudo o que Triesca via era um sujeito que, tempos antes, tinha tomado uma garota dele e que depois se viu que era um veado. Mas isso já era o bastante para Triesca. Começou uma cena que, um minuto depois, fez todo mundo no salão dar a maior gargalhada. O rosto de Juana ficou duro e carregado. Senti o sangue latejar dentro de minha cabeça.

Entrou um conjunto de *mariachi*. Triesca jogou um par de pesos para eles, e os cantores soltaram uns três ou quatro ganidos. Aí ele teve uma ideia sensacional. Chamou o líder do conjunto, cochichou para ele e então começaram a tocar *Cielito lindo*. Mas em vez de cantarem eles mesmos, Triesca se levantou e cantou. Cantou virado bem para mim, num falsete agudo, afetado, com as mãos desmunhecando. Todos morreram de rir. Se Juana ficasse com uma cara inexpressiva, acho que eu aguentaria firme e não faria nada. Mas ela não ficou assim. Ela riu. Não sei por quê. Talvez estivesse apenas nervosa. Talvez tenha agido da forma como os outros esperavam que agisse. Talvez ainda estivesse magoada por causa do que tinha acontecido na Guatemala. Talvez ela achasse mesmo engraçado o fato de eu andar atrás dela por todo lado feito um bobo adolescente, depois de ela ter arranjado outro homem. Sei lá o motivo, e eu nem pensei em nada disso na hora. Quando vi aquela risada, me veio à cabeça um sentimento vertiginoso e desenfreado, e logo compreendi que nem o inferno inteiro conseguiria me impedir de fazer o que eu ia fazer.

Ele chegou ao fim do verso e a plateia saudou-o com uma risada e um grande aplauso. Ele fez uma pose para cantar o refrão e então eu também ri e me levantei. Isso surpreendeu Triesca, e ele hesitou. E aí eu mandei ver:

Ay, ay, ay, ay!
Canta y no llores
Porque cantando se alegran
Cielito lindo
Los corazones!

Foi como ouro, melhor do que eu jamais tinha cantado até então e, quando terminei, eu estava ofegante de entusiasmo. Ele ficou lá parado, olhando com cara de poucos amigos, e aí veio um aplauso ensurdecedor. O líder do *mariachi* começou a acenar para mim, e eles recomeçaram a tocar. Cantei até o fim, embriaguei-me com a sensação que aquilo me dava, embriaguei-me com a expressão no rosto dela. No segundo refrão, cantei virado para ela, suave e devagar. Mas no final acrescentei uma nota aguda, fechei os olhos e fiz a nota crescer, sustentei a nota até os vidros tremerem, e depois terminei.

Quando abri bem os olhos, ela não estava olhando para mim. Estava olhando para o balcão, atrás de mim. A multidão estava aplaudindo, as pessoas se aglomeravam, vindo da rua, e por toda parte já espalhavam a notícia: "*El*

Panamier Trovador!". Mas numa das cabines telefônicas estava um policial, gritando ao telefone. Quanto tempo durou, eu não sei. Todos se amontoaram à minha volta, falavam ao mesmo tempo, pediam que eu cantasse isso e aquilo. Quando me dei conta, ela já estava correndo para a porta, com Triesca atrás dela. Mas eu estava na frente dele. Avancei no meio da multidão e, quando cheguei à rua, pude ver o vermelho de seu vestido a meio quarteirão de distância. Comecei a correr. Não tinha dado nem dois passos quando alguns policiais me agarraram. Briguei com eles. Do alto da rua, soaram tiros e as pessoas começaram a correr e gritar. Então, de algum lado, veio um falatório em espanhol e entendi a palavra "gringo". Soltaram-me e corri. Na minha frente, havia mais guardas e pessoas paradas. Vi uma coisa vermelha na calçada. Quando abri caminho à força no meio da multidão, ela estava caída no chão e, a seu lado, com aquele sorriso palpitante na cara, um sujeito baixote, de uniforme, com três estrelas no ombro. Levou um certo tempo até eu reconhecer que era o tal político de Acapulco. Aí entendi a ordem para soltar o gringo. Ele não podia atirar em mim. Eu era importante demais. Mas ele podia atirar nela, por tentar fugir, ou resistir à prisão, ou o que fosse. E ele podia ficar ali parado, e esperar, e sentir o prazer da vingança quando eu tivesse de olhar para ela.

Pulei em cima dele e ele recuou, mas então eu fraquejei, desabei ao lado de Juana, enquanto os guardas, as luzes e a ambulância rodavam e rodavam num redemoinho terrível. Se ele tinha feito aquilo com ela, o que eu tinha feito com ela?

Mais uma vez, eu estava na sacristia da pequena igreja perto de Acapulco e pude até ver o local queimado nos ladrilhos onde havíamos acendido o fogo. Havia índios andando de leve, descalços, as mulheres de *rebozo* sobre a cabeça, os homens de roupa branca, muito limpa. O pai e a mãe dela estavam no primeiro banco, com irmãos e irmãs que eu nem sabia que Juana tinha. O caixão era branco e o altar estava atulhado com as flores que eu tinha mandado, flores de Xochimilco, de que ela gostava. O coro da igreja estava repleto de meninos e meninas, todos de branco. O padre entrou, começou a vestir seus paramentos e eu paguei a missa a ele. O padre segurou meu braço.

— Canta, *señor* Sharp? Um *Agnus Dei*, talvez.

— Não.

Ele deu de ombros, virou-se e vestiu a sobrepeliz. Um horrível sentimento de culpa me dominou, como havia ocorrido cem vezes nos últimos dois dias.

— Nunca... nunca mais.

— Ah.

O padre apenas respirou fundo e ficou me olhando, em seguida sua mão desenhou uma bênção para mim e ele murmurou em latim. Entendi que eu tinha feito uma confissão, tinha recebido uma absolvição e uma espécie de paz cinzenta desceu sobre mim. Saí, esgueirei-me até o banco em que estava a família dela, e começou a música. Levaram-na para uma sepultura na encosta do morro. Quando a baixaram na cova, um iguana pulou de dentro da terra e saiu correndo por cima das pedras.

Série policial

Réquiem caribenho
Brigitte Aubert

Bellini e a esfinge
Bellini e o demônio
Bellini e os espíritos
Tony Bellotto

Os pecados dos pais
O ladrão que estudava Espinosa
Punhalada no escuro
O ladrão que pintava como Mondrian
Uma longa fila de homens mortos
Bilhete para o cemitério
O ladrão que achava que era Bogart
Quando nosso boteco fecha as portas
O ladrão no armário
Lawrence Block

O destino bate à sua porta
Indenização em dobro
Serenata
James M.Cain

Post-mortem
Corpo de delito
Restos mortais
Desumano e degradante
Lavoura de corpos
Cemitério de indigentes
Causa mortis
Contágio criminoso
Foco incial
Alerta negro
A última delegacia
Mosca-varejeira
Vestígio
Predador
Patricia Cornwell

Edições perigosas
Impressões e provas
A promessa do livreiro
Assinaturas e assassinatos
John Dunning

Máscaras
Passado perfeito
Ventos de Quaresma
Leonardo Padura Fuentes

Tão pura, tão boa
Correntezas
Frances Fyfield

O silêncio da chuva
Achados e perdidos
Vento sudoeste
Uma janela em Copacabana
Perseguido
Berenice procura
Espinosa sem saída
Na multidão
Luiz Alfredo Garcia-Roza

Neutralidade suspeita
A noite do professor
Transferência mortal
Um lugar entre os vivos
O manipulador
Jean-Pierre Gattégno

Continental Op
Maldição em família
Dashiell Hammett

O talentoso Ripley
Ripley subterrâneo
O jogo de Ripley
Ripley debaixo d'água
O garoto que seguiu Ripley
A chave de vidro
Patricia Highsmith

Sala dos Homicídios
Morte no seminário
Uma certa justiça
Pecado original
A torre negra
Morte de um perito
O enigma de Sally
O farol
Mente assassina
P. D. James

Música fúnebre
Morag Joss

Sexta-feira o rabino acordou tarde
Sábado o rabino passou fome
Domingo o rabino ficou em casa
Segunda-feira o rabino viajou
O dia em que o rabino foi embora
Harry Kemelman

Um drink antes da guerra
Apelo às trevas
Sagrado
Gone, baby, gone
Sobre meninos e lobos
Paciente 67
Dança da chuva
Coronado
Dennis Lehane

Morte em terra estrangeira
Morte no Teatro La Fenice
Vestido para morrer
Morte e julgamento
Acqua alta
Donna Leon

A tragédia Blackwell
Ross Macdonald

É sempre noite
Léo Malet

Assassinos sem rosto
Os cães de Riga
A leoa branca
O homem que sorria
Henning Mankell

Os mares do Sul
O labirinto grego
O quinteto de Buenos Aires
O homem da minha vida
A Rosa de Alexandria
Milênio
O balneário
Manuel Vázquez Montalbán

O diabo vestia azul
Walter Mosley

Informações sobre a vítima
Vida pregressa
Joaquim Nogueira

Revolução difícil
Preto no branco
No inferno
George Pelecanos

Morte nos búzios
Reginaldo Prandi

Questão de sangue
Ian Rankin

A morte também frequenta o Paraíso
Colóquio mortal
Lev Raphael

O clube filosófico dominical
Amigos, amantes, chocolate
Alexander McCall Smith

Serpente
A confraria do medo
A caixa vermelha
Cozinheiros demais
Milionários demais
Mulheres demais
Ser canalha
Aranhas de ouro
Clientes demais
A voz do morto
Rex Stout

Fuja logo e demore para voltar
O homem do avesso
O homem dos círculos azuis
Relíquias sagradas
Fred Vargas

A noiva estava de preto
Casei-me com um morto
A dama fantasma
Janela indiscreta
Cornell Woolrich

ESTA OBRA FOI COMPOSTA PELO GRUPO DE CRIAÇÃO EM GARAMOND E
IMPRESSA PELA GEOGRÁFICA EM OFSETE SOBRE PAPEL PAPERFECT
DA SUZANO PAPEL E CELULOSE PARA A EDITORA SCHWARCZ
EM JULHO DE 2009